Das Buch
Die Dienstagsfrauen gehen fasten. Fünf ungleiche Freundinnen, ein gemeinsames Ziel: Entschleunigen, entschlacken, abspecken, so lautet das Gebot der Stunde. Zu ihrem jährlichen Ausflug checken die Dienstagsfrauen im einsam gelegenen Burghotel Achenkirch zum Heilfasten ein. Sieben Tage ohne Ablenkung. Kein Telefon, kein Internet, keine Männer, keine familiären Anforderungen und beruflichen Verpflichtungen. Leider auch sieben Tage ohne Essen. Theoretisch jedenfalls. Quälender Heißhunger, starre Regeln und nachreisende Probleme führen zu immer neuen Heimlichkeiten und gefährden jeden Therapieerfolg. Statt Entspannung gibt es Missverständnisse, Streit und schlaflose Nächte. Die schwerste Prüfung jedoch steht Eva bevor. Hinter den dicken Burgmauern begibt sie sich auf die Suche nach ihrem unbekannten Vater. Sie entdeckt, dass man manche Familiengeheimnisse besser ruhen ließe …

Monika Peetz' Debütroman »Die Dienstagsfrauen« war 2011 eines der meistverkauften Bücher deutschlandweit und wurde erfolgreich verfilmt mit Ulrike Kriener, Nina Hoger, Inka Friedrich und Saskia Vester. »Die Dienstagsfrauen« erscheint in 17 Ländern und steht in Italien und Norwegen unter den Top Ten der Bestsellerlisten. Eine Verfilmung von »Sieben Tage ohne« ist in Vorbereitung.

Die Autorin
Monika Peetz, geboren 1963, Studium der Germanistik, Kommunikationswissenschaften und Philosophie an der Universität München. Nach Ausflügen in die Werbung und ins Verlagswesen von 1990–98 Dramaturgin und Redakteurin beim Bayerischen Rundfunk, Redaktion Fernsehfilm. Seit 1998 Drehbuchautorin in Deutschland und den Niederlanden. Jüngste Filmprojekte: »Und weg bist du« (2012) mit Christoph Maria Herbst, Annette Frier und Emma Schweiger. »Deckname Luna« (gemeinsam mit Christian Jeltsch), in den Hauptrollen: Anna Maria Mühe, Götz George und Heino Ferch (2012).

1260

SIEBEN Monika Peetz
TAGE OHNE

Roman

Kiepenheuer
& Witsch

Verlag Kiepenheuer & Witsch, FSC®-N001512

2. Auflage 2012

© 2012, Verlag Kiepenheuer & Witsch, Köln.
Alle Rechte vorbehalten. Kein Teil des Werkes darf in irgendeiner
Form (durch Fotografie, Mikrofilm oder ein anderes Verfahren)
ohne schriftliche Genehmigung des Verlages reproduziert oder
unter Verwendung elektronischer Systeme verarbeitet, vervielfältigt
oder verbreitet werden.
Umschlaggestaltung: Barbara Thoben, Köln
Umschlagmotiv: © Barbara Thoben, Köln
Gesetzt aus der Aldine
Satz: Pinkuin Satz und Datentechnik, Berlin
Druck und Bindung: CPI – Clausen & Bosse, Leck
ISBN 978-3-462-04410-2

Für Heide und Karl-Heinz Peetz

1

Es war einer dieser Tage. Eva hatte den Frühdienst in der Klinik hinter sich, die vier Kinder stritten lautstark, wer an den Computer durfte, und Ehemann Frido, der versprochen hatte, sich um das Abendessen zu kümmern, war im Büro hängen geblieben. In eineinhalb Stunden musste sie im Le Jardin sein, bei »ihrem« Franzosen. Seit Tagen freute Eva sich auf den entspannten Abend mit den Dienstagsfrauen. In sechzehn gemeinsamen Jahren war aus den fünf Frauen, die zu Beginn nichts verband außer dem Wunsch, am Kölner Institut Français Französisch zu lernen, eine eingeschworene Gemeinschaft geworden. Die Dienstagsfrauen hatten Stürme, Schicksalsschläge und eine gemeinsame Pilgerreise nach Lourdes überstanden. Es war nicht immer einfach, mit den Freundinnen auszukommen. Heute hatte Eva das Problem, überhaupt zu ihnen hinzukommen.

Eva kämpfte sich durch eine endlose Liste an Aufgaben und die sechsfache Terminplanung ihrer Familie. Sie hatte nach der Pilgerreise wieder angefangen, als Ärztin zu arbeiten. Leider hatte das Wasser aus der heiligen Quelle weder Ehemann Frido in einen Küchenprinzen verwandelt noch drei pubertierende Teenager und eine Zehnjährige zu willigen Haushaltshilfen umgeformt. Als die Türklingel schrillte, schwante Eva nichts Gutes. Jeder regelmäßige Gast in ihrem Leben wusste, dass die Haustür immer offen stand. Reine Selbstverteidigung bei vier Kindern mit chronischer Neigung zum Verlegen ihrer Schlüssel und ausgeprägtem Sozialleben. Es gab nur einen Menschen, der grundsätzlich klingelte und erwartete, dass die Tür höchstpersönlich für ihn geöffnet wurde. Eva stöhnte auf. Kein Zweifel, das konnte nur ihre Mutter sein. Seit Regine vor eineinhalb Jahren die Rente eingereicht hatte, war sie voll und ganz für Eva da. Zu voll. Zu ganz. Auf kleinbürgerliche Rituale wie die vorherige telefonische Anmeldung von Besuchen verzichtete sie.

Regine klingelte nicht, Regine sandte Morsezeichen, die an den Triumphmarsch aus Aida erinnerten. Eva liebte ihre Mutter. Nur nicht immer. Und ganz sicher nicht an einem ersten Dienstag im Monat, wenn sie wie seit sechzehn Jahren mit ihren Freundinnen im Le Jardin verabredet war. Eva wünschte sich, sie könne entschieden Nein sagen. Stattdessen rang sie sich ein Lächeln ab und öffnete. In der Tür lehnte lässig ein zweiundsechzigjähriges Hippiemädchen in bodenlangem, groß geblümtem Rüschenrock, um den Hals unzählige Ketten mit riesigen Anhängern. Unter einem ausladenden Sommerhut lugten lange blonde Zöpfe hervor. Dazu trug Regine indische Ledersandalen.

»Deine Großmutter hat all meine Sachen von früher aufgehoben«, erklärte Regine. »Das Zeug hat so lange auf dem Dachboden gelegen, dass es wieder modern ist.«

Regine bewohnte seit Jahren das ererbte Elternhaus in Bergisch Gladbach. Als Neu-Rentnerin latent unausgelastet, richtete sich ihr Tatendrang gegenwärtig auf den übervollen Speicher, der jahrzehntelang im Dornröschenschlaf gelegen hatte.

»Typisch Kriegsgeneration. Deine Oma Lore konnte nichts wegwerfen«, sagte Regine. »Alles noch da, meine ganze Vergangenheit. Na, sag schon, wie findest du mein Outfit?«

»Ich muss in einer Stunde im Le Jardin sein«, wehrte sich Eva schwach. Regines Mitteilungsbedürfnis überstieg ihr Einfühlungsvermögen. Sie winkte mit einem vergilbten Ratgeber.

»Ich hab auf dem Speicher ein altes Buch von mir gefunden. Traditionelle chinesische Heilkunst. Sehr erhellend«, sagte Regine und stolperte in Richtung Küche.

»Habe wohl abgenommen«, meinte sie, zog den Rock höher und musterte Evas schlabbrigen Jogginglook. Der Blick genügte, um Evas schlechtes Gewissen zu wecken. Seit Jahren befand sich Eva im täglichen Kampf mit Kalorien, Kilos und dem Konterfei, das ihr aus dem Spiegel entgegenblickte. Eva war glücklich, wenn sie die Hälfte ihrer täglichen Aufgabenliste bewältigt hatte. Grundsätzlich auf der Strecke blieben Programmpunkte wie ›mit dem Fahrrad in die Klinik fahren‹, ›anmelden im Fitnesscenter‹ oder ›endlich mit der Ananasdiät anfangen‹. Ihr Kleiderschrank glich einem Museum, gewidmet dem dünnen Mädchen, das sie einst gewesen war. Dummerweise hatte sie von der dünnen Eva nicht viel mitgekriegt. Selbst als sie noch schlank war, hatte sie sich dick gefühlt. Gesellige Einkaufsbummel mit den Dienstagsfrauen waren für Eva eine Qual. Umkleidekabinen ohne Spiegel, Labels, die nur Größe 36 führten, und Hosen, die selbst in XXL kniffen. Während ihre Freundinnen mit vollen Tüten nach Hause kamen, kehrte Eva in der Regel mit einer Sonnenbrille, einem Schal und einem Blech Butterkuchen zurück.

»Von einer Frau, die man liebt, kann man nie genug haben«, tröstete Frido, wenn Eva den Reißverschluss am Kleid nicht mehr zubekam. Ihre Mutter war in der Regel weniger zurückhaltend. Heute beließ sie es bei einem Blick. Sie hatte ein anderes Thema.

»Mir war nicht klar, wie viele Ressourcen der Westen brachliegen lässt«, eiferte sich Regine. »Unsere Gesellschaft geht zugrunde. Und alles nur, weil wir einen falschen Blick auf das Thema Krankheit haben.«

Eva war es egal, woran das Abendland unterging. Bevor sie ins Le Jardin konnte, musste der Abwasch aus der und die Dreckwäsche in die jeweilige Maschine. Wenn sie sich der Schmutzwäsche nicht vor dem Abendessen widmete, stand Frido jr. morgen früh in Unterwäsche beim Sportunterricht und Frido sr. ohne Hemd in der Vorstandssitzung.

»Ich habe mich informiert«, fuhr Regine fort. »Man kann eine Zusatzausbildung in Chinesischer Naturheilkunde machen. Berufsbegleitend. Das wär was für dich.«

Eva hatte unzählige Seminare besucht, um ihre medizinischen Kenntnisse auf den neuesten Stand zu bringen. Der pure Gedanke an eine weitere Fortbildung ließ sie fast zusammenbrechen.

»Ich fülle die Waschmaschine, du machst dich frisch«, schlug Regine vor, deren Adleraugen den bereitstehenden Wäschekorb erspäht hatten. »Wir trinken eine Tasse Tee, und dann verschwinde ich.« Regine zog ein Päckchen aus ihrem bunt bestickten Stoffbeutel.

»Tee der heiteren Ungezwungenheit«, las sie vor. »Extra besorgt für dich.«

Eva war eine hoch geschätzte Ärztin, sie konnte Patienten beruhigen, aufgeregte Familienangehörige trösten, sie managte neben einer Arbeitszeit von 19,25 Stunden einen

sechsköpfigen Haushalt – gegen ihre Mutter war sie wehr-
los.

Während sie sich hastig im Schlafzimmer umzog, lauschte sie angestrengt, was Regine in der Küche anstellte. Man
konnte nie sicher sein, ob sie nicht nebenbei die Ordnung
in den Schränken optimierte. Regine beriet Eva in allen
Lebenslagen. Gratis und ungefragt. Bunte Wortgirlanden
täuschten darüber hinweg, wie massiv ihre Mutter sich
einmischte. Reginesätze begannen mit Floskeln wie: »Du
weißt, ich bin tolerant, aber wenn ich dir einen Tipp geben
darf ...«

»Du musst das natürlich so machen, wie du willst. Ich
gebe allerdings zu bedenken ...«

Regines Spontanbesuche bei Eva entfalteten die Wirkung eines mittleren Tornados. Sie tauchte überfallartig
aus dem Nichts auf, fegte durch Evas Leben und hinterließ
ein emotionales Trümmerfeld. Bis zum nächsten Mal. Das
Schlimmste war: Regine meinte es wirklich gut mit Eva.
Nach zwei gescheiterten Kurzehen, traurigen Affären und
dem Ende ihrer krummen beruflichen Laufbahn hungerte
Regine danach, für jemanden wichtig zu sein.

Flapp, flapp, flapperdiflapp platschten Regines Sandalen
über die Küchenfliesen, begleitet vom beständigen Geklim-
per der Halsketten. Eva hörte, wie Schubladen auf- und zu-
gingen, Wasser rauschte, der Kessel aufgesetzt wurde. Dann
quietschte die Kellertür. Regine stieg fröhlich vor sich hin
pfeifend die Treppe hinunter zur Waschküche. Plötzlich
ein Fluchen, ein markerschütternder Schrei, das Geräusch
des fallenden Wäschekorbs, der gegen das Geländer schlug,
dumpfes Gepolter, und dann nichts mehr. Kein Schritt.
Kein Ton. Nichts. Evas Herz setzte aus. Sie rannte aus dem
Schlafzimmer und stürzte zur Treppe, ein Bein schon in

der Jeans, das andere Hosenbein schleifte über den Boden hinter ihr her.

»Mama«, schrie sie Richtung Keller. »Sag was. Mama.«

Eva fühlte, wie ihre Beine wegsackten. Regine war anstrengend, aber immer voller Pläne und Leben. Das durfte jetzt nicht passieren. Nicht jetzt. Nie. Warum hatte sie sich nicht einfach mit ihrer Mutter in die Küche gesetzt und Tee getrunken? Warum hatte sie Regine die Wäsche überlassen?

Das monotone Geräusch des Computerspiels, typisches Hintergrundgeräusch vieler Nachmittage, war verstummt. Die vier Kinder hatten sich in der Diele versammelt. Oft kamen sie Eva groß und erwachsen vor. Jetzt blickte sie in vier Paar verängstigte Kinderaugen.

»Ihr bleibt hier«, befahl Eva kurzerhand. Dabei machte keines der Kinder Anstalten, in den Keller zu gehen, um nachzusehen, was mit Oma war.

Diese entsetzliche Stille. Wenn ihr nur nichts passiert war. Wenn nur alles gut war mit Regine. Aus den Tiefen von Evas Unterbewusstsein stieg ein überraschender Gedanke empor: Jetzt werde ich nie mehr erfahren, wer mein Vater ist. Eva erschrak über sich selbst, während sie mit zittrigen Knien in den Keller stieg. Seit Jahren überkam Eva die Frage nach der eigenen Herkunft wie Ebbe und Flut. Es gab Zeiten, da war sie so beschäftigt mit ihrem eigenen Leben, dass es ihr unwichtig vorkam, unter welchen Umständen es begonnen hatte. Dann gab es Phasen, in denen sie glaubte, nicht wachsen zu können, ohne ihre Wurzeln zu kennen. Als Teenager hatte sie ihren Vater schmerzlich vermisst. Dabei kannte sie nicht einmal seinen Namen. Regine erstickte jede Frage mit hartnäckigem Schweigen. War es Enttäuschung, die Regine verstummen ließ? Wut? Trauer? Waren es verletzte Gefühle?

Warum wollte ihr Vater kein Vater sein? Es war erstaunlich, wie viele Gedanken gleichzeitig in den winzigen Moment passten, bis sie ihre Mutter erreichte.

Regine lag am Ende der Treppe in merkwürdig verdrehter Haltung. Jäh wurde Eva klar, dass sie ohne Regine nie mehr eine Antwort auf ihre Lebensfrage bekommen würde. Eine Sekunde später fiel ihr ein, dass es auch mit Regine keine Klärung geben würde.

Ihre Mutter krümmte sich vor Schmerzen. Das linke Bein war nach außen gedreht, Regine konnte weder liegen noch sitzen oder stehen. Nur schimpfen: »Ich gehe nicht ins Krankenhaus«, tönte es höchst lebendig, als Eva sich über Regine beugte. »Auf keinen Fall.«

»Ruft einen Krankenwagen«, schrie Eva nach oben.

Eva vergaß, dass es Dienstag war. Der erste Dienstag im Monat. Sie war plötzlich ganz ruhig. Als Ärztin wusste sie, was zu tun war.

2

»Wo bleiben die Damen nur?«, fragte Luc. Ratlos blickte der Besitzer des französischen Restaurants Richtung Tür. Judith war die Einzige, die zur abgesprochenen Zeit im Le Jardin erschienen war. Judith hatte weder Familie noch einen Partner oder einen anspruchsvollen Beruf. Sie hatte nichts und niemanden, der sie davon abhielt, pünktlich zu sein. Alleine an einem eingedeckten Fünfertisch zu sitzen, war eine Qual für Judith. Nervös rutschte sie auf ihrem Stuhl herum. Sie fühlte die mitleidigen Blicke der anderen Gäste. Wenn sie wenigstens ein Smartphone hätte. Wer online war, wirkte beschäftigt und wichtig. Judith besaß nur ein altes Telefon, mit dem man nichts anderes tun konnte als Anrufe tätigen und SMS senden und empfangen. Und selbst das schaltete sie nur selten ein. Wegen der Strahlung – und weil es sinnlos war. Seit ihr Mann Arne gestorben war, schwieg das Telefon die meiste Zeit.

»Soll ich dir schon was bringen?«, fragte Luc.

Judith schüttelte den Kopf. Sie hasste es, alleine zu essen.

»Caroline muss jeden Moment da sein«, tröstete Luc. »Die ist immer pünktlich.«

»Caroline trifft vermutlich noch einen Mandanten«, meinte Judith.

Die erfolgreiche Strafverteidigerin arbeitete seit der Pilgerreise mehr denn je.

»Ich frage mich, ob Caroline überhaupt auffällt, dass sie von ihrem Mann getrennt lebt«, witzelte Estelle manchmal.

Judith lachte nicht. Sie war die Letzte, der es zukam, Scherze über Caroline zu reißen. Schließlich hatte Judith ihren unrühmlichen Anteil am Scheitern der Ehe von Philipp und Caroline. Als Arne an Krebs starb, hatte sie Trost in den Armen von Carolines Ehemann gesucht. Philipp war erst ihr Hausarzt, dann freundschaftlicher Berater, schließlich ihr Geliebter. Auf der Pilgerreise war die geheime Affäre aufgeflogen. Wie sich herausstellte, war sie weder seine exklusive noch die letzte Geliebte. Philipp verschwand aus Judiths Leben. Das schlechte Gewissen blieb ihr täglicher Begleiter. Leider ihr einziger.

Luc stellte ihr einen kleinen Vorspeisenteller hin. Er war einfach wunderbar. Seit der Lourdes-Reise arbeitete Judith vier Tage die Woche im Service des Le Jardin. Am ersten Dienstag des Monats aber ließ sie sich als Gast bedienen. Früher galt ein Job in der Gastronomie als stressig. Heute erschien ihr das Le Jardin als Insel der Glückseligen. Judith hatte als Kellnerin einen der wenigen Jobs, in dem das Wort Feierabend noch eine Bedeutung besaß. Sie musste nicht, wie die Freundinnen, ständig, überall und rund um die Uhr E-Mails beantworten oder für Rückfragen zur Verfügung stehen. Selbst Estelle, die es sich als reiche Apothekersgattin gönnte, auf echte Arbeit zu verzichten und alle unangenehmen Aufgaben zu delegieren, hatte Stress. Wider besseres Wissen hatte sie sich einspannen lassen, bei der großen Charity-Gala des Golfclubs in verantwortlicher Funktion mitzuarbeiten. Seitdem stand sie unter Strom. Allein die

Frage, was sie zu diesem Anlass tragen sollte, kostete sie den letzten Nerv.

»Sie kommen schon noch«, tröstete Luc, als er ein zweites Glas Prosecco brachte. »Geht aufs Haus.«

Zu schade, dass sie sich nicht in Luc verlieben konnte. Ein einziges Mal hatte Judith versucht, ihm von ihren Problemen zu erzählen. Davon, dass sie oft das Gefühl hatte, nicht mit den Freundinnen mithalten zu können.

»Ich versteh das«, hatte Luc geantwortet und dabei seinen tiefsinnigsten Blick aufgesetzt. »So geht's mir auch. Jedes Mal, wenn der 1. FC Köln gegen den FC Bayern aufläuft.«

Judith war froh, dass es wenigstens Kiki gab, die, ähnlich wie sie selbst, um Balance im Leben rang. Kiki, die Designerin, hatte neben dem erfolgreichen Entwurf einer Vasenserie ein besonderes Andenken an ihre gemeinsame Pilgerreise mitgebracht. Ihr Andenken hieß Greta, war sechseinhalb Monate alt und der Grund, warum es ausgerechnet mit Max Thalberg ernster geworden war als mit seinen zahlreichen Vorgängern. Dabei war Max erst vierundzwanzig und dazu der Sohn von Kikis Chef. Ex-Chef, mittlerweile. Hatte ihr Liebernichtschwiegervater gehofft, Kiki würde das Leben seines Stammhalters streifen wie eine schwere Bronchitis, heftig, aber vorübergehend, belehrte ihn die schnelle Ankunft von Enkelin Greta eines Besseren. Kiki und Max teilten Bett, Tisch, Haushalt und Geldsorgen. Und waren trotzdem der Meinung, dass Greta das Beste war, was ihnen im Leben passiert war. Judith beneidete ihre Freundinnen um ihre bunten, vollen Leben.

Als sie um halb zehn mit vier Proseccos und einem Teller Brot und Oliventapenade im Magen unverrichteter Dinge nach Hause wankte, entdeckte Judith, dass sie vier neue SMS erhalten hatte. Sie wollte gar nicht lesen, warum keine der Freundinnen es bis ins Le Jardin geschafft hatte. ›So geht es nicht weiter‹, schrieb sie. ›Lasst uns ein paar Tage gemeinsam wegfahren, bevor der Alltag alles verschluckt.‹

3

Wegfahren? Jetzt? Mit den Freundinnen? Eva nahm Judiths SMS nur flüchtig wahr. Seit Regines Sturz war sie nicht mehr zum Nachdenken gekommen. Krankenhaus, Notaufnahme, Röntgen – alles musste schnell gehen. Zum Glück hatte Regine sich nicht das Genick gebrochen, sondern nur den Oberschenkelhals. Die Saumlänge, die nicht mehr zur Körperlänge passte und den Sturz ausgelöst hatte, deutete an, was die Untersuchungen der nächsten Tage bewiesen. Auch wenn Regine es nicht einsehen wollte: Es war nicht Evas lebensgefährliche Treppe, sondern eine postklimakterische Osteoporose, die sie ein paar Zentimeter an Körpergröße gekostet und den verhängnisvollen Stolperer verursacht hatte.

»Eine chronische Erkrankung nach den Wechseljahren, in deren Verlauf die Knochenmasse allmählich abnimmt«, erklärte Eva so vorsichtig wie möglich. »Das Skelett wird instabil und porös. Irgendwann brechen die Knochen.«

»Oma hat was am Klimakterium«, postete Evas jüngste Tochter auf ihrem Facebook-Account, nachdem Eva ihrer Familie telefonisch Bericht erstattet hatte. »Aber mit dem schlechten Wetter hat das nichts zu tun.«

»Eine typische Alterskrankheit«, sagte der behandelnde Arzt wenig diplomatisch.

»Von dem inkompetenten Lackaffen lass ich mich nicht behandeln«, beschloss Regine. Lieber ging sie in ein anderes Krankenhaus. Am liebsten dorthin, wo ihre Tochter arbeitete. Dann konnte Eva während der Arbeitszeit öfter bei ihr vorbeisehen.

»Ich kümmere mich darum«, versprach Eva. Sie kümmerte sich um alles. Um die Verlegung, um die organisatorischen Details, um die lange Liste von Dingen, die Regine brauchte, um die Zeit im Krankenhaus zu überstehen, und um den Rock mit den Volants.

»Verbrenn das Teil«, bestimmte Regine, »die ganze Garderobe von früher. Der alte Krempel vom Dachboden muss weg.«

»Deine Großmutter hat all meine Sachen von früher aufgehoben«, klang es in Eva nach, als sie im Auto saß, um Regines Sachen aus Bergisch Gladbach zu holen. »Alles noch da, meine ganze Vergangenheit.«

In früheren Jahren hatte Eva jede Gelegenheit ergriffen, in Regines ungeordneten Unterlagen nach Spuren ihres Erzeugers zu schnüffeln. Sobald ihre Mutter im Urlaub war und Eva sich um Pflanzen und Post kümmerte, stöberte sie in den alten Kartons, in denen Regine Zeugnisse, Atteste und Briefe aufbewahrte. Auf die Idee, in der Hinterlassenschaft ihrer Großeltern zu suchen, war sie nie gekommen.

Bergisch Gladbach fühlte sich für Eva fremd und vertraut zugleich an. Sie hatte ihre ersten fünf Lebensjahre im Bussardweg bei den Großeltern verbracht. Drei Generationen unter einem Dach. Eva war ein uneheliches Kind mit einer minderjährigen Mutter. Das sorgte damals in den

Sechzigern durchaus für böses Getuschel unter den Nachbarn. Einen Tag nach ihrem einundzwanzigsten Geburtstag flüchtete Regine mit ihrer kleinen Tochter nach Köln. Es folgte das, was Regine heute mit »meine unordentlichen Jahre« umschrieb. Von unbändigem Lebenswillen getrieben, probierte sie aus, was ihr in den Weg kam: Wohnformen, Jobs, Männer, Ideologien. Vieles war weder jugendfrei noch kindertauglich. Eva verbrachte nach wie vor viel Zeit bei ihren Großeltern in Bergisch Gladbach. Regine parkte sie oft wochenlang bei Oma Lore und Opa Erich, während sie sich selbst, ihre Mitte und den Sinn des Lebens in indischen Aschrams suchte.

Äußerlich hatte sich die schnörkellose Doppelhaushälfte am Bussardweg seit Evas Kindertagen kaum verändert. Alles an dem Haus war viereckig, gerade und vernünftig: Sechsfach unterteilte Sprossenfenster, eine klobige Gaube im groben fensterlosen Satteldach, ein massiver Vorbau mit Treppe und gemauertem Vordach. Schnörkellos, streng und rechtschaffen wie der Großvater, der Chefbuchhalter der Maschinenwerke Anton Dorsch gewesen war. Der Buddha im Garten und die bunte indische Girlande täuschten nicht darüber hinweg, dass der Bau schon einmal bessere Zeiten gesehen hatte.

»Warum streicht Regine nicht?«, fragte Frido jedes Mal, wenn sie auf Besuch kamen.

»Kein Geld, keine Freiwilligen«, fasste Evas die Lage zusammen.

Die Renovierungswut, die die ehemalige Werkssiedlung der Dorsch'schen Maschinenwerke in den letzten Jahren erfasst hatte, war am gräulichen Putz des Hauses spurlos vorübergezogen. Selbst die lauten Gitarrenriffs und das dröhnende Schlagzeug, die aus der Garage nebenan klangen, wirkten wie ein Gruß aus der Vergangenheit: »Love me tender, love me sweet«, säuselte eine tiefe Männerstimme.

Eva hatte den Wagen kaum geparkt, da flog die Garagentür auf. Der Leadsänger der Rentnerband »Schmitz & Friends«, ein Herr Ende sechzig mit schwarzer Hornbrille, Koteletten und Haaren, die im Nacken auf die Schulter fielen, hatte Eva kommen hören: »Was ist los? Ist was mit Regine? Sie ist gestern Nacht nicht nach Hause gekommen.«

Henry Schmitz war ein paar Jahre älter als Regine. Ihre Väter hatten beide in der Maschinenfabrik gearbeitet. Sie hatten schon als Kinder nebeneinandergelebt, als Erben taten sie es wieder. Sie waren gemeinsam jung. Nun wurden sie gemeinsam alt. Jeder in seiner Hälfte des Doppelhauses.

»Regine war gestern nicht beim Grillabend. Wir machen uns große Sorgen«, rief seine Frau, die kugelrunde, kleine Olga Schmitz, aus dem Küchenfenster. Die soziale Kontrolle in der Vogelsiedlung funktionierte tadellos.

Eva kannte das Nachbarsehepaar schon ihr ganzes Leben. Regines Treppensturz und der jähe Gedanke an die fehlende Vaterfigur spülte ihre Vergangenheit hoch. Und Gefühle, die sie längst hinter sich gelassen zu haben glaubte. Sie spürte in sich wieder das kleine Mädchen, das neidvoll auf die Nachbarsfamilie schaute. Die Schmitzens waren die traditionelle Familie, die Eva nie hatte. Vater, Mutter, drei Mädchen, ungefähr in Evas Alter. Die wuselige kleine Frau Schmitz, die schon in jungen Jahren ziemlich rund war, trug immer Schürze. Sie kochte, buk, strickte und nähte, während Henry Schmitz mit den drei Kindern im Garten tobte. Bei Oma Lore wurde aus der Bibel vorgelesen, die

Nachbarn sangen Schlager. Ihr Großvater war Verwaltungshengst, Schmitz der Praktiker. Er konnte alles. Lampen anschließen, Baumhäuser bauen und Fahrradreifen flicken.

»So wie die Schmitzens will ich nie leben«, hatte Regine in den Kölner Anfangsjahren oft gesagt. Während sie durch die Weltgeschichte, Kontinente und Lieben segelte, ging Schmitz den Weg aller Schmitzens. Er arbeitete bei Dorsch. Für Regine der Inbegriff bürgerlicher Langeweile: »Der ist gedanklich nie aus dem Bussardweg rausgekommen. Das ganze Leben bei einer Frau und Firma. Entsetzlich.«

Eva fand die beiden wunderbar. Einmal hatte Schmitz sie an einem Regentag in seinem türkisfarbenen Opel Kapitän zu ihrer Kölner Schule gefahren. Da war sie neun und Regine zum ersten Mal für Wochen verschwunden. Eva war stumm geblieben, als ihre neugierigen Mitschülerinnen ihn für den mysteriösen Vater hielten. Sie malte sich aus, dass sie mit der ältesten Tochter vertauscht worden sei. Schließlich war sie viel musikalischer als das Nachbarsmädchen. Heimlich sang sie mit, wenn Schmitz nebenan lauthals mit seinen Kindern Schlager schmetterte. Manchmal, wenn sie jetzt mit ihren vier Kindern im Wohnzimmer saß, David am Klavier, Lene mit der Gitarre und Frido jr. und Anna sangen, erinnerte Eva sich daran, wie sie als Kind sehnsüchtig nach den Liedern gelauscht hatte. Sie war froh, das einsame Mädchen hinter sich gelassen zu haben. Sie war dort angekommen, wo die Musik spielte. In ihrer eigenen Familie.

»Ich backe einen Kuchen«, beschloss Frau Schmitz, nachdem Eva die Geschichte von Regines Sturz erzählt hatte. »Den Mohnkuchen, den mag Regine besonders.«

Frau Schmitz glaubte fest daran, dass mit Kuchen fast

alles zu heilen war. »Wir besuchen sie morgen im Krankenhaus«, bestätigte Schmitz.

»Meine Mutter wird sich freuen«, nickte Eva. Es war die Wahrheit. Freunde, Geliebte, Vorlieben, Moden und Jahrzehnte waren an Regine vorbeigerauscht. Die Schmitzens blieben. Die Eheleute von nebenan erwiesen sich im Lauf der Jahre als treue Freunde. Und so spießig, wie Regine früher dachte, waren sie auch nicht. Seit Schmitz pensioniert war, hatte er mit drei ehemaligen Kollegen eine Garagenband gegründet.

»Schmitz & Friends« traten regelmäßig bei Hochzeiten, Familienfesten und Betriebsjubiläen auf. Sie spielten bei Eröffnungen von Drogerieketten, in Fußgängerzonen und Bürgerzentren. Olga Schmitz lieferte die Bühnenoutfits.

»Wenn du Zeit hast«, sagte Schmitz, »wir spielen nächsten Monat in Gummersbach.«

Alles war beim Alten im Bussardweg. Eva ignorierte ihr klingelndes Telefon. Die Dienstagsfrauen, die sich nach Regine erkundigen wollten, mussten warten. Es war an der Zeit, aufzuräumen. Auf dem Dachboden und in ihrem Leben.

4

7600 Generationen lang war das Horten von Gütern die vernünftigste Strategie, für die Wechselfälle des Lebens gewappnet zu sein. Evas Großmutter war auf alles vorbereitet gewesen. In einem alten Schrank hingen Regines Hippieklamotten. In einem anderen lagerte Oma Lores Notfallordner mit wichtigen Ausweis-, Bank- und Impfpapieren für den Krisen- und Kriegsfall, das gebrauchte Geschenkpapier, Reserveschuhbänder in Braun, Blau und Schwarz, günstig erworbene Großpackungen Briefumschläge mit und ohne Fenster, die Weihnachtsdekoration samt dem bleihaltigen Lametta aus den Sechzigern, das Eva als Kind nach den Heiligen Drei Königen hingebungsvoll geglättet und in Zeitungspapier gewickelt hatte. Jeder Brief, jeder Namensanhänger von Weihnachtsgeschenken, jedes offizielle Schreiben, jede Postkarte war sorgfältig archiviert. Eva hoffte, hier auf dem Dachboden etwas über die eigene Herkunft zu erfahren.

Schicht um Schicht tauchte Eva in den Staub der Vergangenheit und die Dokumente aus Regines Kindheit und Jugend ein. Mit jedem Dokument kam Eva dem Zeitpunkt ihrer eigenen Entstehung näher. Der Durchschlag eines Briefs, in dem der Großvater sich bei Anton Dorsch für Regines Lehrvertrag bedankte, lieferte einen ersten Hinweis.

Zum 1.1.1965 begann Regine im werkseigenen Kindererholungsheim Burg Achenkirch eine Lehre als Hauswirt-
schafterin. Eva kannte die Geschichte von Anton Dorsch.
Wie viele Unternehmer seiner Generation hatte er es sich
zur Aufgabe gemacht, auch jenseits des Betriebs für seine
Mitarbeiter zu sorgen. Sein soziales Engagement galt im
Besonderen den Kindern seiner Arbeiter und Angestell-
ten. Das von ihm gegründete Kindererholungsheim lag in
Franken und wurde von seiner Schwester geführt. Regine
schrieb in ihrer Lehrzeit ein paar Postkarten aus Achenkirch.
Dann der Paukenschlag: Regine, gerade sechzehn Jahre alt,
war schwanger. Mitte der Sechziger war das moralische
Bankrotterklärung und gesellschaftlicher Tod in einem:
»Einer derart verkommenen Person«, wütete die Direktorin
Frieda Dorsch in ihrem Kündigungsschreiben, »kann un-
möglich der Umgang mit unseren erholungsbedürftigen
Kindern gestattet werden.« Regine verließ Achenkirch mit
Schimpf und Schande und kehrte ins Elternhaus zurück.
Am 22. Januar 1966 wurde Eva geboren. Auf der Geburts-
urkunde fehlte jeder Hinweis auf den Vater.

Eva stellte den Ordner »Briefe« wieder in den Dachboden-
schrank zurück, als ihr ein Umschlag auffiel, der nach
hinten gerutscht war. Der Brief war an die Großmutter
adressiert: *Zur Weitergabe an Frau Regine Beckmann.* Auf dem
verwischten Poststempel war die Jahreszahl zu erkennen.
1993. In dem Umschlag steckten drei Schwarz-Weiß-Fotos
aus Regines Achenkirchner Zeit und eine Postkarte mit der
Ansicht einer Burg, die hoch über einem Dorf thronte. *Das
kann kein Zufall sein, liebe Regine*, stand auf der Rückseite in
einer selbstbewussten und kantigen Männerhandschrift. *Ich
bin zurück auf Burg Achenkirch, im Radio singt Doris Day, und*

25

Emmerich bringt kistenweise alte Fotos für den Subventionsantrag. Und plötzlich sitzt Du wieder im Fenster. Hast Du Lust, Dir unsere neue alte Burg anzusehen? Trotz allem, was passiert ist? Perhaps, perhaps, perhaps. Es grüßt, Dein Leo.

Eva hatte keine Ahnung, ob ihre Mutter den Brief je erhalten hatte.

5

»Warum weinst du, Mama?«, fragte Anna. »Ist das Lied so traurig?«

You won't admit you love me.
And so how am I ever to know?
You always tell me
perhaps, perhaps, perhaps,

sang Doris Day in einem Video auf YouTube. Ertappt griff Eva nach einem Taschentuch. »Das Lied handelt von Liebenden, die nicht zueinanderfinden, weil sie sich nie die Wahrheit sagen«, erklärte Eva. Hektisch wischte sie die Tränen weg.

»Aber du hast den Papa doch gefunden«, beschwichtigte Anna ihre Mutter mitfühlend.

»Ich schon, aber die Oma …«

Nachdenklich betrachtete Anna die Fotos, die Eva auf dem Dachboden gefunden hatte. Auf dem ersten sah man den Ausschnitt einer mittelalterlichen Fassade. Eine Tür, drei hohe Fenster in einer dicken Mauer. Im mittleren saß Regine und ließ ihre Beine nach draußen baumeln. Das zweite zeigte sie inmitten einer Kinderschar vor einem geschmückten Maibaum. Ein drittes war in einem Gewölbe aufgenommen. Regine stand mit einem Mikrofon auf der Bühne: eine junge Frau, die kokett und unbeschwert in die Kamera lachte. Auf der Rückseite in derselben Männerschrift, die sie schon aus dem Brief kannte, die Zeile: *Perhaps, perhaps, perhaps.*

»Du hast dieselben Augen. Aber die Oma ist viel magerer«, sagte Anna nachdenklich.

»Vielleicht sehe ich meinem Vater ähnlich«, mutmaßte Eva. »Irgendwas muss ich auch von ihm geerbt haben.«

»Lecker kochen«, schlug Anna vor. »Das kann die Oma gar nicht. Die kocht alles so lange, bis es Brei ist. Am Ende macht sie Gewürze drüber und behauptet, es wäre indisch.«

Konnte ihr Vater kochen? Sah sie ihm ähnlich? Hatte sie seine Charakterzüge? Gegen drei Uhr morgens, als sie sicher sein konnte, dass niemand sie störte, tippte Eva die zwei verhängnisvollen Worte bei Google ein: »Burg Achenkirch«. Eine Sekunde später öffnete sich die Seite von Wikipedia. Nach einer wechselvollen Geschichte als Rittersitz, als Unterschlupf für Räuber und Wegelagerer, als gräfliche Stammburg, Militärbasis, Flüchtlingsunterkunft und Kindererholungsheim hatte die Burg fast zwanzig Jahre leer gestanden. 1988 übernahm der »Zweckverband zur Erhaltung des fränkischen Kulturbesitzes« das Monument, das dem Verfall anheimgegeben war. 1993 wurde die Burg als Hotel wiedereröffnet. Eva klickte weiter auf die Homepage. Statt kalorienhaltiger Kost und Erholung für kriegsgeschädigte Kinder bot die Burg heute ein vielseitiges Programm an. Alles war möglich: Tagungen, Familienfeiern, Hochzeiten, Erholungsprogramme. Es gab Wellnesswochen, Schweige-Seminare, Entschleunigungskurse und Heilfasten. Informationen über das Personal und Pächter fanden sich auf der

Website des Hotels nicht. Nur ein Name im Impressum. Leonard Falk.

War das der Mann, den sie suchte? Als Kind hatte Eva sich jeden Abend im Bett Geschichten ausgemalt, in denen ihr Vater auftauchte und mit wohlgesetzten Worten alle Missverständnisse aufklärte: Sie hatte ihn sich als südamerikanischen Rebellenführer erträumt, als Koch auf einem Frachtschiff, als uneigennützigen Entwicklungshelfer in Afrika. Tränen schossen ihr in die Augen. Judith hatte recht. Es war an der Zeit, den jährlichen Ausflug der Dienstagsfrauen anzugehen. Sie alle verdienten eine Pause vom Alltag. Warum nicht in Achenkirch? Eine Woche Heilfasten klang großartig. Und wenn sie in den sieben Tagen so ganz nebenbei etwas über ihre Herkunft erfahren konnte, umso besser.

6

»Heilfasten! Das wäre doch was für uns alle, meint ihr nicht?«, schlug Eva vollmundig vor.

Eine Woche war seit dem Treppensturz vergangen. Judith hatte darauf bestanden, das Treffen nachzuholen, Nägel mit Köpfen zu machen und endlich ein Ziel für den jährlichen Ausflug zu bestimmen, der wegen Greta mehrmals verschoben worden war. Sehr zum Erstaunen aller führte Eva das große Wort in der Runde.

»Heilfasten ist nicht einfach eine Diät, eine Umverteilung von Kalorien«, erklärte Eva, »sondern ein glaubwürdiges Konzept, über mentale Konzentration überflüssige Pfunde abzuwerfen.«

Selbst den passenden Ort hatte sie schon herausgesucht. Achenkirch musste es sein: »Eine Burg im Altmühltal. Abgelegen, einsam, wildromantisch. Ideal für uns«, verkündete sie im Brustton der Überzeugung. »Wir brauchen gar nicht weiterzusuchen.«

Caroline staunte über die Vehemenz, mit der Eva ihren Vorschlag äußerte. Normalerweise war die Jetzt-Wieder-Ärztin Eva absorbiert von ihrem Alltag. Zu längerfristigen Planungen war sie nicht in der Lage.

»Ich schließe mich an«, war Evas Standardsatz, wenn es darum ging, Pläne für den jährlichen Ausflug der Dienstagsfrauen zu schmieden. Im privaten Urlaub richtete sie sich grundsätzlich danach, was ihre vier Kinder oder Ehemann Frido wollten. Eva landete regelmäßig in viel zu teuren Clubhotels, in denen pathologisch gut gelaunte Animateure sie immer dann aufspürten, wenn sie gerade auf ihrer Sonnenliege eingenickt war.

Bei den Dienstagstreffen verteidigte Eva ihre defensive Haltung: »Was nutzt es mir, wenn ich meinen Willen durchsetze und alle anderen sind unglücklich.« Ihr Helfersyndrom verließ sie nie. Selbst im Krankenhaus war sie auf ihrer Station die erste Ansprechpartnerin geworden, wenn es darum ging, im Kollegenkreis für Geburtstage, Hochzeiten und andere Glücks- und Wechselfälle des Lebens zu sammeln.

»Kein Wunder, dass mir das Aufopferungsgen fehlt«, meinte Estelle spitz. »Eva hat es doppelt.«

Die verwöhnte Apothekersfrau war eine Meisterin darin, unangenehmen Aufgaben auszuweichen und sich ausschließlich den schönen Aspekten des Lebens zu widmen: der Pflege des eigenen Selbst. Normalerweise schlug sie für den Jahresausflug der Dienstagsfrauen ein sündhaft teures Rundumsorglos-Hotel mit Verwöhnaroma vor.

Bevor Estelle zu Wort kommen konnte, ratterte Eva ihre Argumente herunter. Wortreich beklagte sie ihren Weihnachtsspeck. Den vom letzten Jahr, der sich bis über den Sommer hinaus an ihren Hüften gehalten hatte, und den vom nächsten Jahr, den sie zweifelsohne bald hinzubekommen würde.

»Bei REWE in Klettenberg liegen schon die ersten Lebkuchen im Regal«, klagte sie. »Im September schmecken die am allerbesten.«

Caroline beunruhigte das verbale Trommelfeuer, das Eva abschoss. Sie konnte sich beim besten Willen nicht vorstellen, dass die leidenschaftliche Köchin Eva begeistert von der Vorstellung war, sieben Tage auf Essen zu verzichten. Wegen der paar Kilo? Eva war Ärztin. Sie wusste nur zu gut, dass man das Gewicht, das man in einer Woche Heilfasten verlor, schnell wieder draufhatte. Warum war Achenkirch wichtig für Eva?

Der Gedanke an eine gemeinsame Fastenkur erregte die Gemüter der Dienstagsfrauen so heftig, dass außer Caroline keiner der Freundinnen auffiel, wie merkwürdig Evas Vorstoß war. Beim Thema Gewicht waren die ungleichen Freundinnen sich einig.

»In sieben Tagen auf Size Zero? Ich bin dabei«, erklärte Estelle. Sie kämpfte mit ihrem neuen Chanel-Kostüm, das sie für die große Charity-Gala des Golfclubs ausgesucht hatte: »Im Laden passte es perfekt«, monierte sie. »Nur hinsetzen kann ich mich nicht. Jedenfalls nicht, wenn ich gleichzeitig atmen will.«

Judith, die Dienstagsfrau mit der spirituellen Ader, hatte keinen eigenen Vorschlag. Stattdessen schwärmte sie von den mentalen Wirkungen der leiblichen Entsagung.

»Fasten soll einen in rauschhafte Zustände versetzen«, begeisterte sie sich. »Ganz ohne Drogen.«

»Ich kann auch ein bisschen weniger gebrauchen«, bestätigte Kiki, die noch immer mit ihren restlichen Schwangerschaftskilos kämpfte.

Bevor Caroline sich einen Reim darauf gemacht hatte, was sich hinter Evas wildem Aktionismus verbarg, überraschte die Freundin sie ein zweites Mal.

»Warum verreisen wir nicht sofort?«, schlug Eva vor. »Gleich nächste Woche.«

»Und deine Kinder?«, fragte Caroline. Sie verstand nichts mehr.

»Es passt sowieso nie«, erklärte Eva lapidar.

Sechzehn Jahre hatte es Caroline unendliche Mühen gekostet, Eva davon zu überzeugen, trotz familiärer Pflichten bei der jährlichen Fahrt der Dienstagsfrauen dabei zu sein. Sechzehn Jahre predigte sie der Freundin, ihre Familie zu mehr Selbstständigkeit zu erziehen. Und jetzt ließ Eva sich zu einer Spontanaktion hinreißen? Keine generalstabsmäßige Vorbereitung? Kein wochenlanges Vorkochen? Keine seitenlangen Anweisungen, die der Familie das Überleben in mutterlosen Krisenzeiten erläuterten? Keine Schuldgefühle? Evas Verhalten war so merkwürdig, dass sich die anderen einschalteten.

»Du willst Frido mit den Kindern alleine lassen? Einfach so?«, wunderte sich Estelle.

»Und deine Mutter?«, hakte Judith nach. Regine lag seit einer Woche mit gebrochenen Knochen und ungebrochenem Nerv-Potenzial im Krankenhaus. Ausgerechnet auf der Station, auf der Eva arbeitete. Die Dienstagsfrauen wussten, wie intensiv sich Eva um ihre Mutter kümmerte.

Nur Kiki schwieg. Max hatte ihr eine E-Mail geschickt. »Sie kann Yoga«, schrieb er. Darunter das Foto einer selig schlummernden Greta. Sie lag auf dem Bauch. Die dicken Babyarme hatte sie vor dem Kopf verschränkt, die Knie angewinkelt, den Windelpo weit in die Höhe gestreckt. Kiki war gerührt. Nie im Leben hätte sie vermutet, dass ein Babyfoto ihr Tränen in die Augen treiben könnte. Auch wenn deutlich zu erkennen war, wo Greta es sich gemütlich gemacht hatte: Sie lag diagonal in Kikis Betthälfte.

»Ich bin für sofortiges Heilfasten«, erklärte Kiki. »Ein

paar Kilo weniger, und ich passe locker neben Greta in mein Bett.«

»Wer ist dafür?«, erzwang Eva eine schnelle Entscheidung. Innerhalb einer Sekunde flogen vier Finger in die Luft. Im Hintergrund beeilte sich Luc, eine Flasche Champagner zu entkorken. Die unerwartet schnelle Einigung, die traditionell mit einer Flasche Veuve Clicquot begossen wurde, überrumpelte ihn. In den sechzehn Jahren, in denen die Dienstagsfrauen in sein Lokal kamen, hatten sie es noch nie unter einer Stunde wilder Diskussion geschafft, sich auf ein gemeinsames Ziel zu einigen. Caroline war noch nicht mit dem Denken fertig. Irgendetwas stimmte nicht.

»Zum Abnehmen ist Heilfasten nicht geeignet. Doch als Einstieg in ein verändertes Essverhalten und eine gesündere Lebensweise ist es ideal«, erläuterte Eva, als ob es Caroline an Argumenten mangelte.

Seit ihrer gemeinsamen Pilgerreise auf dem Jakobsweg hatte sich Caroline über vieles gewundert, was die Freundinnen taten. Mehr noch war Caroline erstaunt, zu was sie selbst fähig war. Doch darüber sprach sie lieber nicht. Nicht über das merkwürdige Vorgefühl, das sie bei Evas Plan beschlich. Nicht über den Hotelschlüssel, den sie in ihrer Handtasche verbarg. Nicht über den Mann, der im Hotel Savoy auf sie wartete. Stattdessen nickte sie: »Heilfasten? Wieso nicht? Ich kann jede Menge Entschlackung und Entschleunigung brauchen.«

7

»Abbiegen«, rief Eva. »Links. Du musst links. Links!«

Zehn Tage nach dem Treffen im Le Jardin machten die Freundinnen sich auf nach Achenkirch. Ob sie da je ankamen, war fraglich. Der Wagen rauschte in unvermindertem Tempo an der Gabelung vorbei. Caroline, die wie immer am Steuer saß, wenn die Dienstagsfrauen unterwegs waren, trat verbissen aufs Gaspedal. Die Route war nicht kompliziert. Doch Caroline war mit dem Kopf noch in Köln. Genau wie Kiki, die endlich wieder ein Bewerbungsgespräch hatte und erst am Abend zu ihnen stoßen würde.

»Burghotel Achenkirch. Fünfzehn Kilometer. Da stand es doch«, beschwerte sich Eva. Drei verpasste Abzweigungen und das ewige Sich-wieder-neu-orientieren-Müssen auf der unhandlichen *Allianz Freizeitkarte Donau-Altmühltal* strapazierten ihre Nerven genauso wie die sphärische Entspannungsmusik, die Judith zur Einstimmung auf die gemeinsame Ferienwoche ausgewählt hatte.

»Macht den Singsang aus und das Navi an«, empfahl Estelle. Schlaftrunken guckte sie unter ihrer kühlenden Augenmaske hervor. »Das Leben kann so einfach sein, wenn man anderen die Arbeit überlässt.«

»Das Navi habe ich Philipp zum Abschied geschenkt«, gab Caroline zu. Eine Spitze gegen ihren Nochehemann, der darauf bestand, dass sein angeborener Richtungssinn jede Elektronik schlug. Philipp wusste, wie man den Feierabendstau auf den Kölner Ringen umfuhr, der Dauerbaustelle an der Severinsbrücke entkam oder das versteckte Ferienhaus in Südfrankreich fand. Besser als Caroline und besser als die Tussi vom Navigationsgerät, die ihn mit ihrem penetranten »wenn möglich bitte wenden« aus dem Konzept brachte. Philipp hörte nicht auf Ratschläge, und Philipp wendete nicht. Er hatte seine eigenen Vorstellungen, wie man durch die Stadt und durchs Leben manövrierte. Am Ende war es nicht die Tussi vom Navigationsgerät, die Carolines Ehe den Rest gegeben hatte, sondern die lange Reihe Frauen, mit denen Philipp vom Weg der ehelichen Treue abgekommen war. Carolines Lebensbilanz war ernüchternd: Sie war eine erfolgreiche und berüchtigte Strafverteidigerin, Mutter zweier erwachsener Kinder und seit der Pilgerreise wieder in Steuerklasse eins eingeteilt. »Dauerhaft getrennt lebend«, hieß der Schwebezustand in Beamtendeutsch. Caroline hatte eine Menge zu verarbeiten: Judith, der zuliebe sie überhaupt auf Pilgerreise gegangen waren, Judith, die zarte, frisch verwitwete Kindfrau, ihre langjährige Vertraute und Freundin, hatte sie hintergangen. Sie war eine von Philipps zahlreichen Geliebten gewesen. Das eigentliche Wunder von Lourdes war, dass die Dienstagsfrauen Judiths Verrat überlebt hatten. Von Carolines Ehe konnte man das nicht behaupten.

»Du brauchst Orientierung dringender als ich«, hatte Caroline gesagt, als sie Philipp zum Abschied das Navi auf den Tisch legte. Stattdessen bemühte sie für den jährlichen Ausflug der Dienstagsfrauen die gute alte Landkarte. Erst der A3 von Köln Richtung Nürnberg folgen, dann weiter auf der A9 bis zur Abfahrt Altmühltal. Bei Kipfenberg hätte Caroline abbiegen müssen …

»Da. Da hättest du drehen können. Warum drehst du nicht?«, rief Eva. Caroline war nicht bei der Sache. Mit einer abrupten Bewegung lenkte sie den Wagen auf den »Panoramaparkplatz Achenkirch«.

»Weil man hier den besten Blick über das Tal hat«, log Caroline, dankbar für die unvermutete Ausflucht.

Die Aussicht war atemberaubend.

»Wie ein Bausatz von Märklin«, schrie Estelle. Kräftiger Wind fegte ihr Haare und Herbstlaub um die Ohren. Schattenflecken und Lichtkegel huschten in hohem Tempo über Wiesen, Wälder und Wacholderheiden. In der Talsohle, windstill und geborgen, der Fluss und das Dorf Achenkirch. Dicht an dicht schmiegten sich die weißgrauen Jurahäuser mit ihren flachen Dächern aneinander. Aus den Schornsteinen stieg Rauch, der sich in den bunt leuchtenden Baumwipfeln verlor. Darüber ragten schroffe, spektakulär zerklüftete, schmutzig weiße Kalkfelsen in die Höhe. Auf dem Bergsattel lag das Ziel ihrer Reise: die Burg Achenkirch. Sechshundert Jahre wechselvoller Geschichte materialisierten sich in grün überwucherten dicken Mauern aus grobem, grauem Stein, in Zinnen und Schießscharten, Türmchen und schlossähnlichen An-, Aus- und Umbauten. Ein imposanter Bergfried kratzte an eilig dahinziehenden Wolken.

»Sieht nicht sehr heimelig aus«, bemerkte Estelle.

Caroline erkannte an den Mienen der Freundinnen, dass sie der Ankunft auf der Burg mit ebenso gemischten Gefühlen entgegensahen. Entschleunigen, entschlacken, abspecken: Das war das Gebot der Stunde. Caroline freute sich darauf, ihren hektischen Alltag hinter sich zu lassen. Sieben Tage keine dringenden E-Mails und Telefonate, keine schwierigen Klienten und ungeduldigen Richter, keine Aktenberge und Überstunden, kein Last-Minute-Shopping an der Tankstelle, keine Familiengeburtstage, kein Auto, das zum TÜV musste, keine nackten Glühbirnen in der Wohnung. Fünfzehn Monate nach der Trennung von Philipp baumelten die noch immer vorwurfsvoll von den Decken ihrer kleinen Zweizimmerwohnung und riefen Caroline ständig die Tatsachen ins Gedächtnis: Dauerhaft getrennt lebend. Sieben Tage ohne Männer und ohne familiäre Verpflichtungen, ohne Bankenkrise, Euroschwäche und Steuerreformen. Leider auch ohne feste Nahrung. Heilfasten war angesagt. Weil Heilfasten angesagt war.

Caroline hatte sich weit mehr vorgenommen als eine Woche Verzicht auf Essen, auf süße Seelentröster und den abendlichen Wein, der sie in den Schlaf wiegte. Wer entschleunigt, gewinnt Mußestunden: Zeit für sich, Zeit für die Freundinnen, Zeit für Gespräche und Geständnisse. Wenn Caroline wollte, dass die Freundschaft der Dienstagsfrauen Bestand haben sollte, musste sie ihren Freundinnen beichten, welch merkwürdige Wendung ihr Leben genommen hatte.

»So ein stolzes Anwesen. Und nicht mal eine anständige Küche«, seufzte Estelle.

»Wie wäre es mit einer Henkersmahlzeit?«, schlug Eva vor. Caroline nickte. Beim Blick auf die leichenblasse Eva ahnte sie, dass sie nicht die Einzige war, die in den kommenden Tagen etwas zu erklären hatte.

8

Das Dorf Achenkirch strahlte verschlafene Gemütlichkeit aus. Von den 1235 Einwohnern, die das fränkische Nest laut Gemeinde-Website bevölkern sollten, waren am frühen Freitagmittag nur wenige zu sehen. Der Postbote drehte seine Runde, zwei Angler standen am Ufer des gemächlich dahinfließenden Flusses. Die Schwimmer trieben nur wenig ab, so langsam floss das Wasser der Donau entgegen. Eingekesselt zwischen zwei Felswänden schlief das Dorf in der Talsohle. Die Bäckerei Josef Fasching, die außer Backwaren Gemüsekonserven, Tütensuppe und eingeschweißte Wurstwaren verkaufte, hatte Mittagspause, der Haarsalon »Kamm und Schere« Betriebsausflug. Ein Aushang verkündete, dass die Belegschaft zum eintägigen Trendseminar ins Wella-Studio nach München gefahren war, um sich dort in der »Königsdisziplin Blond« unterweisen zu lassen. Auf den verwinkelten Dorfstraßen, die weder eine Ampel noch einen Geldautomaten zu bieten hatten, brachten ein paar auffällig junge Mütter ihre Kindergartenkinder zum Mittagessen nach Hause.

»Wenn es ein Restaurant gibt, dann neben der Kirche«, verkündete Caroline und wies auf den Zwiebelturm, der über den Dorfhäusern schwebte. Einmal in Achenkirch angekommen, schmolz Evas Gelassenheit dahin. Die warnende Stimme wurde lauter: Was, wenn sie ihren Vater tatsächlich fand? Oder schlimmer noch: Was, wenn sie ihn nicht fand? Was hatte sie schon in Händen? Einen mysteriösen Brief mit einem Schlagertext, einen Namen, drei Fotos und die Gewissheit, dass Regine ihr aus dem Krankenhaus nicht dazwischenfunken konnte.

»Regine darf nichts davon erfahren«, hatte sie ihrem einzigen Verbündeten Frido eingeschärft.

Eva fürchtete Carolines analytischen Scharfsinn und Estelles neugierige Fragen. Sie wollte sich die Option offenhalten, jederzeit einen Rückzieher machen zu können.

Eva stellte sich ihre Mutter in Achenkirch vor. Hatte sie beim Bäcker süße Teilchen gekauft? War der Salon »Kamm und Schere« für die imposante Turmfrisur auf den Fotos verantwortlich? Hatte Regine sich heimlich nachts durch die Hintertür zu einem Liebhaber gestohlen? Welches der Häuser barg ein Geheimnis? Die Farben der Fassaden changierten zwischen gebrochenem Weiß, Beige und Ockertönen, als hätten sich die Bewohner abgesprochen, auf keinen Fall aufzufallen. Nirgendwo ein knalliges Blau, kein vorwitziges Rot, nicht mal die kleinste Geschmacksverirrung in Lila oder Pastell. Besonders Wagemutige bepflanzten ein altes Wagenrad mit Geranien, nagelten eiserne Zugvögel an die Häuserwand oder entschieden sich für eine Hecke am Stiel.

»Hier riecht's nach Gartenzwergen«, zischte Estelle. Eva verstand, was sie meinte.

»In Achenkirch tanzt man nicht aus der Reihe«, raunten ihr die symmetrisch arrangierten Blumenrabatten aus den Vorgärten zu. Hier war alles aufgeräumt, ordentlich und geregelt. Wie passte Regine in dieses Ambiente? Dieses Mädchen, dem Schalk und Lebenslust aus den Augen blitzten? Bis heute war Regine eine gewisse Rastlosigkeit zu eigen. Sie war immer auf der Suche nach neuen Erfahrungen und Abenteuern. Was konnte ein Dorf wie Achenkirch einem lebenshungrigen Teenager bieten? Das verwitterte Anschlagbrett der Gemeinde verkündete nur wenig Abwechslung. Neben den samstäglichen Abfahrtszeiten des Discobusses und Hunderten von verrosteten Heftklammern hing einsam das Poster der Freiwilligen Feuerwehr Achenkirch, die für die kommende Woche zum sechsundvierzigsten Gründungsfest lud. Als die vier Freundinnen den Dorfplatz mit dem Standbild für die sudetendeutschen Kriegsflüchtlinge passierten, stießen sie auf eine Menschentraube. Unter lebhafter Anteilnahme der Bevölkerung hievten die Feuerwehrmänner schwere blau-weiß gestreifte Plastikplanen über ein Stahlgerippe, das einmal das Festzelt werden sollte. Ein älterer Mann mit weißen Stoppelhaaren und zerfurchtem Gesicht stand auf der Kirchenmauer und hielt die Fortschritte mit einer altertümlichen Leica fest. Gegenüber von Friedhof und Kirche lag das einzige Gasthaus des Dorfes: die Wilde Ente. Die Fassadenaufschrift in altertümlicher Fraktur verkündete stolz, dass sich der Gastbetrieb bis auf das Jahr 1500 zurückdatieren ließ.

Eva war froh, weiteren Spaziergängen durch das Dorf zu entkommen. »Ich sehe die Reise ganz gelassen«, hatte sie beim Abschied von Frido vollmundig behauptet. »Was habe ich zu verlieren? Höchstens ein paar Kilo.«

In Wirklichkeit sah sie nichts gelassen. Weder ihre überflüssigen Kilo noch die Vatersuche.

9

»Die Beilagen vom Jägerschnitzel? Nur den Reis?«, dröhnte der verrauchte Bass der Wirtin durch die Holzbalkengemütlichkeit. Am Stammtisch der Wilden Ente, wo ein halbes Dutzend Rentner eben noch das politische Schicksal des Landrats erörtert, Fußballergebnisse kommentiert und die Ehe des Friseurs durchgehechelt hatte, wurde es schlagartig still. Ende September verirrten sich nicht mehr jeden Tag vier attraktive Frauen in die Wirtschaft. Die alten Herren wollten nichts Wichtiges verpassen.

»Bitte keine Sauce und das Gemüse nur in Wasser gedünstet«, ergänzte Judith eingeschüchtert ihre Bestellung. In ihrer esoterischen Buchhandlung hatte sie sich nach dem Treffen im Le Jardin sofort mit der passenden Lektüre eingedeckt. Die Bücher hatten Titel wie *Genussvoll entschlacken*, *Neugeboren durch Fasten* oder *Heilfasten. Auszeit für Körper, Geist und Seele*. Aus den Ratgebern hatte Judith gelernt, wie wichtig eine sorgfältige Vorbereitung und konsequente Reduzierung der Nahrung schon vor dem eigentlichen Fasten war. Reis und Gemüse waren die ideale Mischung für einen Entlastungstag.

»Ich nehme den hausgemachten Apfelstrudel«, entschied Eva und ignorierte den vernichtenden Blick von Judith.

»Mit oder ohne Strudel?«, erkundigte sich die resolute Wirtin. Ihre tiefe Stimme deutete darauf hin, dass sie manchem Laster zugetan war, die Lachfalten offenbarten, dass sie jedes einzelne genossen hatte. Entsagung und Verzicht waren gewiss nicht ihre Welt. In der Wilden Ente galt ballaststoffreiche Reduktionskost wie Reis, gedünstetes Gemüse und Rohkost nur bedingt als Mahlzeit.

»Ich heiße zwar Körner«, witzelte die Wirtin, »das heißt aber nicht, dass ich mich davon ernähren muss.«

»Roberta ist streng«, klang eine Stimme aus dem Hintergrund. »Mit der legt man sich besser nicht an.«

Eva wandte sich um. Der alte Mann mit dem weißen Bürstenhaar und der Kamera war den Dienstagsfrauen in das Gasthaus gefolgt. Er nahm am Stammtisch Platz und murmelte ein paar unverständliche Sachen vor sich hin. Niemand gab sich Mühe, ihn zu verstehen. Er schien weder eine Reaktion zu erwarten noch zu bekommen. Die Männer am Stammtisch waren im richtigen Alter. Jeder von ihnen konnte ihr Vater sein, schoss es Eva durch den Kopf.

»Suppe ohne Einlage«, bestellte Estelle.

Die Wirtin begriff endlich, was los war: »Ihr seid von oben. Von der Burg«, konstatierte sie.

Ihr Zeigefinger stach in Richtung des mittelalterlichen Steingewölbes. Ihre Stimme klang, als wäre das eine schwere Krankheit.

»Auf dem Weg dorthin«, bestätigte Estelle.

Roberta war zufrieden. Auf der Burg zu logieren war Erklärung genug für jede vegetarische und sonstige Verirrung.

»Einmal kastriertes Jägerschnitzel, einmal Rohkostsalat, einmal Kartoffelsuppe ohne Mettbällchen und einen Apfel«, vervollständigte sie ohne weiteren Kommentar die

Bestellung der Dienstagsfrauen. Für Leute von oben galten andere Gesetze als für die Menschen im Tal.

Zwei junge Mädchen holten Eis am Tresen für ihre Kindergartenkinder.

»Teenieschwangerschaften sind in Achenkirch offensichtlich ein Hobby«, stellte Caroline fest.

Estelle hatte durchaus Verständnis für die frühen Familiengründungen: »Fällt dir was Besseres ein, was man hier unternehmen könnte?«

»Fasten«, gab Judith zu bedenken. »Darum sind wir hergekommen, oder?«

Carolines Blick wanderte automatisch zu Eva. Nur sie könnte die Frage beantworten, warum es ausgerechnet dieses Provinznest sein musste. Doch Eva duckte sich weg. Ein kurzer Blick unter den Tisch offenbarte, dass Eva klammheimlich die Speisekarte samt goldgeprägtem Antik-Ledereinband in ihrer Handtasche verschwinden ließ. Caroline war nicht die Einzige, die Eva beobachtete. Als Eva mit hochrotem Gesicht über der Tischkante auftauchte, flammte ein Blitzlicht auf. Der Mann mit dem Bürstenhaar fotografierte sie ungefragt.

»Lass die Gäste in Ruhe, Emmerich«, fuhr Roberta den Fotografen an. »Es tut mir leid«, entschuldigte sie sich bei den Dienstagsfrauen. »Mein Schwager ist nicht ganz richtig im Kopf.«

»Wie hieß der Fotograf?«, vergewisserte sich Eva mit wackliger Stimme. »Emmerich?«

»Komischer Name«, bestätigte Judith.

Als ob es darum gehen würde. Aber worum ging es? Früher hätte Caroline nachgehakt. Früher war sie mit Philipp verheiratet, glaubte, eine gute Ehe zu führen und Leben, Arbeit und Familie im Griff zu haben. Früher war fünfzehn Monate her. Caroline lehnte sich gelassen zurück und zwinkerte Eva verschwörerisch zu. Sie zweifelte nicht daran, dass Eva sich ihnen anvertrauen würde. Wenn der richtige Moment gekommen war.

10

Wie lange brauchte der noch? Kiki saß auf heißen Kohlen. Ihre vier Freundinnen waren längst in Achenkirch angekommen, und sie saß noch immer im Kölner Büro des Porzellanherstellers Tagwerk fest. Ihr dreizehntes Bewerbungsgespräch. Wenn Hubert Moll, seines Zeichens künstlerischer Direktor, sich nicht bald bequemte, sie zu empfangen, würde sie mitten in der Nacht im Altmühltal ankommen. Fragte sich nur, in welchem Zustand. Radikaldiät und Schlafentzug. Wohl keine gute Mischung.

Nach zwei Stunden Vertrösten und Warten durfte sie das Allerheiligste betreten, einen unterkühlten Glaspalast, in dem Alltagsgeschirr wie seltene Kunstgegenstände in Szene gesetzt war.

»Sie waren bei meinem Freund Johannes Thalberg in der Firma«, begrüßte Moll sie. »Eggers …?«, ließ er ihren Namen auf der Zunge zergehen. »Kiki Eggers.«

Moll gab den Künstler. Dunkler Anzug, dunkle Haare mit Haartolle, die permanent nach hinten gestrichen werden musste, dunkle Augen hinter einer dicken, schwarz umrandeten Brille. Er war klein und gefährlich. Kiki befürchtete das Schlimmste, als Moll in den Tiefen seines Gedächtnisses kramte, in welchem Zusammenhang er ihren Namen schon mal gehört hatte. Offenbar ergebnislos.

»Lassen Sie sehen, was der Johannes Ihnen beigebracht hat«, sagte er schließlich.

Kiki hatte nicht nur eine Mappe mit Zeichnungen dabei, sondern auch ein paar Prototypen. Moll trat einen Schritt zurück, um das Service, das sie entworfen hatte, in Augenschein zu nehmen.

»Design funktioniert wie ein Symphonieorchester. Alles eine Frage von Timing«, dozierte Moll und verfiel in tiefsinniges Schweigen.

Kiki hatte Zweifel, ob er wirklich über Design nachdachte, oder ob es ihm darum ging klarzumachen, dass er der Dirigent war und Herr über das Tempo des Orchesters.

»Ich bin flexibel. Im Takt und auch sonst«, stammelte Kiki. So flexibel wie man mit einem sechs Monate alten Baby und einem Mann ohne Studienabschluss sein konnte. Beides hatte sie bei ihrer Bewerbung wohlweislich verschwiegen. Schließlich ging es um den Ankauf von Entwürfen und nicht um den Familienstand. Aus zwölf vergeblichen Bewerbungen hatte Kiki gelernt, dass niemand einer jungen Mutter zutraute, zwischen Babywindeln brauchbare Ideen zu entwickeln. Moll reagierte nicht. Eingehend prüfte er Kikis Kaffeeservice. Er strich über die Ränder, streichelte die Innenflächen, wog die Entwürfe in seinen Händen.

»Tagwerk steht nicht für Geschirr, sondern für Tableware. Wir legen die Messlatte hoch«, betonte er.

Kiki unterdrückte einen hysterischen Lachkrampf. Ausgerechnet der kleine Moll, der ihr bis zum Dekolleté reichte, redete über hohe Messlatten.

»Ich habe umfangreiche Praxisstudien durchgeführt, bevor ich mich für diese Form entschieden habe«, rettete sich Kiki auf die sachliche Ebene. Das war nicht einmal gelogen. Sie hatte es inzwischen zum Partner geschafft. Leider nicht

in der Designfirma von Johannes Thalberg, sondern bei
»Coffee to go« am Barbarossaplatz. Bei der Franchisekette
wurde jede noch so niedrige Tätigkeit durch einen klingen-
den Titel aufgewertet. Selbst die kleinste Größe Kaffee verkaufte man als »tall«. Nur für den mageren Stundenlohn
der Barista hatten sie keine Jubelbezeichnung erfunden.
Kiki war mit Leib und Seele dabei. Und versuchte trotzdem den Absprung. Jeden Abend, wenn Greta schlief und
Max für sein Examen büffelte, holte sie ihre Arbeit hervor.
Kiki setzte bei ihrem Entwurf dort an, wo sie sich auskann-
te. Beim Wegwerfgeschirr. Die Plastikbecher, die sie in der
Kaffeebar verwendeten, bildeten die Grundlage ihrer Ge-
schirrserie. Das Service sah aus, als wäre es aus Pappe, war
in Wirklichkeit jedoch aus hauchdünnem Porzellan. Kiki
hatte Prototypen gießen lassen, mit denen sie sich bei ein-
schlägigen Firmen bewarb. Moll entschied über zahllose
Kaufhauslinien. Wenn er sich denn entscheiden würde.

»Der richtige Entwurf ist nichts wert, wenn er zur falschen Zeit kommt«, säuselte Moll und rückte näher an Kiki
heran. Der Geruch schweren süßlichen Rasierwassers zog
in ihre Nase. Vielleicht hätte sie in den Unterlagen Greta
UND Max erwähnen sollen. Timing zählte nicht gerade
zu ihren Stärken. Als die Vase, die sie auf der Pilgerfahrt
entworfen hatte, in Serie ging, war sie bei Thalberg Design rausgeflogen. In den Worten von Johannes Thalberg,
die der Kündigung vorangingen, kam das Wort Max nicht
vor. Dafür war eine Menge von Auftragslage die Rede,
von betriebsbedingten Umstrukturierungen und großem
Bedauern. Thalberg Design entließ seine Leute immer mit
großem Bedauern. Kikis Problem war: Sie verstand ihren
Chef. All die Bedenken, die Thalberg gegen die Beziehung
seines Erstgeborenen mit einer Frau hegte, die dreizehn

Jahre älter war und noch dazu seine Angestellte, hatte sie auch in ihrem Kopf bewegt. Bis das Herz sich durchsetzte. Und der Unverstand.

»Ich melde mich bei Ihnen. Ganz, ganz schnell«, hauchte Moll und hielt ihre Hand ein bisschen länger fest als nötig. Haargel klebte an Kikis Fingern.

Kikis Timing war schlecht, ihr Karriereweg krumm und das Konto klamm. Vor Jahren hatte sie beim Deutzer Frühlingsfest den Hauptgewinn gezogen. Einen Fön. Kiki, die ihren Haaren noch nie eine Föntolle zugemutet hatte, war enttäuscht gewesen. Jetzt leistete der Fön exzellente Dienste bei Gretas Bauchkrämpfen. Timing hatte sie nicht. Aber Durchhaltevermögen. Die Karriere würde beginnen, wenn es so weit war. Zur Not in Achenkirch.

11

»Das war kein Nein«, las Eva. Soeben war Kikis Bericht von der Bewerbungsfront via SMS eingegangen.

»Ein Ja klingt anders«, warnte Judith.

»Ich wünschte, ich hätte Kikis Optimismus«, meinte Estelle. »Kiki vermittelt einem immer den Eindruck, dass sie kurz vorm Lottogewinn steht.«

Sie hatten die Henkersmahlzeit hinter sich gebracht. Caroline lenkte das Auto über den engen, steilen Waldweg in Richtung Bergsattel. Mit jedem Meter wurde sie unsicherer.

»Wir müssten längst da sein.«

»Wenn Sie sicher sind, sich verfahren zu haben, sind es noch gute fünfhundert Meter. Stand in der Anfahrtsbeschreibung«, beruhigte Eva.

Das Licht des späten Nachmittags drang in dünnen Strahlen durch die Bäume. Wie himmlische Scheinwerfer setzten sie Lichtakzente: auf einen bemoosten Stein, eine verwegene Felsformation oder eine Gruppe Pilze. Nur der Stapel frisch geschnittenes Holz am Wegesrand deutete darauf hin, dass sich hier nicht nur Fuchs und Hase, sondern auch Menschen aus Fleisch und Blut Gute Nacht sagten. Estelles Gesicht wurde immer länger. Touristische Highlights durfte man hier nicht erhoffen. Hier gab es nicht mal

Straßenlaternen, geschweige denn einen Kiosk, wo man sich neben fränkischen Würsten, Eis und Getränken mit Postkarten hätte eindecken können. Wie einst der Weg von Hänsel und Gretel wand sich die Straße immer tiefer in den Wald hinein. Kühle, moosige Luft drang in das Auto. An einem angeschrammten Baum mahnte ein schiefes Holzkreuz mit Plastikrosen zur Vorsicht.

»Ich bin mir schon lange sicher, mich verfahren zu haben«, bemerkte Caroline.

»Ein Parkplatz«, rief Eva.

Vor einer halb verfallenen Mauer standen ein paar Autos. Dahinter erhob sich, steil in den Felsen hineingebaut, die mächtige Burganlage.

»Noch können wir es uns überlegen«, meinte Eva zögerlich.

»Die körperliche Herausforderung gibt unserem Ausflug erst die richtige Würze«, schwärmte Judith und sprang als Erste aus dem Auto.

Hinter dem Parkplatz führte ein schmaler Weg durch den ehemaligen Burggraben. Zur Rechten eine Wiese, zur Linken ein ausgedehnter Gemüsegarten mit Gewächshaus. Zwischen Zucchini und Auberginen schossen mit hoch aufgereckten Hälsen zwei wuselige Laufenten auf sie zu, Empfangskommando und Wachmannschaft in einem. Ihr markerschütterndes, aufgeregtes Geschnatter kündigte den Burgbewohnern die Neuankömmlinge an.

Ein Tor mit einem martialischen Fallgatter bildete den eigentlichen Zugang zur Burg. Die spitzen Holzbalken und die dicke Kette, die sie an ihrem Platz hielt, waren Zeichen von Wehrhaftigkeit und gelebtem Separatismus. Nach einer herzlichen Einladung an fremde Gäste sah das nicht aus.

Unwillkürlich dachten die Dienstagsfrauen an Folterkammern, an feuchte Verliese und die Seelen der Toten, die zu mitternächtlicher Stunde erweckt würden. Am wuchtigen Torgebäude eine Eisenplatte mit einer Inschrift.

»Da steht was von Palmen und Pulverschnee«, meinte Estelle.

»Palma non sine pulvere«, las Eva vor.

»Ohne Anstrengung kein Sieg«, übersetzte Caroline.

»Ich dachte, Fasten sei was Passives«, mokierte sich Estelle.

Judith wusste es besser: »Du willst doch keine Muskeln abbauen, sondern nur Fett.«

Der steile unbequeme Weg in die Burg bildete den Auftakt ihres Trainings. Von Giebeln, Toren und Türmchen der Burg blicken sie verzerrte Steinfratzen aus basedowschen Glupschaugen an. Mit herausgestreckten Zungen verhöhnten sie die Besucher, die sich auf dem unebenen Boden mit ihrem Gepäck abmühten.

»Du mich auch«, begrüßte Estelle den nackten Hintern aus Stein, der sich ihr entgegenstreckte.

»Das sind Neidköpfe. Die sollen böse Gewalten abwenden«, erklärte Expertin-für-alles-Caroline. Vermutlich hatte sie bereits den Burgenführer auswendig gelernt. Nach dem steilen Aufstieg öffnete sich der Blick auf einen schmalen Innenhof mit Burgfried und Brunnen, der auf drei Seiten von der Festung eingegrenzt war. Die Septembersonne zeichnete die Zinnen auf dem Steinboden nach. Die Gebäude aus unterschiedlichen Jahrhunderten erzählten von der wechselvollen Vergangenheit der Burg. Nirgendwo eine Spur von Leben. Nur das knatternde Geräusch von vier Koffern, die über das alte Kopfsteinpflaster hüpften.

»Ich schaue, ob ich jemanden finden kann«, entschied Eva kurzerhand und wies die Freundinnen an, bei der Sitzgruppe, die um den Brunnen gruppiert war, zu warten.

Sie brauchte bei einem ersten Zusammentreffen mit Leonard Falk keine Beobachter. Aus einem großen Tor klangen aufgeregte Stimmen. Oder waren es Ermahnungen aus ihrem Inneren?

»Bist du dir wirklich sicher?«

»Wer weiß, was dich erwartet, wenn du daran rührst?«

»Die können aggressiv werden. Nicht zu nah dran. Das kann gefährlich sein.«

»Lass es. Du kannst überhaupt nicht einschätzen, was auf dich zukommt.«

Eva schob sich vorsichtig in den Eingang. Sie bemühte sich, kein Geräusch zu verursachen. Das Tor führte zu einem Wirtschaftsraum der Burg. Ein Holzverschlag trennte den Vorraum vom Gerätelager. Durch die Latten blickte Eva auf eine Szenerie, die sie an die Mafiafilme erinnerte, die ihr Ältester so liebte. David wäre begeistert. Im Halbdunkel wuselten zwei Männer mit Klebeband um eine zusammengekauerte Figur. Sie verschnürten den Mann in Plastik, als wolle man ihn in ein handliches Paket verwandeln, das man im Schutz der Dunkelheit in der Altmühl versenken konnte.

»Deine Mutter ist exzentrisch und anstrengend. Aber vermutlich hat sie einen guten Grund, warum sie bis heute schweigt«, hatte Frido ihr mitgegeben. Warum hatte sie nicht auf ihren Mann gehört? Wo war sie nur hineingeraten? Was hatten diese Männer vor? Sie war zu naiv an das Unternehmen »Vatersuche« herangegangen. Wer garantierte, dass es ein Glück war, ihren Vater kennenzulernen? Vielleicht war es eine flüchtige Affäre gewesen, eine bedeutungslose Liebe, die dem ersten Tageslicht nicht standhielt? Was, wenn der Sex nicht freiwillig gewesen war? Wer Menschen in Plastik verpackte, war zu allem fähig. Noch bevor sie die Flucht antreten konnte, legte sich von hinten eine Hand auf ihre Schulter. Eva erstarrte. Ihr Atem stockte. Es war zu spät.

»Sie gehören sicher zu der Kölner Truppe«, sagte die Stimme in ihrem Rücken. Eva drehte sich vorsichtig um. Sie war darauf vorbereitet, in den Lauf einer Pistole zu sehen, nur um festzustellen, dass sie eindeutig zu viele Mafiafilme gesehen hatte.

»Leonard Falk«, stellte der Mann sich vor und streckte ihr freundlich die Hand entgegen. »Willkommen auf Burg Achenkirch.«

Wie ein Mafioso sah er nicht aus. Auch nicht wie ein potenzieller Vater. Eva war auf vieles vorbereitet. Auf einen gebrechlichen alten Mann, auf einen Opa mit zittriger Stimme und löchrigem Gedächtnis, auf einen weißhaarigen Greis, der am liebsten über den Zweiten Weltkrieg erzählte. Dieser Mann passte definitiv nicht in das Bild, das sie sich von ihrem Erzeuger gemacht hatte. Er wirkte durchtrainiert, fast schon asketisch. Ein moderner Mönch mit raspelkurzem Haar. Eine graue Strickjacke, graues Hemd und Jeans ersetzten die schwarze Kutte. Die Füße steckten sockenlos in Loafers. In der Hand trug er verstörenderweise eine Gasmaske aus dem letzten Krieg. Eva starrte den Mann an, als stünde sie dem Burggespenst persönlich gegenüber.

»Sie sind Leonard Falk?«, brachte Eva gerade noch hervor.

»Ritter mit Rüstung, Hellebarde und Kopf unter dem Arm werden bei uns nur im Nachtdienst eingesetzt. Tagsüber müssen Sie mit mir vorliebnehmen.«

Falks jugendliche Erscheinung verwirrte Eva. Wie alt war der? So alt wie Estelle? Älter?

»Ich habe Ihren Freundinnen die Zimmerschlüssel übergeben. Ich nehme an, Sie wollen sich vor dem Beginn des Programms frisch machen. Es sei denn, Sie haben im Ausheben von Wespennestern mehr Erfahrung als unser Koch. Wir sind für jeden Tipp dankbar.«

Das eingeschnürte Mordopfer erhob sich. Der sommersprossige Mann mit den großen Ohren wirkte sehr lebendig. Er steckte in einem weißen Plastikoverall, dessen Öffnungen sorgfältig mit Klebeband abgedichtet waren. Seine durchtrainierte Statur empfahl ihn eher als Drachentöter denn als Wespenjäger. Falk reichte ihm die Gasmaske.

»Wir holen bei so etwas die Feuerwehr«, krächzte Eva.

»Die bauen gerade das Festzelt auf«, erklärte Falk. »Bis die nüchtern sind, haben die Wespen unsere Gäste verjagt.«

Der Koch zog den Gesichtsschutz über: »Wie seh ich aus?«, klang es dumpf unter der Gasmaske.

»Wie ein Alien auf Erderkundung«, beschied Falk. »Ein kleiner Schritt für dich, ein letzter für das Volk der Wespen.«

12

»Und der soll über sechzig sein? Niemals«, wunderte sich Eva. Sie schleppte ihren Koffer über die abgetretenen Stufen der Wendeltreppe, die sie in den zweiten Stock der Kemenate brachte. Die Dienstagsfrauen waren in dem Teil der Burg untergebracht, der früher Rittern und Edelfrauen vorbehalten war. Ihre Zimmer hatten sie schon bei der Anmeldung gebucht. Estelle hatte ein luxuriöses Einzelzimmer mit Kingsize-Bett und strategisch günstigem Blick auf den Innenhof gewählt, Judith und Eva die romantische Napoleonsuite im Wachturm. Caroline, die mit Kiki das Zimmer teilen wollte, hatte sich beim Blick auf die Preise spontan für das Doppelzimmer der einfachsten Kategorie entschieden. Sie legte weder auf Romantik Wert noch auf Luxus, sondern nur darauf, den Aufenthalt für die chronisch klamme Kiki bezahlbar zu halten. Sie wusste, dass Kiki bereits seit Monaten sparte, um auf keinen Fall wieder auf die Almosen ihrer Freundinnen angewiesen zu sein.

Doch bevor sie sich in ihren Rittergemächern akklimatisieren konnten, mussten Taschen und Koffer über die enge Treppe nach oben gewuchtet und die Frage ausdiskutiert werden, wie alt Falk wohl war.

»Er ist zweiundsechzig«, wusste Judith.

Eva war verblüfft.

»Im Foyer hängt ein Bild mit einer Inschrift. 2009. Leonard Falk zum Sechzigsten.«

Zweiundsechzig, hämmerte es in Evas Kopf. Zweiundsechzig. Das bedeutete, dass er zum Zeitpunkt ihrer Empfängnis genauso jung war wie Regine. Sechzehn! War das die Antwort auf ihre Fragen, warum ihre Eltern auseinandergegangen waren? War sie das Produkt einer frühen Teenagerliebe? Sechzehn! Unwesentlich älter als ihr Sohn David. Der hatte ein Mofa, ein nagelneues Smartphone und eine Freundin. In dieser Reihenfolge. Wie sollte ein Sechzehnjähriger für eine Familie sorgen? Eva nahm sich vor, den Aufklärungsstand ihres Ältesten einer kritischen Überprüfung zu unterziehen. Familienverhältnisse wie unten im Dorf wollte sie sich ersparen.

Die verglasten Schießscharten, die in die fünfzig Zentimeter dicke Steinmauer eingelassen waren, erlaubten einen Blick in den Innenhof. Falk marschierte als Kopf der Wespenjägermannschaft Richtung Café. In der Hand trug er die designierte Mordwaffe: einen Staubsauger.

»Zweiundsechzig«, wiederholte Estelle, die sich neben Eva gedrängt hatte. »Mir ist egal, was der nimmt. Das will ich auch.«

»Er nimmt gar nichts«, erklärte Judith, schon jetzt die eifrigste Verfechterin der Entsagung. »Regelmäßiges Fasten ist die beste Grundlage für Happy-Aging.«

»Happy-Aging«, prustete Estelle. »Klingt wie vegetarischer Sex.«

»Wo hast du denn den Unsinn her?«, fragte Caroline. Judith hatte die unschlagbare Fähigkeit, Selbsthilfebücher nicht nur zu kaufen, sondern auch bedingungslos an sie zu glauben. Die Dienstagsfrauen waren froh, dass sie die Periode überstanden hatten, in der Judith laut darüber nachdachte, ob die Drei eine rote oder eine blaue Aura hatte.

»Du musst den eigenen Verfallsprozess annehmen«, empfahl Judith. »Altern ist out. Vital-Aging in. Nach einer Woche fasten fühlst du dich nicht nur zehn Jahre jünger, deine Haut sieht auch so aus«, belehrte Judith die Freundin.

»Das ist nicht Lourdes«, entgegnete Caroline. »Hier gibt's keine Wunder.«

»Ich finde, es klingt überzeugend«, meinte Estelle, »ich bin bereit, an alles zu glauben, was mir ewige Jugend verspricht.«

Vermutlich hätten sie weitergestritten, wäre zu dem Zeitpunkt nicht eine Kakophonie aus Klingeltönen erschallt, die ihre Diskussion jäh beendete. Vier Telefone vermeldeten gleichzeitig, dass eine SMS eingegangen war. Von Entschleunigung konnte keine Rede sein. Als ginge es um Leben und Tod, kramten die vier Freundinnen nach ihren Handys. Caroline fand ihr Telefon mit einem einzigen Handgriff.

»Eine SMS von Kiki«, verkündete Caroline. »Sie kommt heute nicht mehr.«

13

Keine Ahnung, wie lange das hier dauert, tippte Kiki ein-
händig. Im anderen Arm hielt sie Greta, die aufgeregt an
ihrem Schnuller lutschend auf die weiße Wolke starrte, die
vor ihrem Auge waberte. In Rom mochten weiße Wolken
ein gutes Zeichen sein, über der bayerischen Landschaft
zum Programm zu gehören. Wenn aber der Dampf unter
einer Motorkappe hervorquoll, verhieß das nichts Gutes.
Vor allem nicht, wenn es sich um das eigene Auto handelte,
das man gerade für die Urlaubsreise beladen hatte. Der Plan
war, dass Max und Greta in der Wilden Ente schliefen. So
konnte Kiki am Fastenprogramm teilnehmen und in freien
Momenten ihre Familie sehen.

»Das kann nichts Großes sein«, leugnete Max das Offen-
sichtliche. »Der Wagen hat noch nie gezickt.«

Das Abiturgeschenk von Max, schon damals ein Ge-
brauchtwagen, hatte seine besten Tage deutlich hinter sich.

»Zylinderkopfdichtung«, verkündete Zekeriya aus der
»Butik«. Normalerweise verkaufte er Braut- und Fest-
bekleidung, die jede Frau in ein pastellfarbenes Sahnebaiser
verwandelte. Die Fachferne hielt ihn nicht davon ab, eine
dezidierte Meinung zu haben. »Bei dem Modell ist es immer die Zylinderkopfdichtung.«

»Fünfundzwanzig Euro, dass es der Anlasser ist«, hielt

eine Fistelstimme dagegen. Miro, der goldkettenbehangene Besitzer des Wettbüros von der Ecke, wo sich samstags Serben, Kroaten, Bosnier und Slowenen friedlich versammelten, um auf den Ausgang von Fußballspielen zu wetten, hielt dagegen.

»Der Eigelstein ist keine Gegend für eine junge Familie«, hatten Kikis Schwiegereltern moniert, als sie mit Max in das berüchtigte Viertel hinter dem Kölner Hauptbahnhof zog. Tatsächlich war nicht nur das Viertel, sondern auch die neue Wohnung gewöhnungsbedürftig. Das Badezimmer mit kaffeebraunen Fliesen und leichtem Schimmelansatz war im Siebzigerjahre-Originalzustand, die Dusche museumsreif. Der blätternde Putz machte den Blick frei auf den Wandbehang von mindestens vier Vormietern. Kiki sah nur die billige Miete und das Gestaltungspotenzial, das in der Wohnung steckte. Der Eigelstein hatte seinen eigenen Charme. Und einen besonderen Zusammenhalt. Inzwischen hatte sich eine Traube von sachverständigen Helfern um den Wagen versammelt. Einig war man sich nur in einem: »Damit kommt ihr nicht weit.«

»Und was kostet so eine Zylinderkopfdichtung?«, fragte Kiki.

»Material dreihundert«, mutmaßte Zekeriya. »Und dann die Arbeitsstunden. Der obere Motorblock muss raus, Kühlwasser ablassen, neue Zahnriemen und Spannrollen …«

Kiki hörte ihrem türkischen Nachbarn nicht mehr zu. Hier löste sich gerade ihr Urlaub im Altmühltal in Luft auf. Seit Monaten hatte Kiki Geld beiseitegelegt. Mal Centbeträge, mal ein paar Euro, mal einen Zehner. Kiki konnte zum ersten Mal beim Jahresausflug der Dienstagsfrauen dabei sein, ohne auf einen Kredit von Estelle angewiesen zu sein.

»Wer weiß, wofür es gut ist«, tröstete Kiki sich selbst.

Manchmal brauchte es eine Niederlage, um Höheres zu erreichen. Die Erfinder des Porzellans waren in Wirklichkeit gescheiterte Alchimisten, der Vater der Post-its sollte einen Superklebstoff entwickeln, Teflon war als Kühlmittel für Kühlschränke geplant, Viagra als Herzmittel. Aus Sony wurde erst etwas, nachdem sie mit Reiskochern auf die Nase gefallen waren. Selbst Steve Jobs war vor seiner Heiligsprechung schon mal bei Apple gefeuert worden.

»Vermutlich treffe ich morgen in Köln einen reichen Investor«, witzelte Kiki, obwohl ihr zum Heulen zumute war.

»Wir fahren mit dem Zug«, beschloss Max.

Statt einer Antwort öffnete Kiki die Klappe des Kofferraums: drei Koffer, Milchpulver, Flaschen, Schnuller, Spielzeug, Babyfon, Gläschen, Löffel, Wärmeteller, Windeln, Wechselklamotten für acht Tage. Kiki war auf einen Wintereinbruch, tropische Hitze und eine Hungersnot vorbereitet.

»Du fährst mit dem Zug«, entschied Max. »Ich komme mit Greta nach, sobald ich ein Auto geregelt habe. Ich mach das schon.«

Kiki schickte ein Stoßgebet gen Himmel. Sie hoffte, dass die Prototypen gut genug waren, ihr zu einem besser bezahlten neuen Job zu verhelfen. Und auf einen Zug, der sie rechtzeitig ins Altmühltal brachte.

14

»Ich habe die ganze Zeit das Gefühl, schon mal an diesem Ort gewesen zu sein«, rief Judith aus. Der imposante Rittersaal nahm im zweiten Stock die gesamte Breite des Hauptgebäudes ein. Judith war überwältigt von ihren Gefühlen. Noch bevor sie die schwere Eichentür mit den bronzenen Zunftzeichen aufgestemmt hatte, wusste sie, was sie erwartete: »Die Anzahl der Fenster, der Kronleuchter, die blutrote Stofftapete. Ich habe alles vor meinem inneren Auge gesehen«, schwärmte sie.

Der Rittersaal, in dem die Einführung in die Fastenwoche stattfinden sollte, lag an der zum Tal gewandten Seite, wo der Hang eindrucksvoll ins Bodenlose stürzte. Hier oben war man weit weg von der Gegenwart mit ihren Versuchungen und Verlockungen. An den rauen Felswänden des Saals kreuzten sich Lanzen, in einer Mauernische hielten zwei Ritter in Rüstung stumm Wache. Nur die verblassten Ranken an den Wänden verrieten, dass die Gemäuer einmal in beklagenswertem Zustand gewesen sein müssen.

Judith war gefangen von der Atmosphäre des Saals. »Ich fühle die Menschen, die hier gelebt haben«, flüsterte sie. »Ich sehe sie vor mir: adelige Jagdgesellschaften, Ritter, keusche Jungfrauen, die zum Festmahl zusammenkommen. Eine Laute spielt, von den Leuchtern tropft warmes Bienenwachs, die Tische stehen voller dampfender Schüsseln, Diener tragen Wildschweine auf silbernen Platten herein …«

»Das ist kein Déjà-vu«, meinte Estelle. »Das sind Hungervisionen.«

Das frugale Abendmahl, das sie vor einer Stunde im einfacheren Speisezimmer im Erdgeschoss eingenommen hatten, bestand aus Rohkost und Wasser und hatte ihren Magen nicht wirklich zufriedengestellt. Judith war resistent gegen Estelles Humor. Sie bestand darauf: »Vielleicht war ich in einem früheren Leben die Frau eines edlen Ritters.«

Estelle dagegen war sich sicher, dass sie noch nie ein Burgfräulein gewesen war. Sie wusste nicht einmal, ob sie jetzt eines sein wollte. Als sie die kunstvoll gedrechselten Brokatsessel mit dem rotgoldenen Samtbezug sah, die für die Gruppe in die Mitte des Rittersaals gerückt worden waren, fühlte sie nackte Panik. Fünfzehn Stühle zählte sie, davon dreizehn, auf deren Sitzflächen namentlich gekennzeichnete Informationsmappen lagen. Das gesellige Halbrund der Stühle verdeutlichte die Erwartung, dass die Teilnehmer des Septemberkurses auch als Gruppe zusammenwachsen sollten.

»Hagen Seifritz«, dröhnte eine Stimme. Ein Baum von einem Mann mit kräftigem Organ baute sich vor ihnen auf.

»Hagen Seifritz. Mit T und Z wie Tür zu«, stellte er sich vor und lachte donnernd. Vermutlich strapazierte er diesen Witz seit Jahrzehnten. Er griff mit seinen beiden Riesenhänden die Hand von Judith und schüttelte ihre zarte Rechte so heftig, als wolle er eine Vibrationsmassage verabreichen. Estelle hob verhalten die Hand zum Gruß.

»Für euch beide Hagen«, versprach er.

»Vielleicht lernen wir nette Leute kennen«, hatte Judith sich im Vorfeld ausgemalt. Die Dienstagsfrauen wussten, dass sie damit im Wesentlichen männliche Leute meinte, bindungswillige männliche Leute, um genau zu sein. Judith machte keinen Hehl daraus, dass ihre größte Sehnsucht war, einen neuen Partner zu finden. Seit geraumer Zeit hielt sie jeden Mann für George Clooney oder wenigstens für einen potenziellen Heiratskandidaten. Bei Hagen Seifritz jedoch entgleisten ihre Gesichtszüge. Eine erste flüchtige Inspektion der Fastengruppe ergab, dass es wenig Alternativen gab.

»Verzicht ist wohl eher was für Frauen«, mutmaßte Estelle, als der Rittersaal sich nach und nach füllte.

Zehn Frauen und drei Männer zählte sie, davon einer, der nicht nur den Nachnamen mit der Dame neben ihm teilte, sondern zugleich die Vorliebe für neonbunte Trainingsanzüge. Neben dem Ehepaar nahm schweigend ein grauer Mann mit Blazer, Krawatte und kerzengrader Haltung Platz.

»Offizier«, raunte Judith.

Estelle hielt dagegen: »Finanzbeamter, gehobener Dienst. Knochentrocken und immer geneigt, Zuhörer mit einer fundierten Meinung zu langweilen.«

Das muntere Spiel mit Vorurteilen gefiel ihr.

»Souffleuse in der Oper«, tippte Estelle und deutete verstohlen auf eine Dame um die sechzig, die eine künstlerische Aura hatte. Alles war groß an der Frau. Das Gesicht, der knallrote Mund, die üppigen Körperformen. Auf ihrem enormen Busen baumelte eine ebenso enorme Kette mit einem in dicken Silberdrahtschlaufen gefassten Kieselstein. Unter dem Arm trug sie einen asthmatischen Dackel, der auf den Namen Elliot hörte. Unklar war, wer von beiden am Heilfasten teilnahm. Estelle befürchtete, der Dackel könnte das Kommando »Platz!« in allernächster Zukunft wörtlich nehmen. Frau wie Hund hatten eine Alkoholikerfigur. Voluminöser Rumpf, dünne Beine und chronisch schlechte Laune.

»Sie hat ein Wollgeschäft in der Fußgängerzone von Speyer«, schlug Judith vor.

»Was Kreatives«, da waren sie sich einig.

»Genauso wie die.« Judith wies verstohlen auf eine schwermütig blickende Frau um die fünfzig mit strengem grauen Dutt.

»Die sieht aus wie eine Natascha«, riet Judith.

»Aufgewachsen in der Ukraine«, ergänzte Estelle. »Ausbildung am Bolschoitheater, bis zum Kreuzbandriss zweite Primaballerina in Stuttgart. Jetzt wohnt sie in Überlingen mit ihrem dritten Mann, der einen Pferdeschwanz trägt, viel jünger ist und sie betrügt.«

»Irgendwas mit Geld«, mutmaßte Judith. »Und mit Personal.«

Eine mausgraue Dreißigjährige wuselte unablässig um die Vielleichtballerina herum, rückte den Stuhl zurecht, brachte eine Jacke, die Seminarunterlagen, ein Glas Wasser. Die Primaballerina bedankte sich nie. Sie sprach nur das Allernötigste.

Die Runde wurde komplettiert durch eine nervöse Frau um die vierzig, die ihrem Ratespiel ein jähes Ende bereitete: »Simone, Sekretärin, ledig«, stellte sie sich vor. »Ich wohne mit zwei Persern zusammen. Leider Katzen«, kicherte sie. »Den Aufenthalt hab ich mir vom Munde abgespart«, gab sie lispelnd zu und verstand nicht, was Estelle daran komisch fand.

Simone war sehr klein und flattrig wie ein Wellensittich. Um ein paar Zentimeter wettzumachen, balancierte sie auf atemberaubenden Absätzen und hatte die Locken zu einem Haarnest aufgetürmt. Ununterbrochen fingerte sie an vorwitzigen Haarsträhnen herum, die der Schwerkraft gehorchten und auf die Schultern fielen.

Falk betrat den Raum. Sofort verstummten sämtliche Unterhaltungen. Der Burgherr eröffnete die Zusammenkunft mit einem Witz: »Wie heißt der Tag, an dem die meisten Fastenkuren beginnen?«, fragte er und ließ seine Augen über das Publikum schweifen. »Morgen. Und bevor morgen heute ist, steigen wir für einen Moment in die Theorie ein.«

Caroline huschte als Letzte durch die Tür. Zwei Stühle blieben leer. Kiki hatte einen Nachtzug ausgesucht und würde erst zum Frühstück eintreffen. Aber wo blieb Eva?

»Vermutlich am Telefon mit ihrer Familie«, meinte Estelle achselzuckend.

Falk nahm keine Rücksicht darauf. Er kam pünktlich, und er begann pünktlich. »Falsche Ernährung, Alkohol, Nikotin, Umweltgifte. Wir muten unseren Körpern viel zu«, erklärte Falk.

Die alten Bohlen knarrten unter seinen Füßen, während er auf und ab ging.

»Gleichzeitig sind wir mit der Fähigkeit zum Verzicht geboren. Nicht umsonst spielt Fasten in vielen Religionen eine wichtige Rolle. Fasten eint Christen, Moslems, Juden, Hindus. Jeder neunte fastet aus religiösen Gründen. Und neuerdings auch die, die an nichts glauben«, sagte er und blickte so überraschend in Richtung Caroline, dass selbst die provokationserprobte Strafverteidigerin den Blick senkte. Falk nahm sich die Zeit, jedem einzelnen Teilnehmer in die Augen zu sehen. So lange, bis man sich persönlich gemeint fühlte. Da redete jemand, der sich seiner Wirkung sehr bewusst war. Das Einzige, was nicht ins Bild passte, waren die nackten Füße in den Lederschuhen.

»Die alten Ägypter schworen darauf, die Bibel propagiert es, selbst bei den Indianern fastete man vor wichtigen Entscheidungen, um zu guten und richtigen Entschlüssen zu kommen. Fasten unterbricht unsere Verhaltensmuster.«

Ein Finger flog in die Höhe. Die Frau im Trainingsanzug meldete sich. »Frau Eisermann …«, forderte Falk sie zum Sprechen auf. Den Namen hatte er parat. Auf das in Therapiekreisen übliche Duzen verzichtete er.

»Stellen Sie sich nicht näher vor?«, fragte Frau Eisermann.

Falk antwortete schnell und schnippisch: »An was denken Sie? Familienstand, tabellarischer Lebenslauf, Einkommenssteuererklärung? Meine Frau, mein Haus, mein Auto, meine Jacht?«

Frau Eisermann schnappte nach Luft.

»Genau darauf kommt es hier nicht an. Es geht darum, sich vom Gestern zu befreien.«

»Ich fühle mich, als würde ich einer Sekte beitreten«, flüsterte Caroline.

Hagen Seifritz sank in seinen Stuhl. Er hatte die Wartezeit im Rittersaal genutzt und auch dem Letzten in der Gruppe erzählt, dass er sein Vermögen mit Friedhofsbaggern gemacht hatte, einen aus Amerika importierten Four-Wheel-Drive fuhr, sich mühelos eine Kiste Chateau Latour leisten konnte und seine Millionen in Südostasien anlegte. »Der einzige Markt, der noch was bringt.«

Das Heilfasten, auch daraus hatte er keinen Hehl gemacht, war nicht seine Idee gewesen. »Mein Arzt hat mir glaubhaft versichert, dass ich das nächste Grab für mich selbst aushebe, wenn ich weiter der beste Kunde beim

Metzger bleibe.« Sein dröhnendes Lachen machte deutlich, dass Seifritz sich, sein Leben und seinen Bauch ziemlich in Ordnung fand.

»Wir verbringen acht gemeinsame Tage«, beharrte Frau Eisermann auf ihrer Frage, »da möchte man doch wissen, mit wem man es zu tun hat.«

»Auch bei den Teilnehmern«, ergänzte ihr Mann und sah Beifall heischend in die Runde.

»Kommen Sie erst einmal an, kümmern Sie sich nur um sich«, schlug Falk vor. »In ein paar Tagen haben Sie andere Ideen, was in Ihrem Leben wichtig und berichtenswert ist. Bis dahin vertrauen Sie Ihrer Intuition.«

»Wir sind zum vierzehnten Mal beim Fasten. In Bad Pyrmont haben wir immer eine Vorstellrunde gemacht«, probierte es Frau Eisermann noch einmal.

»Lehrer. Alle beide«, raunte Estelle Judith zu. Sie hätte zu gerne gewusst, ob sie mit ihrer Einschätzung richtiglag. Aber das behielt sie für sich.

»Sie alle eint das Bedürfnis, Bekanntes hinter sich zu lassen …«

»Wir sind hier, weil Fasten uns guttut«, unterbrach Frau Eisermann Falk. »Wir arbeiten in Fulda als Lehrer. Berufsbildende Schule. Viel Migrationshintergrund. Viele Probleme. Schulabbrecher, Drogen, Gewalt …«

Estelle gab sich heimlich einen Punkt. Die russische Ballerina stöhnte. Die soufflierende Walküre zog ein Gesicht, als hätte sie ohnehin erwartet, dass die Woche schrecklich wird, und Hagen Seifritz kämpfte mit dem Schlaf.

»Sie sind Anfänger«, hob Falk die Stimme und machte klar, dass das Thema erledigt war. »Wir alle sind Anfänger. Jeden Tag. Darum geht es hier. Um einen Anfang.«

»Ich hatte gleich ein gutes Gefühl, als Eva vorschlug, hierherzukommen«, flüsterte Judith in Estelles Ohr. Estelle sah Judiths entrückten Blick, mit dem sie an Leonard Falks Lippen hing. Judith hatte ihren männlichen Favoriten bereits ausgemacht.

15

Caroline war beeindruckt. Von Falk. Von der Souveränität, mit der er die Einführung leitete. Vom Konzept des Heilfastens.

»Fasten ist wie die Entrümpelung des eigenen Hauses. Eine Art Putzwoche für Leib und Seele«, erklärte Falk. »Fasten lässt eine Lücke entstehen und schafft damit Raum für Neues.«

Entschlacken, hatte Caroline nachgelesen, war kein Term aus der Ernährungswissenschaft. Trotzdem klang es logisch. Bewusster Verzicht öffnete den Blick für den eigenen Reichtum. An Essen und an Möglichkeiten. Caroline hatte auf dem gemeinsamen Pilgerweg gelernt, dass es mehr zwischen Himmel und Erde gab, als pure Logik erklären konnte.

»Fasten heißt Erneuerung«, versprach Falk. »Umkehr, Ballast abwerfen und sich durch nichts mehr stören zu lassen, was von außen kommt. Der Zähler geht auf null. Wir halten inne, um in eine neue Haut zu schlüpfen.«

Der Offizier schrieb eifrig mit. Caroline zweifelte. War es möglich, in einer Woche das Ruder herumzureißen? Durch Entgiften eine Stunde null in der eigenen Biografie zu kreieren? Einen Neuanfang?

»Innerhalb der ersten drei Tage stellt sich der Körper auf

›innere‹ Ernährung um«, erklärte Falk. »Das kann mit un-
angenehmen Begleiterscheinungen einhergehen. Wundern
Sie sich nicht, wenn Sie Kopfschmerzen bekommen. Ein
dröhnender Schädel, niedriger Blutdruck, Hautreaktionen,
Schlafstörungen, negative Stimmungen – alles ganz normal.
Die Giftstoffe lösen sich und suchen ein Ventil.«

Falk konnte nicht aufhören, sich über die Schlacken und
Gifte auszulassen, die durch das Fasten freigesetzt wurden.

»Wenn ich jetzt tot umfalle, gehöre ich nicht auf den
Friedhof, sondern auf die Sondermülldeponie«, kommentierte Estelle trocken.

Die Gruppe war amüsiert. Die Freundinnen sowieso.
Am lautesten lachte Tür-zu-Seifritz. Ein guter Witz, und
Seifritz war wieder dabei. Begeistert schlug er Estelle auf
den Rücken.

»Du bist gut«, lobte er.

»Sechs Tage wird gefastet, am siebten beginnen wir mit
dem langsamen Aufbau von Nahrung.«

»Ich träume jetzt schon von dem Tag, an dem ich in meinem Chanel-Kostüm die Burg verlasse«, seufzte Estelle.

Davor gab es etwas, was kryptisch »Fastenbrechen und
Rückführung« genannt wurde.

»Vermutlich müssen wir uns einzeln unter eine Burg-
zinne stellen und werden mit Gold übergossen«, meinte
Estelle angesichts des ansehnlichen Betrags, den jede von
ihnen für sieben Tage Mangelernährung ausgab. Rückführung hieß, dass wieder gegessen werden durfte. Wer wollte,
durfte für die letzte Nacht einen Gast auf der Burg willkommen heißen.

»Nichts für meinen Apothekenkönig«, meinte Estelle.

Und dann wurde es ernst. Falk ermunterte sie, Fasten als universelles Konzept zu begreifen und alles Überflüssige im Büro zu hinterlegen: Handys, Autoschlüssel, Laptops, mitgebrachte Arbeit. Judith war die Erste, die ihr Handy ablegte.

»Selbstverständlich können Sie jederzeit über Ihre Besitztümer verfügen«, versprach Falk. »Die Maßnahme dient nur dazu, auf dem Weg der Versuchung einen letzten Stolperstein einzubauen.«

Judith knipste ihr bezauberndstes Lächeln an, als wäre sie jetzt schon erleuchtet.

»Das war die Theorie. Für die Praxis gebe ich Sie in die Hände meiner Frau. Bea Sänger wird Sie durch die Woche begleiten.«

Judiths Kinnlade fiel herunter. Aufs Stichwort löste sich eine Gestalt aus einer dunklen Ecke. Bea Sänger war Ende dreißig, groß und schmal. Sie trug einen halblangen, dunklen Pagenkopf, gerade geschnittene Jeans, eine weiße Bluse und graue Strickjacke. Sie war mit Sorgfalt und Understatement gekleidet. Bea sah umwerfend aus.

»Ich freue mich, dass Sie sich entschieden haben, sich auf das Wagnis einzulassen«, grüßte sie in die Runde. Nichts an Bea Sänger war laut: nicht die Erscheinung, nicht die Farben, die sie trug, nicht mal ihre Stimme. Sie sprach leise, unaufgeregt und hatte trotzdem etwas Entschiedenes.

»Nehmen wir zunächst den Tagesablauf durch«, empfahl sie.

Caroline blickte unruhig auf den leeren Stuhl: »Wo bleibt Eva nur?«

16

Es musste schnell gehen. Sehr schnell. Eva hatte gewartet, bis die Freundinnen zur Einführungsveranstaltung aufgebrochen waren. Erst als es auf den Gängen still wurde, wagte sie, die ledergebundene Speisekarte aus ihrer Handtasche zu ziehen. Nicht ohne in einem Stoßgebet zu versprechen, das teure Sammlerstück vor der Abreise an die rechtmäßigen Besitzer zurückzugeben.

Eva blätterte hastig. Das Angebot der Wilden Ente zog vorbei: Frisches vom Markt, fränkische Brotzeiten, Empfehlungen für den kleinen Hunger, Fisch und Fleisch. Ergänzt wurde die Speisekarte durch eine Chronik der Wilden Ente. Auf den letzten zwei Seiten der Speisekarte war zusammengefasst und bebildert, was die Wirtsfamilie Körner an Höhe- und Tiefpunkten erlebt und erlitten hatte. Die Familienannalen listeten nicht nur die angenehmen Ereignisse auf wie die Erteilung einer Braulizenz, den Erhalt der Poststelle, Aus- und Umbauten, sondern auch die zahlreichen Unglücksfälle und Schicksalsschläge: Mord, bizarre Unfälle, Krankheiten und Kriege forderten ihren Blutzoll. Über Generationen führten starke Frauen die Gastwirtschaft. Doch Eva war nicht angetreten, um sich in die wechselvolle Geschichte der Körners zu vertiefen. Es ging um ihre eigene Vergangenheit. Es ging um ein Bild aus den Sechzigern, auf dem die Wirtsfamilie posierte. In der Mitte thronte ein Mann mit mächtigem Bauch und Schnauzer, der besitzergreifend den Arm um eine junge Frau legte. Unschwer zu erkennen als die Wirtin Roberta, die sie heute bedient hatte. Vor dem Ehepaar stand ein kleines Mädchen. »Der Abend vor dem großen Brand. Feier zum 1. Mai 1965. Das letzte Foto von Willi Körner«, erläuterte die Bildunterschrift. In den Annalen konnte sie nachlesen, dass Willi bei dem Feuer ums Leben gekommen war. Eva kramte aus ihrem Koffer das Gruppenbild mit Regine hervor und verglich. Exakt derselbe Bildausschnitt, dieselbe Bildkomposition. Offensichtlich hatte man sich bei der Maifeier vor der Wilden Ente fotografieren lassen können. Das Foto stammte, so vermeldete das Impressum, von Emmerich Körner. Der verwirrte Mann vom Nebentisch.

»Regine wurde am 1. Mai 1965 beim Dorffest fotografiert. Und?«

In der Angst, von ihrer Zimmergenossin Judith ertappt zu werden, verzog sich Eva zum Telefonieren in den Außenbereich der Burg. Es erwies sich als unschätzbarer Vorteil, dass die Festung so verschachtelt war: Überall boten sich verschwiegene Plätzchen und versteckte Winkel. Hier draußen konnte Eva sich ungestört mit Frido über die Ergebnisse ihrer Recherche austauschen.

»Ich habe den Fotografen gefunden«, sagte sie. »Jemand, der Regine kannte. Er ist ein wenig durcheinander.«

Frido war von den detektivischen Befunden seiner Ehefrau wenig beeindruckt: »Das ist alles?« Seine Stimme klang gereizt. Kein Wunder. Frido stand in der Freitagabendschlange eines Selbstbedienungsrestaurants und jonglierte neben Laptop- und Aktentasche die Bestellungen von drei

Kindern. Das vierte Kind hatte sich geweigert, das Restaurant überhaupt zu betreten.

»Ich bin Vegetarier«, hatte die vierzehnjährige Lene lautstark kundgetan. »Beim Geruch von Fleisch dreht sich mein Magen um.«

»Und die Würstchen letzte Woche?«, hatte Frido eingewandt.

»In der Pubertät verändert man sich eben«, hatte Lene ihren ahnungslosen Vater aufgeklärt und war vor der Tür in Sitzstreik gegangen. Da saß sie immer noch. Trotz Nieselregen.

Es war einer dieser Momente, in denen Frido nicht verstand, warum irgendjemand Vater sein wollte. Und warum man nach fast fünfzig Jahren einen brauchte, leuchtete ihm ebenso wenig ein.

»Wenn ich meinen Vater finde«, sagte Eva am Telefon, »holen wir unser Hochzeitsfest nach. Wir laden Schmitz und seine Band ein und feiern. Als komplette Familie.«

»Du darfst nicht zu viel erwarten«, warnte Frido, während Anna ihm ins freie Ohr brüllte.

»Papa, ich will lieber doch keinen Hamburger Royal, sondern einen Big Tasty Bacon.«

Von der anderen Seite tönte David, dass er anstatt der mittleren Fanta eine große Cola nähme, aber dann ohne Eis, und Frido jr. brauchte einen väterlichen Rat, ob er lieber einen Flurry Mix oder einen Milchshake nehmen sollte. Und das alles gleichzeitig. In der Leitung war es auf einmal still. Eva sagte gar nichts mehr.

»Wir sind zu McDonald's«, gab Frido unumwunden zu.

Keine Entschuldigung, keine Ausflucht, kein Herumgerede. Es hatte keinen Sinn, dass Eva vorkochte und Listen schrieb. Frido schmiss den Haushalt nach eigenem Gut-

75

dünken. Kochen konnten andere besser, Staubwischen war überflüssig, und Wäsche musste man mitnichten in siebzehn Untergruppen und acht Waschprogramme sortieren. Frido genügte die Sortierung in zwei Haufen, um anfallende Wäsche sofort um fünfzig Prozent zu verringern: Er trennte in dreckig und dreckig, aber tragbar.

»Wie ist Falk? Hat er sich geäußert?«, lenkte er ab.

»Ja. Nein. Nicht richtig. Noch nicht«, stammelte Eva. »Ich habe nicht gewagt, ihn anzusprechen«, gab sie zu.

Frido war ein Mann der Zahlen. Frauen und deren Logik überforderten ihn.

»Wenn du dich nicht traust, warum bist du dann hingefahren?«

»Was soll ich sagen? Deiner Meinung nach?«, ereiferte sich Eva. »Sie haben vor zwanzig Jahren einen Brief an meine Mutter geschrieben. Meine Mutter ist leider verhindert. Dafür bin ich gekommen. Ach und übrigens: Kann es sein, dass ich Ihre Tochter bin?«

»Du musst das nicht durchziehen, Eva. Niemand zwingt dich.«

»Bevor ich so einen Verdacht äußere, will ich mehr über Falk rausfinden. Über seine Geschichte. Seine Familie. Man muss doch wissen, mit wem man es zu tun hat. Stell dir vor, vor unserer Tür stände plötzlich eine Frau, die behauptet, sie wäre deine Tochter.«

Frido stöhnte auf. Der bloße Gedanke an eine Familienerweiterung überforderte ihn: »Ich habe genug an vier Kindern und einer Schwiegermutter. Regine hat schon dreimal angerufen.«

»Erfinde eine Ausrede«, drängte Eva das unangenehme Thema weg.

»Sie riecht, dass etwas nicht stimmt.«

»Meine Mutter hat eine Zeit lang an UFOs geglaubt. Da kann es nicht so schwer sein, sie zu überzeugen, dass ich spontan zum Heilfasten gefahren bin. Einfach so. Ohne große Planung.«

»Du kennst deine Mutter.«

»Nein. Kein bisschen«, empörte sich Eva. »Ich laufe durch Achenkirch und versuche, mir Regine vorzustellen. Mit einer Schar Kinder in ihrer Obhut und einem geheimen Liebhaber.«

Eva hielt inne. Absätze klackten auf dem Pflaster. Eine flüsternde Stimme wehte zu ihr herüber, unterdrücktes Lachen. Sie war nicht mehr alleine. Eva beugte sich vorsichtig nach vorne und entdeckte, dass es noch jemanden gab, der die Eingangsveranstaltung schwänzte. Im fahlen Schein der Außenbeleuchtung erkannte Eva Caroline.

»Danke für den netten Gruß in meinem Koffer«, kicherte Caroline. »Wie lieb von dir.«

Seit Monaten hatte Eva die Freundin nicht so entspannt gesehen. Die Geschichte mit Philipp hatte sich als harter Zug um ihre Mundwinkel eingegraben. Doch jetzt wirkte sie gelöst. »Bis Freitag sind es nur ein paar Tage«, flüsterte sie.

Eva hatte schon länger den Verdacht, dass es eine neue Liebe in Carolines Leben gab. Anders als Judith, die ihre Lebensfragen leidenschaftlich gerne vor den Freundinnen ausbreitete, machte Caroline Probleme mit sich selbst aus.

»Ich erzähle Regine einfach, dass du in Achenkirch bist. Vielleicht redet sie dann von selbst«, hörte Eva Fridos Stimme aus dem Telefon.

»Das wirst du lassen. Auf keinen Fall. Nichts wirst du tun«, schrie Eva so laut, dass Caroline sie bemerkte.

»Ich melde mich«, verabschiedete sich Caroline hastig.

»Und was soll ich Regine sagen?«, rief Frido in den Hörer. Aber da hatte Eva bereits aufgelegt.

Das Gehirn war ein merkwürdiges Organ. Es funktionierte tadellos. Solange man es nicht Situationen aussetzte, in denen es um Emotionen ging. Gefühle setzten Logik und gesunden Menschenverstand außer Kraft.

»Die Kanzlei frisst mich manchmal auf«, entschuldigte sich Caroline.

»Wir kennen uns seit siebzehn Jahren«, sagte Eva. »Du warst schon immer eine miserable Lügnerin. Und verfahren hast du dich auch noch nie.«

»Wir haben einen Doppelmord reinbekommen. Eine Abrechnung im Rotlichtmilieu.«

»Die Arbeit in der Kanzlei hat dich noch nie daran gehindert, perfekt vorbereitet zu sein«, unterbrach Eva.

Caroline schwieg.

»Ist das der Mann von deinem Blind Date?«, fragte Eva vorsichtig. »Den deine Tochter angeschleppt hat?«

»Frank. Den habe ich ein einziges Mal gesehen«, lachte Caroline.

»Manchmal reicht das«, meinte Eva. »Wer hat heutzutage noch die Zeit, sich langsam auf einen neuen Menschen einzustellen. Sogar das Arbeitsamt hält neuerdings Speed-Dating-Sessions zwischen potenziellen Arbeitgebern und Hartz-IV-Empfängern ab. Das funktioniert.«

»Nicht bei mir«, sagte Caroline.

»Komm schon. Ich bin vorhin im Gang einem Herrn Eisermann begegnet und weiß sofort, dass ich ihn nicht leiden kann.«

»Lass uns reingehen«, versuchte Caroline eine Ausflucht. »Und die Telefone sollen wir sowieso abgeben.«

Eva traute sich nicht weiterzufragen.

»Es gibt jemanden, der verdient, es zuallererst zu erfahren«, gab Caroline zu.

Eva nickte. Sie verstand nicht, warum Caroline ihrem Ex immer noch so eine Wichtigkeit zumaß. Sie war Philipp vor ein paar Wochen begegnet. Arm in Arm mit einer Blondine. Inzwischen, so munkelte man, wohnte er mit der anderen zusammen. In Carolines alter Wohnung. Vielleicht fiel es der Freundin deshalb schwer, seinen Namen auszusprechen.

»Ich bin noch am Sortieren«, ergänzte Caroline, »genau wie du.«

Eva zog präventiv den Kopf ein. Caroline war berühmt dafür, Zeugen im Gerichtssaal mit sezierenden Fragen zu zerlegen. Eva fürchtete, einem Kreuzverhör nicht gewachsen zu sein.

»Ich nehme an«, fuhr Caroline fort, »es hat einen Grund, warum du neuerdings für das Altmühltal schwärmst und Speisekarten sammelst.«

Eva kämpfte mit sich. Die Nachfrage katapultierte sie in eine Zeit zurück, als sie das einzige uneheliche Kind in der Klasse war. Die Scham saß tief. Sie hatte nie gewagt, jemandem anzuvertrauen, wie sehr sie sich einen Vater wünschte. Als ob sie Regine schützen wollte. Noch heute, mit über vierzig, fürchtete sie, ausgelacht zu werden. Sie war noch nicht so weit.

»Wenn ich dir helfen kann«, meinte Caroline vorsichtig. »Zimmer 34. Dreimal klopfen. Ich habe vierundzwanzig Stunden Bereitschaft.«

Eva fiel Caroline um den Hals: »Dreimal klopfen. Du auch. Wenn du reden willst.«

Die Freundschaft legte sich wie eine warme Decke um

sie. Nach so vielen gemeinsamen Jahren vertrauten die Dienstagsfrauen einander blind und ohne Worte. Leider hatte sich das nicht bis zu Estelle herumgesprochen. Diskretion und Schweigen waren nicht ihre Welt.

»Was treibt ihr da? Im Rittersaal warten alle auf euch«, ertönte ihre Stimme. Estelle hatte einen siebten Sinn dafür, wenn etwas im Busche war. Das Erkerzimmer der Kemenate, das Estelle aus strategischen Überlegungen gewählt hatte, bot einen Blick über den gesamten Innenhof.

»Geheimnisse?«, brüllte sie unverblümt von oben.

»Natürlich«, rief Caroline.

Eva schüttelte gleichzeitig den Kopf: »Ach was.«

Estelle bewegte sich nicht von ihrem Posten. Caroline ahnte, dass der Verzicht auf feste Nahrung das geringste Problem sein würde, mit dem die Dienstagsfrauen in den nächsten sieben Tagen zu kämpfen haben würden. Die Woche in Achenkirch versprach, interessant zu werden.

17

Was man in der ersten Nacht in einem fremden Bett träumt, geht in Erfüllung. In ihrer karg eingerichteten Ritterstube träumte Caroline vor allem davon, endlich einzuschlafen. Mitternacht, Viertel nach zwölf, ein Uhr, halb zwei, drei Minuten nach halb zwei: Die Minuten krochen mühsam voran. Der Wind säuselte in den Bäumen, Äste knackten, Blätter wisperten, die Nacht war endlos. Caroline wälzte sich von der linken auf die rechte auf die linke Seite, schob die Decke weg und zog sie hoch. Fenster auf, Fenster zu, Licht an, aus, an. Lustlos blätterte Caroline in ihrem Reiseführer über das Altmühltal. Sie vermisste die gewohnte großstädtische Geräuschkulisse: die Stimmen nächtlicher Heimkehrer, das Motorgeheul einparkender Autos, das ferne Gerumpel der Straßenbahn, die Polizeisirenen, die einem vorgaukelten, mitten im Geschehen zu sein. Dort, wo das Leben tobte. Hier oben auf der Burg war sie auf sich zurückgeworfen. Panik kroch in ihr hoch. Ob sie eine Woche ohne Essen aushielt? Caroline gehörte zu einer Generation, die nie Hunger erlebt hatte. Sie wusste nicht, wie sich das anfühlte. Wenn sie nur schlafen könnte. Die Stille machte sie nervös. Das große Bett machte sie nervös. Die Nervosität machte sie nervös. Zu Hause könnte sie sich mit einer Stulle Brot, einem Glas Rotwein und dem Fernsehprogramm ablenken. Caroline wusste, auf welchem Sender sie um zwei Uhr Nachts halbwegs erträgliches, busenfreies Programm fand. Hunger quälte sie. Und Durst. Nicht nach dem Wasser, das neben ihrem Bett stand. Und sicher nicht nach einem Glas »Achenkirchner«, das ab morgen Basis ihrer Fastennahrung bilden sollte. Achenkirchner, so hatte Bea Sänger erläutert, war eine Suppe aus Kartoffeln, Blumenkohl, Möhren, Lauch, Zwiebeln und Sellerie.

»Klingt vielversprechend«, hatte Estelle ihr zugeraunt. »Speck rein und eine Handvoll Nudeln, und wir haben prima Minestrone.«

Sechs Stunden bis zum Beginn des Morgenprogramms, neun Stunden bis zur ersten Fastenmahlzeit, hundertfünfzig Stunden bis Freitag. Sieben Tage Zeit, den Freundinnen zu erklären, was logisch nicht zu erklären war. Wann war Caroline die Kontrolle über ihr Leben entglitten? Mit Frank?

»Ein harmloses Abendessen. Was soll daran verkehrt sein?«, hatte ihre Tochter Josephine sie zu dem Treffen überredet. Frank war der Vater einer Freundin. »Er ist neu in Köln, seit Langem geschieden und wirklich nett«, behauptete sie. »Ihr werdet euch prima verstehen.«

Ein Blind Date? Caroline hatte gezweifelt. War sie für solche Kapriolen nicht zu alt? Wollte sie überhaupt einen neuen Mann kennenlernen?

»Kannst du nur noch spontan sein, wenn du ausführlich darüber nachgedacht hast?«, empörte sich Josephine und fällte die Entscheidung für ihre Mutter. »Du machst das einfach. Frank ist okay. Keine unerwünschten Anrufe, keine peinlichen Szenen, kein Risiko.«

Es gab Problembären, Problemkühe und Problempräsidenten. Eine Problemmutter wollte Caroline auf keinen Fall werden.

»Es geht nur um ein paar Tipps, was man in Köln unternehmen kann«, redete Caroline sich ein, als sie nervös vor dem Kleiderschrank stand. Was zog man an, wenn man besonders unverbindlich wirken wollte?

Monate nach dem Implodieren ihrer Ehe war sie immer noch dabei, sich und ihre Gefühle neu zu sortieren. Jetzt durfte Caroline sich in einer verlernten Disziplin üben: Flirten. Sie hatten überlegt, ins Kino zu gehen. Doch an romantischen Komödien waren beide nicht interessiert.

»Glauben Sie an Liebe auf den ersten Blick?«, hatte Frank verlegen gefragt.

»Nicht wirklich«, gab Caroline unumwunden zu.

»Ich auch nicht«, nickte Frank. »Meine geschiedene Frau habe ich in St. Moritz kennengelernt. Bei der ersten Fahrt im Lift wäre ich beinahe nicht aus dem Sessel gekommen. Sie hat mich gerettet. Mir war ganz schummerig. Meine Knie waren weich. Ich dachte, es lag an ihr. Später stellte ich fest, dass ich unter Höhenangst litt.«

Caroline lachte. Das Eis war gebrochen. Optisch war Frank durchaus ansprechend: volles, jungenhaft unordentliches Haar, kein Bauch, freundliche Augen und ausgeprägte Lachfalten. Sie hatten Kinder im selben Alter, waren früher Tennisspieler gewesen und beklagten gleichermaßen, wie wenig Zeit fürs Privatleben blieb. Caroline fühlte seltsame Wallungen um die Leibesmitte. Doch die hatten leider nichts mit Frank zu tun, sondern mit dem Telefon, das in ihrer Hosentasche steckte. »Polizeiinspektion Süd«, erschien auf dem Display. Ab da ging es schief. Eben noch hatte sie sich über mangelndes Privatleben beschwert, jetzt bewies sie universelle Verfügbarkeit.

»Merken Sie sich, was Sie sagen wollten«, entschuldigte sich Caroline, wandte sich ein Stück ab und konnte nicht verhindern, dass ihr Gegenüber jedes Wort mitbekam. Am anderen Ende der Leitung teilte ihr ein Polizeibeamter mit, dass es ein Problem mit ihrem Haus gab. Seit Lourdes war das Einfamilienhaus in Lindenthal nicht mehr »ihr Haus« gewesen. Sie hatte es Philipp bis auf Weiteres überlassen. Bis auf Weiteres war Dauerzustand geworden.

»Sie müssen meinen Mann anrufen«, hatte Caroline abgewehrt, peinlich berührt, dieses Thema ausgerechnet vor Frank abhandeln zu müssen. Kein guter Auftakt für das erste Date.

»Wenden Sie sich an Philipp Seitz, meinen Mann, meinen zukünftigen Ex-Mann. Wir leben getrennt«, erklärte sie, legte auf und rettete sich in platte Konversation.

»Und? Was machen Sie beruflich?«, fragte sie. Etwas Originelleres kam ihr auf die Schnelle nicht in den Sinn.

»Ich bin Ingenieur. Fachmann für Öle und Fette«, erklärte Frank.

»Öle und Fette«, echote Caroline. Auch das noch. Wem fiel zu so einem Thema etwas ein, was das unterbrochene Gespräch wieder in Gang bringen konnte? Vielleicht sollte sie zur Eurokrise überleiten, zu Urlauben, zu Hobbys.

»Wir liefern Fette an Großbäckereien, an die ganze Lebensmittelindustrie. Fette für Chips, Pralinen, Schokolade, Pommes …«

Carolines Gedanken wanderten in das Lindenthaler Haus. Ein Wasserschaden? Ein Brand? Was war passiert? Vielleicht war etwas mit Philipp. Warum hatte sie den Polizisten nicht ausreden lassen? Der arme Frank verheddderte sich in seiner endlosen Aufzählung. Caroline sprang unvermittelt auf und packte ihre Handtasche.

»Es tut mir leid«, stammelte Frank erschrocken. »Ich wollte Sie nicht langweilen. Ich hatte mir so viel zurechtgelegt, was ich erzählen könnte. Keine Frau interessiert sich für Fette und Öle …«

Aber da eilte Caroline bereits in Richtung Tür.

Mit lautem Knall sprang das Fenster im Burgzimmer auf. Der Wind wirbelte die Informationszettel, die Bea Sänger verteilt hatte, durcheinander. Caroline fuhr entsetzt hoch. War da jemand? Hier in ihrem Zimmer? Der verletzte Blick von Frank verfolgte sie bis in die Achenkirchner Nächte.

Caroline schloss energisch das Fenster. Angestrengt spähte sie in die Dunkelheit. Draußen war nichts Ungewöhnliches zu erkennen. Der Burghof war in tiefe schwarze Nacht gehüllt. Nicht einmal die beiden Laufenten ließen sich hören.

Sie platschte kaltes Wasser in ihr Gesicht, schüttelte die Decke auf, richtete das Kopfkissen neu. Wenn sie jetzt nicht einschlief, würde sie sich morgen durch den Tag schleppen. Sie. Würde. Jetzt. Schlafen. Ihr Unterbewusstsein war anderer Meinung. Spontan und ungefragt teilte es ihr mit, dass sie vergessen hatte, die beiden Strafzettel zu bezahlen. Rote Ampel, überhöhte Geschwindigkeit, Handy am Ohr. 130 Euro und drei Punkte in Flensburg hatte sie ihre Kamikazefahrt durch Köln gekostet, die dem Anruf des Polizisten gefolgt war.

Caroline knipste das Licht an, griff Terminkalender und Smartphone, um das Bußgeld sofort digital zu überweisen. An dem Strafbescheid, der zwischen den Kalenderblättern steckte, haftete das belastende Blitzfoto. Ihr Blick sprach

Bände und versetzte sie postwendend in den damaligen Gemütszustand. In den qualvollen Minuten im Auto sah Caroline Philipp wahlweise an der Decke baumeln, durch einen Einbrecher niedergemetzelt oder qualvoll durch ein Gasleck dahingerafft. Sämtliche Schreckensszenarien gingen durch ihren Kopf. Was, wenn ihm etwas passiert war? Was, wenn er sich etwas angetan hatte? Was, wenn er tot war? Die Erkenntnis, dass ihre Aussprache auf den Sankt-nimmerleinstag verschoben sein könnte, traf sie wie ein Keulenschlag. Eine Woge von Angst überrollte sie. Philipp mochte ein schlechter Ehemann gewesen sein, aber er war der Vater ihrer Kinder und für alle Ewigkeit ein Stück ihrer Biografie. Irgendwann hatten sie gute Gründe gehabt, zusammen zu sein. Beziehungen waren unübersichtliche, komplexe Gebilde. Im Eherecht hatte man sich schon lange vom Schuldprinzip verabschiedet. Statt schuldig geschieden zu werden, waren Ehen zerrüttet. Statt klarer Ansagen gab es amorphe Schuldgebilde, Argumente und Gegenargumente, gegenseitige Beschuldigungen, ein Sowohl-als-auch. Vielleicht machte es das so schwierig, normal mit Philipp umzugehen.

Das Foto hielt punktgenau den Moment fest, in dem ihr klar wurde, dass ihre Abgeklärtheit der letzten Monate Fassade gewesen war. Sie hatte nie zugeben können, wie sehr sie die Trennung von Philipp getroffen hatte. Weder vor den Freundinnen noch vor sich selbst. Und am allerwenigsten vor Philipp. Sogar im Umgang mit Judith hatte sie immer probiert, vernünftig zu sein. Dabei war es ihr nie leichtgefallen, über den Verrat der Freundin hinwegzusehen. Caroline verlangte von sich, die Frau der klaren Schritte und Schnitte zu sein. Das Foto bewies das Gegenteil. Es zeigte eine Frau, die keine Ahnung hatte, wohin ihre Lebensreise ging.

Caroline zerriss das Blitzfoto und entsorgte die Schnipsel in der Toilette. Die Bilder im Kopf, die sich in ihr Gedächtnis gebrannt hatten, ließen sich nicht wegspülen. Als sie an dem betreffenden Abend endlich bei ihrem Haus in Lindenthal angekommen war, glaubte sie, alle Szenarien durchgespielt zu haben. Zu Unrecht. Sie war nicht vorbereitet auf das, was sie erwartete. Vor dem Haus, in dem sie gemeinsam mit Philipp die Kinder großgezogen hatte, parkten Polizeiautos und ein Krankenwagen. Blaulichter huschten stumm über die Fassade des Hauses, ihre ehemalige Nachbarin gab einem bulligen Polizeibeamten ihre Aussage zu Protokoll, ein paar Schaulustige hatten sich versammelt. Caroline zeigte ihren Ausweis.

»Schön, dass sie es doch noch geschafft haben«, begrüßte sie ein Polizist. »Wir brauchen sie zur Identifikation.«

Eine halbe Minute später stand sie in ihrem ehemaligen Schlafzimmer. Direkt Sissi Fischer gegenüber, der früheren Sprechstundenhilfe ihres Mannes. Kerzen flackerten. Eine Flasche Champagner mit zwei Gläsern wartete auf dem Nachttisch im Kühler. Auf dem Bett verteilt Rosenköpfe. Die Balkontür hing schief in den Angeln. Das Schloss war verbogen. Eine blutige Spur führte quer durch den Raum zum Sessel, in dem Sissi kauerte. Sie war barfuß. Ihr Fuß blutete.

»Der Pizzabote hat geklingelt, da bin ich schnell runtergerannt«, heulte Sissi. »Ich hatte ihn gerade bezahlt, da fiel die Tür ins Schloss. Ich dachte, übers Spalier kann ich in den ersten Stock klettern und dann durch die Balkontür rein.«

Sissi hatte sich bei ihrer Kletterübung eine tiefe Fleischwunde zugezogen, die von einem Sanitäter versorgt wurde. Sie musste ausgerutscht und an einem der rostigen Nägel hängen geblieben sein, die im Spalier steckten, um den Rankschnüren Halt zu geben.

Der Polizist, der ihre Aussage aufnahm, war nicht zufrieden.

»Die Balkontür war nur gekippt. Ich hab versucht, sie mit einem Besen aufzubrechen. Da ging die Alarmanlage los.«

Jetzt erst nahm Sissi Caroline wahr: »Frau Seitz, Sie müssen der Polizei bestätigen, dass ich keine Einbrecherin bin. Philipp wollte schon längst hier sein. Ich kann ihn nicht erreichen. Und Josephine und Vincent auch nicht.«

Gerade noch hatte Caroline sich Sorgen um Philipps Gesundheit gemacht, gerade noch hatte sie sich selbst eingestanden, dass ihre Gefühle für Philipp noch nicht erloschen waren, und nun stand sie peinlicherweise vor der Geliebten ihres Ehemanns und wurde Zeugin eines missglückten romantischen Stelldicheins. Vermutlich war Philipp wieder einmal durch einen Notfall aufgehalten worden. Eine kalte Dusche war nichts dagegen. Nicht einmal die eigenen Kinder hatten ihr verraten, dass Philipp mit einer anderen lebte. Sissi Fischer hatte es sich in Carolines altem Leben bequem gemacht. Und in ihrem Bademantel. Darunter trug sie etwas, das sich in die Kategorie textilfreie Unterwäsche einordnen ließ. Kein Wunder, dass sie den Weg über das Spalier eine logische Lösung gefunden hatte. In dem aufreizenden Outfit, das mehr offenbarte als verbarg, konnte sie nirgendwo Hilfe suchen, ohne Gefahr zu laufen, gründlich missverstanden zu werden. Caroline sehnte sich heftig nach Frank und seinen Fetten und Ölen zurück. Warum hatte sie ihm keine Chance gegeben? Warum blickte sie nicht nach vorne, sondern immer nur zurück?

Die Polizisten sahen Caroline neugierig an. Sie warteten

auf die Bestätigung, dass Sissi eine Bekannte der Familie war.

Für Krisensituationen empfahl Caroline ihrer oftmals reizbaren und gewaltbereiten Klientel eine klare Strategie: Überblick verschaffen, Einmischung vermeiden, Deeskalation. Und dann nichts wie weg. Im Angesicht von Sissi versagte jede rationale Herangehensweise. Die bittere Erkenntnis, dass sie noch nicht mit ihrer Ehe abgeschlossen hatte, weckte kleinliche Rachegelüste.

»Nein, ich kenne die Dame nicht«, sagte sie kühl. Sie wusste, dass ihre Aussage Sissi Fischer eine Nacht in der Zelle einbringen würde.

»Caroline, wo bleibst du denn? Caroline …«

Desorientiert schreckte Caroline hoch. Die Morgensonne schien in das Burgfenster. Vom Gang klangen muntere Gespräche. Sie musste eingeschlafen sein. Irgendwann. Caroline fühlte sich, als hätte sie die ganze Nacht durchgegrübelt.

»Morgengymnastik«, frohlockte die Stimme hinter der Tür.

Caroline schälte sich mühsam aus den Kissen und öffnete die Tür. Eva war bereits startklar im Jogginganzug. Neben ihr stand Kiki mit einem Koffer. Nach einer Nacht im Zug sah sie blass und mitgenommen aus. Dennoch wollte sie sofort ins Programm einsteigen. Vor Greta war sie topfit gewesen. Ein bisschen Morgengymnastik konnte die ehemalige Sportskanone nicht schrecken.

»Bin sofort unten«, sagte Caroline. Entschlacken war eine gute Option. Sich befreien von dem, was sie belastete. Neu anfangen. Sie wollte die Begegnung mit Sissi hinter sich lassen. Und alles, was danach passiert war.

18

Neuer Morgen. Neue Chancen. Neue Pläne. Und der schlimmste Programmpunkt von allen. Im Verlauf der Nacht hatte Eva sich hundertvierzig mögliche Eröffnungssätze für das Gespräch mit Falk ausgedacht. Doch erst einmal musste sie den Morgen überleben. Nach dem Frühstück (eine Tasse Tee mit einem Löffel Honig) und der Frühgymnastik (leichte Ausdauerübungen) stand ›Plaudern beim Glaubern‹ auf dem Programm. Die Gruppe hatte sich vollzählig an der Sitzgruppe im Innenhof der Burg versammelt. Das pittoreske Ambiente und die wärmende Septembersonne täuschten darüber hinweg, dass das, was den Teilnehmern bevorstand, wenig romantisch war. Statt munterem Plaudern hörte man nervöses Kichern.

»Dreißig Prozent der Körperenergie wird für die Verdauung eingesetzt«, hatte Falk bei seinem Einführungsvortrag erläutert. »Wenn man die stilllegt, gewinnt man freie Kapazitäten für etwas Neues.«

Leider war das Stilllegen nicht so einfach, wie es klang.

Auf einem Tisch stand alles bereit, was die Teilnehmer der Fastengruppe nötig hatten: Gläser, Wasser, Messbecher, Zitronenscheiben und ein harmloses weißes Pulver, das es als Abführmittel in sich hatte.

»Drei gehäufte Teelöffel Glaubersalz auf zwei- bis dreihundert Milliliter lauwarmes Wasser«, sagte Judith ihren Freundinnen vor. Sie hatte die Informationszettel aufmerksam durchgelesen.

»Achten Sie beim Umrühren darauf, dass die Kristalle sich auflösen. Dann beschleunigen Sie die Mischung mit dem Löffel und … trinken«, erklärte Bea Seefeld der zögernden Gruppe. »Glaubersalz ist kein kulinarischer Höhepunkt. Bringen Sie es zügig hinter sich.«

Estelle versuchte zu handeln: »Geht nicht auch Pflaumen- oder Sauerkrautsaft? Totes Meer zum Frühstück halte ich nicht aus.«

Kiki, durch die lange Zugfahrt ohnehin angeschlagen, nippte vorsichtig und verzog den Mund: »Wenn ich das runterkriegen soll, kommt zur Darm- eine spontane Magenentleerung«, klagte sie.

Eva bewunderte Caroline: Sie tat, was getan werden musste. Ohne Murren, ohne Meckern, ohne Drama. Sie setzte als Erste ein leeres Glas ab, dicht gefolgt von dem grauen Offizier.

Eva rührte energisch in der Brühe herum. Das Lehrerehepaar aus Fulda, das selbst noch keinen Schluck genommen hatte, verteilte gute Ratschläge, als hätten sie die Seminarleitung. »Gerade als Anfänger tut man sich schwer. Am besten, Sie trinken es in einem Zug aus.«

»Und dann spülen Sie den Geschmack mit ausreichend Wasser weg«, ergänzte Frau Eisermann ihren Gatten.

Eva streunte mit dem Glas durch den Innenhof. In welchem Zimmer hatte ihre Mutter wohl geschlafen? Wo hatte sie gearbeitet? Wo war das Fensterfoto aufgenommen worden? So viele Fragen. Eva war schon schlecht, bevor sie einen einzigen Schluck des aufgelösten Glaubersalzes zu sich genommen hatte. Die pure Vorstellung, das ekelerregende

Gesöff herunterzuspülen, ließ ihr den Schweiß ausbrechen. Die russische Ballerina zog sich bereits mit ihrer Helferin zurück, das Lehrerehepaar Eisermann meldete Vollzug, sogar die piepsige Simone hatte die Aufgabe erfüllt.

Estelle lamentierte lauthals über den kulinarischen Schrecken: »Wusstet ihr, dass Natriumsulfat als Streckmittel in Waschmitteln verwendet wird? Man braucht es bei der Herstellung von Papier, von Zellstoff oder Glas. Aber trinken? Der Erfinder Johann Rudolph Glauber starb vollkommen verarmt. So was hat immer einen Grund.«

Niemand antwortete. Zu sehr kämpften die Freundinnen mit den eigenen Ängsten und Befindlichkeiten. Eva suchte Unterstützung bei Judith, die es mit der Politik der kleinen Schlucke probierte. Judith hielt sich theatralisch die Nase zu und nahm todesmutig einen Löffel des ekelhaften Gebräus zu sich. Mehr Heldenmut brachte sie nicht auf. Dafür Ausdauer. Bei jedem Schluck verzog sie ihr Gesicht, als ginge es darum, in einem Stummfilm die Rolle des sterbenden Schwans zu ergattern.

»Heute Abend werden Sie ein paar Pfund weniger auf die Waage bringen«, erläuterte Bea. »Aber hier geht es nicht ums Abnehmen. Es geht um ein neues Körpergefühl. Bei uns Frauen ist sowieso alles zu dick, zu dünn, zu faltig, zu hängend.«

Hagen Seifritz lachte sein dröhnendes Lachen.

»Männer halten sich grundsätzlich für die Krone der Schöpfung«, meinte Estelle. »Mit oder ohne Bauch.«

»Trinken Sie einen Schluck Wasser«, forderte Bea Estelle auf. »Das kühlt die Sprechorgane runter.«

Fassungslos wandte sich Estelle an Caroline: »Hat die gesagt, ich soll den Mund halten?«

Caroline grinste breit: »Ich spüre sie schon, die Fastenheiterkeit.«

»Ich bin Stressredner. Ich brauche das, um Nervosität abzubauen«, beschwerte sich Estelle.

Sie stürzte das Glas in einem Zug herunter und zog eine Grimasse in Richtung Bea. Es war der Beginn einer wunderbaren Feindschaft.

Nur Eva hatte sich noch immer nicht überwunden. Kiki kramte heimlich in ihrer Handtasche nach den Resten ihrer Abschiedsmahlzeit. Sie war um halb vier Uhr morgens am Hauptbahnhof in Köln losgefahren. Nichts, was man um diese Zeit an den Automaten kaufen konnte, war für einen Entlastungstag geeignet. Wohl aber, um empfindliche Geschmackspapillen abzulenken.

»Ich hoffe, Sie haben daran gedacht, eventuelle hormonelle Verhütungsmittel rechtzeitig einzunehmen. Ansonsten laufen Sie Gefahr, in neun Monaten einen kleinen Pillenversager zu Hause krähen zu haben«, warnte Bea. Kiki nickte. Sagen konnte sie nichts, denn sie hatte den Mund voll mit den extraknackigen Chips der Marke »Thai Sweet Chili«. Die Idee war, wie sich herausstellte, gar nicht schlecht. Der Geschmack des Glaubersalzes wurde von den Chips überdeckt.

»Nach dem Glaubern haben Sie Freizeit«, verkündete Bea. »Sollten Sie größere Spaziergänge planen, bedenken Sie, dass in ein bis zwei Stunden die Toilette der beliebteste Platz sein wird.«

Ein altersschwaches Mofa knatterte heiser den Berg hoch. Neugierig schaute Eva, noch immer das Glas in der Hand, über die Mauer hinweg auf den tiefer liegenden Gemüsegarten, wo das Mofa anhielt. Der Fahrer nahm seinen Helm ab. Weiße Stoppeln kamen zum Vorschein. Es war Emmerich. Evas Laune verbesserte sich schlagartig. Sie leerte ihr Glas mit einem großen langen Schluck.

»Es ist wichtig, dass alles rauskommt«, hörte sie Bea. Sie ahnte nicht, wie recht sie damit hatte.

19

In Evas Jugend trugen Detektive einen zerknautschten Regenmantel, sagten Sätze wie »Eine Frage hätte ich noch« und entlarvten den Täter mit hinterlistig freundlichen Fragen. Eva scheiterte bereits an der Anfängerübung »Observation aus dem Hinterhalt«. Als sie am Gemüsebeet ankam, ging Falk mit Emmerich die Pflanzpläne für das nächste Jahr durch. Eva kniete sich hinter eine Hecke, lauschte und kam sich besonders konspirativ vor. Leider war Eva kein neuer Columbo, sondern eher ein Stümper. Sie hatte die Rechnung ohne Helmut und Hannelore gemacht. Das waren nicht etwa die Dauerfaster aus Fulda, sondern die beiden indischen Laufenten, die sich leidenschaftlich der Schneckenvernichtung hingaben und zugleich Aufgaben als Hütetiere wahrnahmen. Immer zu zweit, immer neugierig, immer in Bewegung, kommentierten sie auf ihrer unermüdlichen Nahrungssuche jeden Grashalm, der ihnen auf dem Weg begegnete. Und jeden Besucher. Mit steil nach oben gereckten Hälsen rasten sie im hohen Tempo durch das Gemüsebeet direkt auf Eva zu. Lautstark gaben sie ihrer Verwunderung Ausdruck, einen der Heilfastenjünger zusammengekauert hinter der Hecke vorzufinden.

»Hören Sie nicht auf die beiden. Die übertreiben maßlos«, erklang die Stimme von Falk.

Was für ein Desaster. Er hatte sie entdeckt.

»Eine Dauerleihgabe der Wilden Ente. Unten im Dorf wollte keiner die Klatschtanten mehr haben.«

Eva konnte gerade noch so tun, als ob sie ihre Schnürsenkel neu band. Sie war auf Augenhöhe mit Falks Füßen. Wieder trug er keine Socken. Wenn Falk ihr Vater war, musste sie etwas Vertrautes in seinen Zügen finden. Der Schwung der Augenbrauen, die Gesichtsform, die Augenfarbe, eine bestimmte Art, sich zu bewegen, eine bekannte Geste. Tausend Indizien, auf die sie achten sollte. Stattdessen kniete Eva vor ihrem Hauptverdächtigen und dachte darüber nach, was nackte Füße in Lederschuhen zu bedeuten hatten.

»Lassen Sie sich von den beiden nicht bei Ihrem Rundgang stören«, fügte Falk hinzu und verschwand in Richtung Büro. Ein paar Mal blickte er sich mit fragendem Blick zu Eva um.

Eva befürchtete, dass sie es endgültig geschafft hatte, sein Misstrauen zu wecken. Sie schämte sich und nahm sich vor, ihre detektivische Ungeschicklichkeit mit einer besonders raffinierten Befragung von Emmerich wettzumachen. Phase eins: Leichte Konversation. Phase zwei: Vertrauen aufbauen. Phase drei: Locker zum Thema überleiten.

»Was für ein schöner Garten«, sagte sie beiläufig und ging auf Emmerich zu. Obwohl der Herbst schon kahle Flecken hinterlassen hatte, wirkte das Gemüsebeet aufgeräumt und gepflegt.

Emmerich strahlte: »Soll ich Sie herumführen?«

Eine halbe Stunde später hatte Eva das Soll von Phase eins übererfüllt. Sie wusste alles über die leuchtend orangefarbenen Tagetes, die Emmerich als Gründüngung einsetzte, über den Madenbefall beim Kohlrabi, die unfassbar riesigen Zucchini und den Birnbaum, dessen reiche Ernte den jungen Koch überforderte. Emmerich bewegte sich im Schneckentempo und sprach so langsam, als müsse er alle Informationen aus den Tiefen seines Gedächtnisses hervorkramen. Zeit für Phase zwei. Zwischen Porree, Sellerie, Ananaskirschen, Mangold, Wurzelpetersilie und Rettich suchte Eva nach einer eleganten Überleitung: »Machen Sie das schon lange?«

Emmerich hielt verwirrt inne. Die Frage passte nicht zu seinem Vortrag.

»Arbeiten Sie schon lange auf der Burg?«, präzisierte Eva. Sie sprach instinktiv lauter, als ob es ein Hörproblem war, das den alten Mann vom Antworten abhielt.

Emmerich war durch die Zwischenfrage nur kurzfristig aus der Spur gebracht. Schließlich wollte er Eva noch die Kringelbeete zeigen, die Schwarzwurzeln und Pastinaken. Helmut und Hannelore verkündeten neues Unheil. Aufgeregt rasten sie in Richtung Burgeingang. Emmerich wurde nervös.

»Wenn Fräulein Dorsch kommt, müssen Sie sofort weg.«

»Fräulein Dorsch?«

Meinte er die frühere Direktorin des Kindererholungsheims? Die Hüterin von Anstand und Moral, die ihre schwangere Mutter mit Schimpf und Schande von der Burg gejagt hatte?

»Fräulein Dorsch toleriert nicht, wenn die Lehrmädchen hier unten sind. Neulich hat sie ein Mädchen eingesperrt, bloß weil sie ein paar Birnen aufgelesen hat. Drei Tage Keller. Bei Wasser und Brot.«

»Der tickt nicht ganz richtig«, hatte die Wirtin der Wilden Ente über ihren Schwager gesagt.

Emmerich war in der Lage, das Gemüsebeet zu bestellen. Zeitabläufe waren in seinem Kopf zu einem wirren Knäuel geknotet. Eva überschlug im Kopf die Jahreszahlen. Frieda war die jüngere, unverheiratete Schwester des Fabrikeigentümers Anton Dorsch. Wenn sie überhaupt noch lebte, musste sie um die hundert Jahre alt sein. Es war dann auch nicht die gestrenge Leiterin des Erholungsheims, die unter dem Fallgitter erschien. Es waren Estelle, Judith und Caroline, die sich zu einem Verdauungsspaziergang zusammengefunden hatten. Kiki war wohl auf der Burg geblieben. Eva zog sich hinter ein paar Maispflanzen zurück, bevor eine der Freundinnen sie fragen konnte, was um alles in der Welt sie da treibe. Was sollte sie antworten? »Selbstversorgung ist hip. Ich plane ein Gemüsebeet hinter unserem Haus.«

Seit sie wieder arbeitete, stand Eva mit dem eigenen Garten auf Kriegsfuß. In der Regel bestach sie eines der Kinder mit extra Taschengeld, den Rasen zu mähen, das Herbstlaub zu harken oder die Tulpenzwiebeln fürs Frühjahr zu setzen. Niemand würde ihr glauben, dass sie sich ernsthaft für Gartenbau interessierte. Zusätzlich zu ihrem vollen Tagwerk Gemüse anzubauen, wäre ihr nie eingefallen. Und eine Ausrede auch nicht.

Als sie vorsichtig hinter dem Mais hervorschielte, bemerkte sie, dass Caroline sie längst entdeckt hatte. Caroline schwieg. Eva war der Freundin dankbar, dass sie ihr den Rücken freihielt. Unvoreingenommen, ohne genau zu wissen, was los war. Eva beschloss, sich mit gleicher Haltung zu revanchieren. Es war ihr egal, wer der neue Mann an Carolines Seite war. Sie nahm sich vor, ihn herzlich im Kreis der Dienstagsfrauen willkommen zu heißen. Angetrieben von Caroline verschwanden die Freundinnen im angrenzenden

Waldstück. Eva verabschiedete sich von der Drei-Phasen-Theorie und probierte eine andere Taktik.

»Fräulein Dorsch kommt heute nicht«, behauptete sie keck. Emmerich knetete seine Finger. Die Situation verunsicherte ihn. Er fuhr sich durchs weiße Bürstenhaar. Der Ärmel rutschte hoch und enthüllte dicke, wulstige Narben. Eine schlecht versorgte Brandverletzung, erkannte Eva.

»Kommen die Lehrmädchen von der Burg oft hier runter?«, fragte sie. Emmerichs Augen flackerten nervös. Er flüchtete ins Gewächshaus, auf sicheres Terrain.

»Der Frost kommt bald. Bis der Frost kommt, muss ich das Gewächshaus fertig haben. Die Paprika blühen ein zweites Mal. Alles voll. Aber Früchte werden das nicht mehr.«

Emmerich klammerte sich an seine Routine. Er deklamierte die Regeln, als habe er Angst, sie sonst zu vergessen. »Die Chili muss ich ernten. Müssen weg. Und die Bohnen. Man muss jeden Tag Bohnen ernten, sonst schimmeln sie weg.«

Wie ging man mit verwirrten Zeugen um? Eva bedauerte, dass sie nicht mehr Zeit hatte, aktuelle Krimis zu sehen. Ihr blieben nur die Filme ihrer Kindheit als Vorbild. Was hätte Columbo getan? Verbrüderung mit dem wichtigen Zeugen? Ihn geschickt umgarnen? So tun, als zöge man an einem Strang? Sie folgte Emmerich ins Gewächshaus und griff einen Eimer.

»Frau Dorsch hat gesagt, ich soll Ihnen helfen«, behauptete sie vollmundig und zupfte ein paar Bohnen vom Strauch.

»Nicht die dünnen«, griff Emmerich verlegen ein, unsicher, wie er Evas Tatendrang einordnen sollte. »Die mittleren.« Er deutete zögerlich mit den Fingern eine Spanne an. »Acht Zentimeter. Die schmecken am besten.«

Eva pflückte. Warum hatte sie sich nicht früher auf die Suche nach ihren Wurzeln gemacht? Emmerichs Gehirn schien nur noch den eigenen Vorgaben zu gehorchen. Wie die elektrische Eisenbahn von Frido jr., die in ewig gleichem Tempo auf einem festen Kurs Runden drehte. Durch die beschlagenen Fensterscheiben des Gewächshauses sah sie, dass die Freundinnen Richtung Burg zurückkehrten. Sie schlenderten nun nicht mehr gemächlich, sondern gingen forschen Schrittes. Eva verstand die Eile. Auch in ihren Eingeweiden grummelte es verdächtig. Wie viele Grünfrüchte würde sie ernten können, bevor die allzu menschlichen Bedürfnisse sie aus dem Gemüsefeld schlugen? Alle Taktik war sinnlos: Wenn sie etwas herausfinden wollte, musste sie konkret werden. Jetzt.

»Ich versuche, etwas über ein Mädchen rauszufinden, das hier gearbeitet hat«, überfiel sie Emmerich. »Regine. Regine Beckmann. Aus Bergisch Gladbach.«

Ihr Magen krampfte sich zusammen. War das die Wirkung des Glaubersalzes? Oder begehrte ihr Körper nach jahrzehntelangem Schweigen und Verschweigen gegen allzu neugierige Fragen auf?

»Die Menschen vergessen alles«, nickte Emmerich. »Was sie wollten im Leben. Dass sie sich geliebt haben. Alles vergessen sie. Aber ich erinnere mich. Ich erinnere mich an alles.«

Eva zog das Porträtfoto, das Regine in einem Fenster der Burg zeigte, aus der Tasche ihrer Strickjacke: »Das ist Regine.«

Es war nicht mehr rückgängig zu machen. Sie stellte sich offen gegen ihre Mutter. Eva fühlte den Verrat körperlich. Ihr war schlecht vor Aufregung. Emmerich nahm das Foto und schlurfte in seinem gemächlichen Tempo durchs

100

Gewächshaus zu einem Arbeitstisch. Er brauchte mehrere Anläufe, bis die klemmende Schublade nachgab. Er kramte und suchte. Evas Eingeweide sendeten klare Signale. Sie hatte nicht mehr viel Zeit, bevor das Glaubersalz seine durchschlagende Wirkung entfalten würde. In Gedanken plante sie bereits ihren Abgang. Bis zum Zimmer würde sie es wohl nicht mehr schaffen. Wo im Untergeschoss waren die Sanitärräume? Emmerich fand endlich, was er gesucht hatte – seine Brille. Schweißtropfen rannen Evas Rücken hinunter. Heilfasten und Detektivarbeit: keine gute Mischung. Wie lange dauerte das nur?

Emmerich verhedderte sich in der Brillenkette. Das Spiel begann von Neuem. Brille absetzen, Schnur umständlich entwirren, wieder aufsetzen. Nachdenklich hielt Emmerich das Foto in verschiedenen Entfernungen vor sein Gesicht.

»Schöne Augen«, sagte er und musterte Eva neugierig. »Die gleichen schönen Augen.«

»Sie haben Regine fotografiert«, half Eva ihm auf die Sprünge. In der Hoffnung, das Gespräch rasch zu einem fruchtbaren Ende zu bringen, sprach sie in doppelter Geschwindigkeit und halber Wortzahl: »Lange her. 1965.«

»Das weiß ich, natürlich weiß ich das«, behauptete Emmerich und wandte sich den Bohnen zu. Schwieg er, weil er sich nicht erinnerte? Oder schwieg er, weil es etwas gab, über das er nicht zu sprechen wagte?

»Sie hatte einen Freund. Hier auf der Burg. Oder im Dorf«, insistierte Eva.

Emmerich setzte seinen Eimer ab und blitzte Eva wütend an: »Fräulein Dorsch schickt Sie«, empörte er sich. »Sie sollen mich ausfragen.«

»Nein. Das ist nicht wahr. Es geht um mich …«

Weiter kam Eva nicht. Emmerich war in Verteidigungsstellung gegangen. Er wedelte mit seinen Armen vor dem Körper, als müsse er böse Geister vertreiben. »Ich habe mit dem, was hier nachts vor sich geht, nichts zu tun. Ich habe mit der ganzen Wilden Ente nichts zu tun. Und der Willi auch nicht.«

»Was passiert denn nachts?«

»Die Roberta macht das alles. Seit die Roberta da ist, hat der Willi nichts mehr zu sagen.«

Das ging in die richtige Richtung. Und die falsche. Denn Eva hielt es nicht länger aus. Sie musste … eben … die Toilette … schnell.

»Nicht weggehen«, rief sie. »Ich bin gleich wieder da.« Sagte es und raste an den erschreckten Laufenten vorbei Richtung Burg. Die beiden klangen schon ganz heiser. Kein Wunder bei so viel Gesprächsstoff.

20

Auf dem WC im Untergeschoss herrschte Hochbetrieb. Kiki hatte sich in einer der vier Kabinen verbarrikadiert und verfluchte die Chips. Vermutlich hatte die Überlistung der Geschmacksnerven dazu geführt, dass sie viel mehr von dem Gesöff zu sich genommen hatte als die Freundinnen. Während Caroline, Estelle und Judith Spaziergänge unternahmen, saß Kiki auf dem Klo fest. Kiki wagte nicht, sich auch nur einen Meter vom rettenden Örtchen zu entfernen. So hatte sie ausführlich Gelegenheit, erst den nostalgischen Spülkasten mit Kette, dann jede Fliese einzeln zu mustern, sanft berieselt von dezenter Hintergrundmusik.

Es gab Musikstücke, die dazu beitragen konnten, Vandalismus und Kriminalität einzudämmen. Die watteweichen Melodien, die auf der Erdgeschosstoilette der Burg eingespielt wurden, um unerfreuliche Geräusche zu übertönen, waren eher dazu geeignet, bei Kiki Aggressionen hervorzurufen. Kiki verbrachte schon eine ganze Weile in diesem Etablissement. Sie befürchtete, dass die CD jeden Moment von Neuem beginnen könnte und sie das schicksalstrunkene Panflötenstück, das sie begrüßt hatte, ein zweites Mal erleiden müsste. Zum Glück unterhielt sie Max mit halbstündlichen Statusmeldungen. Er schrieb nicht. Er schickte Fotos. Max und Greta im Badezimmer, Max und

Greta beim Frühstück, im Park, mit Abschleppwagen, vor der geschlossenen Autowerkstatt. Auf allen Fotos blickte Greta mit großen, neugierigen Kulleraugen in die Welt. Sie wollte auf keinen Fall irgendetwas verpassen. Vater und Tochter. Ein Paar. Eine Einheit.

Caroline und Eva konnten gar nicht genug über die neue Vätergeneration staunen, deren Leidenschaft für Babys selbst durch feuchte Windelinhalte nicht gedämpft wurde.

»Du kannst dich glücklich schätzen, so einen Mann zu haben«, hörte Kiki überall. Manchmal verstand sie die Welt nicht mehr. Kümmerte Max sich neben seiner Abschlussarbeit um Greta, bekam er Applaus, kümmerte Kiki sich neben Greta um ihre Karriere, zogen alle die Augenbrauen hoch und fragten, warum man dann überhaupt ein Kind bekam. Nahm Max Greta zu einem beruflichen Termin mit, wurde er als Übervater gefeiert, tat sie dasselbe, galt sie als unprofessionell. Niemand fand, dass Max sich glücklich schätzen konnte, mit Kiki zusammen zu sein. Am allerwenigsten ihr Schwiegervater. Die unterschwellige Ablehnung nagte an ihrem Selbstbewusstsein. Genauso wie die Schwangerschaftskilos.

»Beim Heilfasten werden Sie Ihren Körper neu kennenlernen«, hatte Frau Sänger versprochen. Unangenehme Begleiterscheinung war, dass sie auch die Körper ihrer Fastenkollegen kennenlernte. Dem Ächzen, Stöhnen und Quälen aus der Nebenkabine nach zu schließen, waren auch andere vollauf mit vegetativen Vorgängen beschäftigt. Auf olfaktorische Gemeinschaftserlebnisse hätte sie gerne verzichtet. Die Geräuschkulisse strafte den Begriff »stilles Örtchen« fromme Lügen. Die Verursacherin war am jaulenden Dackel vor der Klotür leicht zu identifizieren. Den erleichterten Stoßseufzer neben ihr, der dem Knallen der Klotür folgte, konnte sie auch ohne Hund zuordnen.

»Eva, bist du das?«

»Gerade noch rechtzeitig«, rief Eva. »Ich hatte Angst, ich schaff's nicht mehr.«

Kiki hörte hektisches Getrappel, dann das Ratschen des Reißverschlusses. Sie betätigte die Spülung. Wasserrauschen war deutlich angenehmer als die mit dem Glaubern verbundenen Geräusche. Sie mochte ihre Freundinnen. Musste man deswegen alles miteinander teilen?

In all dem Chaos das Klingeln von Kikis Handy.

»Das Telefon müssen Sie abgeben«, tönte die Walküre vorwurfsvoll aus der Nebenkabine.

Kiki blickte auf das Display und erschrak: »Das ist Moll.« Ihre Stimme hallte in dem voll verfliesten Etablissement.

»Heute? Am Samstag?«, wunderte Eva sich in der Kabine nebenan.

»Manche Leute sind so geizig. Die gehen samstags ins Büro, weil da der Kaffee gratis ist«, tönte die Stimme von Estelle. Damit war geklärt, wer den letzten freien Platz am Fenster innehatte.

Kikis Telefon klingelte laut, durchdringend und penetrant.

»Und wenn es was Wichtiges ist?«, jammerte Kiki. »Ich kann mit dem nicht reden, wenn mir die Unterhose um die Knöchel schlackert.«

Weg konnte sie jedoch auch nicht.

»Stellen Sie endlich Ihr Telefon aus«, meckerte die missmutige Walküre.

»Wenn er was will, meldet er sich noch einmal«, meinte Eva.

»Vielleicht hat er noch Fragen? Oder ein konkretes Angebot? Wenn ich nicht erreichbar bin, nehmen sie einen anderen«, mutmaßte Kiki.

»Sag, du bist in einer wichtigen Sitzung«, schlug Estelle vor.

»Das hier ist nicht nur ein Klo. Das klingt auch wie Klo«, meinte Kiki.

»Du bist auf einer Porzellanmesse«, ereiferte sich Estelle. »Sanitärkeramik.«

Von draußen hörte man den Wasserhahn. Die schlecht gelaunte Mit-Fasterin hatte ihren Platz verlassen und wusch sich die Hände.

»Du bist mitten in einer Vorführung von neuartigen Wasserhähnen«, schlug Estelle vor. Doch da war es schon zu spät. Das Telefon verstummte. Auf der CD begann das Panflötenstück von vorne.

»So eine Scheiße«, rief Kiki entnervt.

»Wem sagst du das«, kam es entkräftet von Eva.

21

»Ich kann mich unmöglich entspannen, wenn um mich herum Hektik verbreitet wird«, meckerte die Walküre, die sich mit anderen Teilnehmern am Brunnen über das allgemeine Befinden austauschte. Eva schleppte sich erschöpft über den Innenhof in Richtung Speisesaal. Sie hätte es wissen müssen. Entschlacken, Entgiften: Das klang nach ernsten Nebenwirkungen. Zu Regines Zeiten hatte Frieda Dorsch ein hartes Regiment auf Burg Achenkirch geführt. Der straffe Zeitplan beim Heilfasten wirkte wie ein Abglanz dieser Epoche. Am Horizont ein Hoffnungsschimmer: Pünktlich um 13.00 Uhr war die erste Fastenmahlzeit angesagt. Hinter Eva kam Kiki aus dem Hauptgebäude. Sie war froh, endlich der Bedürfnisanstalt mit ihren Klang- und sonstigen Wolken entronnen zu sein. Moll hatte sie dennoch verpasst.

»Erst war die ganze Zeit besetzt, und jetzt ist der Anrufbeantworter dran.«

»Der meldet sich schon«, tröstete Eva. Sie fühlte sich unendlich erleichtert. Das Wetter war wie aus dem Bilderbuch. Der Himmel strahlend blau, die Luft warm. Und der erste Schritt getan. Im Innenhof hatten sich Grüppchen gebildet. Als Erkennungszeichen trugen die Mitglieder des Septemberkurses Heilfasten Wasserflaschen mit sich herum.

Neben der Walküre stand Frau Eisermann, die in den Klagegesang einstimmte: »So eine Gruppe in der Gruppe zerstört die ganze Dynamik«, beschwerte sie sich mit Blick auf die Dienstagsfrauen. Die kleine dicke Dackelrolle knurrte Kiki solidarisch an. Kiki nahm es kaum wahr. Ihr Hunger war so überwältigend, dass selbst die Hundekekse in Elliots Napf Begehrlichkeiten weckten. Nicht nur ihr fiel das Entsagen schwer. In einer Ecke stieg eine dünne Rauchsäule in die Höhe.

»Nicht auf mich achten«, haspelte Simone nervös und wedelte hektisch die verräterischen Spuren ihrer Schwäche weg. »Ich bin fast so weit, endgültig aufzuhören. Ich spür das.«

Kiki und Eva flüchteten nach drinnen. Früher waren hier Kühe, Pferde und Ziegen untergebracht. Jetzt beherbergte das Erdgeschoss die Küche und das Café, das in den Sommermonaten Nordic Walker, Busgruppen, Radtouristen, Wanderfreaks und Mittelalterfans anlockte. Im späten September gehörte der Speisesaal den fastenden Teilzeitaussteigern. Kleine Sprossenfenster ließen nur wenig Licht in das mit massiven Holztischen und -bänken möblierte Gewölbe. Die Tische waren liebevoll eingedeckt: Stoffservietten auf bunt bemaltem Steingutgeschirr, dickwandige Wassergläser, dazwischen Blumensträuße mit leuchtenden Dahlien und späten Rosen. Endlich gab es etwas zu essen. Die Gesichter glühten voll Erwartung.

Hagen Seifritz nahm bei Herrn Eisermann und dem Offizier Platz. Das ungleiche Männertrio war sich auf der Herrentoilette nähergekommen. Man war zum geselligen Du übergegangen und teilte Beschwerden und Befindlichkeiten.

»Wie geht's?«, fragte Eisermann.

»Schlecht«, gab der sonst so überschwängliche Hagen Seifritz unumwunden zu.

Seine beiden Mitstreiter nickten ernst: »Schlecht, das ist gut. Da passiert was.«

»Gut«, echote Seifritz. Der Offizier zog seinen Blazer aus und wirkte sofort ein Stück weniger militärisch. Frau Eisermann gesellte sich zu ihrem Mann.

Die Dienstagsfrauen, die den Tisch daneben eingenommen hatten, kicherten.

»Das ist wie bei einem Geheimbund. Man teilt die intimsten Geheimnisse. Das schweißt zusammen«, meinte Caroline.

»Gemeinsam schämen statt fremdschämen«, fasste Estelle zusammen.

»Ihr habt alle ein gestörtes Verhältnis zu euren Körpervorgängen«, meinte Judith. »Früher waren Toiletten immer Gemeinschaftseinrichtungen.«

»Ich habe kein gestörtes Verhältnis zu meinem Körper. Ich habe Hunger«, klagte Kiki.

Estelle nickte. Nur Eva schwieg. Im Hintergrund stimmten Falk und Bea etwas miteinander ab.

Auch Judith machte sich Gedanken über das Paar: »Die ist mindestens zwanzig Jahre jünger als er«, sagte sie.

»Das mit dem Altersunterschied, das ist immer ein Problem«, seufzte Kiki.

Der Klatsch verdrängte den Hunger.

»Die sind nicht verheiratet. Jedenfalls trägt er keinen Ring«, stellte Judith fest.

»Das ist nicht seine erste Frau«, mischte Estelle sich ein. »Der hat bestimmt irgendwo erwachsene Kinder.«

Eva rutschte ein Stück tiefer.

»Frau Sänger ist erst vor ein paar Jahren auf die Burg gekommen«, wusste Frau Eisermann, die vom Nebentisch gelauscht hatte, zu berichten. »Als Teilnehmerin«, setzte sie als Sahnehäubchen obendrauf. Sie sprach das aus, als wäre ihre Fastentrainerin eine ordinäre Mitgiftjägerin.

Bea Sänger löste sich von Falk. »Nach der Mittagsbrühe«, kündigte sie an, »haben Sie den Nachmittag zur freien Verfügung. Nehmen Sie sich die Zeit zu ruhen.«

»Ich gehe lieber auf Burgerkundung«, meinte Eva und versuchte dabei so unbefangen wie möglich zu klingen.

»Wenn du den Gärtner suchst, der ist gerade mit dem Mofa weggefahren«, sagte Estelle leichthin.

Eva sackte in sich zusammen. Man konnte Estelle nicht allzu viel vormachen.

»Der hat sich krankgemeldet«, ergänzte Judith.

»Woher weißt du das?«, fragte Eva.

»Ich war gerade im Büro bei Falk, als er sich verabschiedet hat. Der war vollkommen durcheinander.«

Eva staunte nur noch.

»Nicht, was du denkst«, fügte Judith postwendend hinzu. »Ich habe mich bei Falk nach dem Rezept für die Fastensuppe erkundigt.«

Judith arbeitete seit ihrer Rückkunft aus Lourdes zwar als Bedienung im Le Jardin. Übertriebenes Interesse am Geschehen in der Restaurantküche hatte bislang noch keine der Freundinnen feststellen können.

»Falks Mutter kam aus dem Sudetenland. Als Falk geboren wurde, war sie hier Köchin. Und der Emmerich hatte die Landwirtschaft unter sich. Die beiden kennen sich ein Leben lang«, ergänzte Caroline so beiläufig wie möglich. »Hat Falk mir erzählt.«

Ein Raunen ging durch die Gruppe. Tobias, der junge Koch, gestern noch als Wespenjäger verkleidet, betrat den Raum. Kikis Blick blieb an dem jungen Mann hängen, der von Estelle an der Suppenterrine, die er feierlich hineintrug. Den ganzen Morgen hatte Estelle sich Fantasien über Minestrone und Speckwürfel hingegeben. Jetzt machte sich Enttäuschung breit. »Achenkirchner« entpuppte sich als eine durchsichtige bräunliche Flüssigkeit.

»Die Suppe hat einen Hang zur Substanzlosigkeit«, klagte Estelle. Das Signet des Herstellers war problemlos auf dem Boden der Suppentasse zu erkennen.

»Wenn der Koch leckerer ist als die Suppe, stimmt was nicht«, bestätigte Kiki, die Tobias hinterhersah.

Unter dem weißen T-Shirt des Kochs zeichneten sich Muskelpakete ab, die auf ein rege genutztes Abonnement im Fitnesscenter und ein tadelloses Sixpack schließen ließen.

»Das Gemüse ist fünfundsiebzig Minuten auf niedriger Temperatur gekocht«, wusste Judith. »Dann siebt man die festen Bestandteile aus, die sind mineralientechnisch ohnehin ausgelaugt und kommen auf den Kompost.«

»Nehmen Sie die Mahlzeit Löffel für Löffel zu sich, langsam und bewusst«, empfahl Bea. »Konzentrieren Sie sich ganz auf den Geschmack.«

»Vielleicht kann man das Gehirn überlisten, wenn man beim Essen intensiv an zartrosa Kalbsmedaillon denkt«, überlegte Estelle.

»Wir versuchen, bei den Mahlzeiten so wenig wie möglich zu sprechen. Das ist der erste Schritt, Äußerlichkeiten hinter uns zu lassen«, ermahnte Bea die Mannschaft.

»Schweigen wir und fühlen uns nur noch telepathisch miteinander verbunden«, grummelte Estelle.

Bea bedachte Estelle mit einem herablassenden Blick:

»Wenn Sie die Kommentarfunktion ausschalten, geht es uns allen besser.«

»Die gehört zu der Sorte Vegetarier, die Grünzeug nur deswegen essen, weil sie Pflanzen hassen. Und jeden Spaß«, flüsterte Estelle Caroline ins Ohr. Der heilpädagogische Tonfall brachte sie auf die Palme.

Während Estelle auf Rache sann, löffelte Eva. Sie löffelte und lauschte in sich hinein. Das, was sie erspürte, gefiel ihr nicht. In ihrem Magen klumpte sich der Ärger. Warum war sie nicht darauf gekommen, sich für das Rezept zu interessieren? Den ganzen Morgen war sie Emmerich hinterhergelaufen, hatte einen Grundkurs Gemüse absolviert und sich mit kryptischen Andeutungen über Frieda Dorsch und die Wilde Ente herumgeschlagen. Ihre Freundinnen taten das Einfachste der Welt. Sie unterhielten sich mit Falk. Ganz leicht, ganz einfach, ganz unverbindlich. Aber genau das war es nicht. Nicht für sie. Falk war ihr Hauptverdächtiger. Und deswegen konnte nichts locker und nichts unverbindlich sein. Eva war eine miserable Detektivin. Seit über vierzig Jahren brütete sie über ihrem ersten Fall. Oder verhielt sie sich so zögerlich, weil sie ihre Mutter im Nacken spürte? Wie sollte sie Regine nach dieser Woche gegenübertreten? Eva fühlte sich tödlich erschöpft. Es war nicht zu fassen, wie anstrengend nichts essen und nichts herausfinden war.

22

Estelle haderte mit sich. Bea Sänger mit ihrer gehauchten Stimme hatte einen direkten Zugang zu ihrem Ärgerzentrum. Lag es an den Giftstoffen, die sich lösten? Lag es am schlechten Karma der Burg? Estelle hörte förmlich das Seufzen der Burgfräulein, die aus den bunten Kreuzglasfenstern sehnsuchtsvoll ins Tal blickten. Auf Rettung durfte man hier nicht hoffen. Auf Kalbsmedaillon ebenso wenig.

Erschöpft tauchte Estelle den winzigen Löffel in die Brühe. Sie hatte mehr von der Fastenverpflegung erwartet. Und sie bekam mehr. Die Suppe, wenngleich ungesalzen, schmeckte überraschend gut. Sie wärmte das Herz. Und tröstete über den Frust hinweg.

Estelle konnte nichts dagegen tun. Die Abgeschiedenheit der Burg, diese engen, altehrwürdigen Steinwände, die sie wie ein Gefängnis umgaben, die starren Regeln, die auf sie niederprasselten: Es war der Hauch des katholischen Mädcheninternates, der sie hier umwehte. Und wie in der Zeit, als sie noch Klosterschülerin war, meldete sich der Widerspruchsgeist. Ein Reflex aus der Vergangenheit. Die Aura der mittelalterlichen Burg verwandelte Estelle in eine aufsässige Dreizehnjährige, die sich gegen das umfangreiche Regelwerk auflehnte und Gemeinschaftserlebnisse mit Sprüchen torpedierte.

»Wir beten für dich«, war der Standardspruch der Klosterschwestern, wenn die kleine Estelle mal wieder über die Stränge geschlagen hatte. Ihre Zeit an der Klosterschule war eine endlose Abfolge von Schuld und Sühne.

Wann war man erwachsen? Wenn man die Verletzungen der Kinderzeit hinter sich gelassen hatte? Wenn man ein eigenes Girokonto eröffnete? Wenn die Eltern verstorben waren? Wenn man ein Kind bekam? Oder war Erwachsensein gar etwas, was heutzutage ausstarb? Weil man sich leisten konnte, kindisch bis ins hohe Alter zu sein. Finanziell und gesellschaftlich.

Estelle seufzte tief auf. Eine warme Hand legte sich auf ihre. Es war die von Caroline. Ein Blick genügte. Die Freundin wusste ohne große Worte, was in Estelle vorging. Die simple Geste tat Estelle gut. Sie war nicht mehr die isolierte Klosterschülerin, die überall aneckte. Sie war eine der Dienstagsfrauen. Gemeinsam mit den Freundinnen hatte sie eine Chance durchzuhalten. Bis Size Zero.

23

Caroline zappelte auf dem Rücken. Hilflos wie ein Maikäfer.

»Leberwickel garantieren optimale Entspannung«, hatte Bea versprochen, als sie ihr das heiße Leintuch auf den Bauch legte. Darin eingewickelt eine Wärmflasche, darüber ein zweites Handtuch. Der feuchte Wickel sollte unterhalb des rechten Rippenbogens Wärme abgeben, die Durchblutung und Entgiftung der Leber fördern und Caroline zu einem Mittagsschlaf verhelfen. Theoretisch. Kiki wirbelte durch den Raum und brachte Leben in das Zimmer, das sie ab jetzt zu zweit bewohnten. Ohne erkennbares Konzept verteilte Kiki ihre Kleider, Bücher, Zettel und Stifte. Ihre Anwesenheit manifestierte sich auf jedem Zentimeter. Zufrieden war sie immer noch nicht.

»Ich habe eine schwere Hotelallergie«, meinte sie. »Ich muss immer alles umstellen.«

Als sie den Beistelltisch wegrückte, entdeckte sie einen toten Käfer.

»Warum sterben Käfer eigentlich immer auf dem Rücken?«, fragte sich Kiki.

»Vermutlich sind sie zu schwach, sich umzudrehen, und dann verhungern sie«, mutmaßte Caroline.

Der Zustand entsprach ihrer eigenen Gemütsverfassung.

Still liegen, entspannen, nichts denken, das war nichts für Caroline. Sie hatte Entzugserscheinungen. Alles fehlte ihr: Essen, ein Glas Wein, Beschäftigtsein, das unablässig klingelnde Telefon, der übervolle Terminkalender. Sie war nicht gewöhnt, sich ununterbrochen mit sich und den eigenen Befindlichkeiten auseinanderzusetzen. Caroline amüsierte Kikis Betriebsamkeit. In ihrer Zweizimmerwohnung hatte jedes Ding seinen festen Platz. Sie genoss es, jemanden um sich zu haben, der Unordnung, Hektik und Überraschungen garantierte. Kiki rückte den Schreibtisch ans Fenster, den Sessel in die Ecke, warf ein mitgebrachtes Seidentuch über die Lampe, eine Kuscheldecke über das Bett. Überall platzierte sie Kerzen und Fotos. Als Letztes verhängte Kiki den Spiegel mit einem Tuch.

»Das Einzige, was ich momentan an mir schön finde, ist mein Bauchnabel«, erklärte Kiki auf Carolines fragenden Blick hin. »Der letzte Mann, der unbedingt ein Date mit mir haben wollte, war Herr Jahn von der Sparkasse am Eigelstein. Leider aus den falschen Gründen.«

»Du hast ein Baby bekommen«, wandte Caroline ein.

»Und Falten«, beschwerte sich Kiki. »Seit Greta um halb sechs aufsteht, entwickle ich Krähenfüße.«

»Die einzige Alternative zu Falten ist Frühableben«, gab Caroline zu bedenken.

Kiki war es ernst: »Irgendwann gehe ich mit Max auf den Spielplatz, und alle halten mich für Oma. Kein Wunder, wenn die echte nie da ist.«

»Immer noch keinen Kontakt mit den Eltern?«

Kiki schüttelte den Kopf: »Morgen feiert Thalberg sein jährliches Herbstfest. Auf der Einladung stand nur der Name von Max. Als ob ich nicht bestehe.«

»Wenn du sie treffen willst, lad sie ein.«

Kiki war nicht überzeugt von solch einfachen Lösungen: »Und was sage ich dann? Ich bin jetzt Barista. Wenn ich Thalberg treffe, dann auf Augenhöhe. Im Moment fühle ich mich wie ein Gartenzwerg. Ein kleiner dicker Gartenzwerg.«

Kiki trat zurück, um das Ergebnis ihrer Umbaumaßnahmen zu betrachten. In einer halben Stunde hatte sie mit wenigen Handgriffen aus einem neutralen Hotelzimmer ein Heim gemacht.

»Wenn Thalberg dein Talent nicht erkennt, weiß ich es auch nicht«, meinte Caroline anerkennend.

»Ich will keine Familie, in der man verfeindet ist. So wie du und Philipp, so was halt ich nicht aus«, sagte Kiki.

Caroline fuhr hoch. Mit der Entspannung war es endgültig vorbei. »Wie kommst du darauf, dass Philipp mein Feind ist?«

Kiki war erstaunt über Carolines heftige Reaktion: »Ich kann's ja verstehen, dass da Hass aufkommt. Bei seinem Doppelleben.«

Caroline spürte Unmut hochkochen: »Hassen? Wieso soll ich ihn hassen?«, empörte sie sich. »Was hat das Leben für einen Sinn, wenn von den fünfundzwanzig Jahren, die ich mit Philipp verbracht habe, Hass bleibt?«

Kiki war verwundert über Carolines heftige Reaktion: »Du verzeihst ihm? Nach allem, was er dir angetan hat?«

Caroline schob die warmen Tücher vom Bauch. »Leberwickel sind nichts für mich«, entschied sie.

»Du klingst, als würdest du immer noch an ihm hängen«, meinte Kiki.

Caroline verließ das Zimmer. So aufgebracht hatte Kiki die Freundin noch nie erlebt. Sie blieb zurück mit dem unguten Gefühl, etwas Falsches gesagt zu haben. Aber was?

24

»Ihr Blutdruck ist viel zu hoch«, sagte Bea Sänger. Als ausgebildete Heilpraktikerin war sie für den täglichen Checkup verantwortlich. Caroline strampelte auf einem Fahrrad. Auf Monitoren wurde das Belastungs-EKG angezeigt.

»Ich habe es nicht so mit der Entschleunigung«, meinte Caroline.

»Das kann mit dem Fasten zusammenhängen«, erklärte Bea. »Ihr Körper ist in Alarmbereitschaft und schüttet Adrenalin aus. Vermutlich schlafen Sie nicht besonders.«

»Schon seit Monaten«, gab Caroline zu.

»Ich mische Ihnen einen Schlaftrunk«, versprach Bea und verschwand ins Nebenzimmer. Im Fitnesscenter lenkten Fernsehapparate von der Monotonie der körperlichen Betätigung ab. Hier war Caroline alleine. Mit sich. Mit dem Fahrrad. Mit der inneren Unruhe und den Gedanken an Philipp. Sie war geradezu erleichtert, als das Telefon in ihrer Hosentasche summte und sie aus ihrer Langeweile erlöste. Bis jetzt hatte sie sich noch nicht dazu entschließen können, die letzte Verbindung zur Außenwelt zu kappen. Auf dem Display leuchtete eine ihr unbekannte Nummer auf. Nicht drangehen, sagte sie sich vor. Denk an deinen Blutdruck. Beweis, dass du was aus der Spalierszene gelernt hast. Caroline trat in die Pedale. Sie trampelte, sie schwitzte und betete und tat dann doch das Falsche. Sie ging an ihr Telefon.

»Verraten Sie Philipp bloß nicht, dass ich Sie anrufe«, schniefte eine weibliche Stimme.

Sissi Fischer. Auch das noch.

»Ich weiß nicht, was wir beide zu besprechen haben«, sagte Caroline kühl.

»Meine Mutter sagt immer, das Elend ist, dass wir Frauen uns von den Männern gegeneinander ausspielen lassen. Das ist das ganze Elend. Dass die Frauen nicht miteinander reden.«

Sissis Stimme klang merkwürdig. War sie nervös oder hatte sie sich ein bisschen Mut angetrunken?

»Deswegen sag ich's Ihnen jetzt. Weil die Frauen zusammenhalten müssen. Philipp ist kein guter Mann.«

Die Messgeräte schlugen aus. Carolines Atem ging schneller, die Herzfrequenz sprang nach oben.

»Erst sagt er, das mit uns wär' was Besonderes. Und dann verlässt er mich. Ich weiß nicht mal, wieso.«

»Ich bin die Letzte, die Ihnen helfen kann«, sagte Caroline. Warum hörte sie sich das an? Warum legte sie nicht einfach auf? Die Neugier siegte über den Verstand. Carolines Kopf lief rot an. Mühsam kämpfte sie sich den virtuellen Berg hoch.

Sissi redete einfach weiter: »Er hat gesagt, er lässt sich erst scheiden, wenn Sie das Signal dazu geben. Im Gang hängt immer noch ein Foto von Ihnen. Ich glaube, er wollte sich nie scheiden lassen.«

Caroline konnte nicht umhin zu grinsen. Solche winzigen Details waren Balsam für ihre verletzte Seele.

»Ich hole das Foto bei Gelegenheit ab«, sagte sie. Als ob das wichtig war.

119

»Ich glaube, er hat schon wieder eine andere«, sagte Sissi. »Der hält es doch gar nicht alleine aus. Was meinen Sie? Sie haben nicht zufällig etwas von Philipp gehört?«

Die Katze war aus dem Sack. Das mit der weiblichen Solidarität war wohl eher theoretisch. Erst ein bisschen Honig um den Mund schmieren, die weibliche Verbrüderung betonen, und dann hinterrücks zum Thema übergehen. Sissi versuchte, Caroline auszuhorchen, und kam sich vermutlich ziemlich geschickt vor.

»Das müssen Sie wirklich selbst klären«, brach Caroline das Gespräch ab.

Dabei hätte sie Sissi eine Menge zu erzählen gehabt.

»Du klingst, als würdest du immer noch was für Philipp empfinden«, hatte Kiki gesagt. Vor ein paar Wochen hätte Caroline protestiert. Laut und energisch. Der Abend mit Fette-und-Öle-Frank hatte sie eines Besseren belehrt. Ihre Reflexe enthüllten, was sie sich selbst nicht eingestehen konnte und wollte: Für Philipp ließ Caroline jeden anderen Mann sitzen. Bis zu der Pilgerreise war sie überzeugt davon, gut verheiratet zu sein. Sie ahnte nichts von Philipps permanentem Verrat. Sie hatte gute Zeiten mit einem schlechten Mann. Auch Philipp hatte Probleme, mit ihrer gemeinsamen Vergangenheit abzuschließen.

Bea kam zurück in den Raum. Sie hielt ein Stoffsäckchen mit einer Kräutermischung hoch: »Schlüsselblume, Lavendelblüten, Johanniskraut, Hopfen und Baldrian, das müsste helfen«, sagte Bea. Ihr Blick fiel auf die Vitalwerte von Caroline. Sie stutzte. »Ein bisschen Fahrradfahren und Ihr Herz spielt verrückt.«

Caroline wedelte verlegen mit ihrem Telefon. »Gute Nachrichten«, erklärte sie.

Bea nickte: »Ich verstehe.«

Dabei verstand sie gar nichts. Genauso wenig wie Sissi. Wie auch? Sissi fehlten die entscheidenden Puzzlestückchen. Drei Tage nach der unschönen Begegnung im Schlafzimmer feierte Carolines Sohn Vincent in seinen vierundzwanzigsten Geburtstag hinein. Er hatte Caroline, seine Schwester Josephine und ein paar Freunde zu sich nach Hause zum Abendessen eingeladen. Philipp, so war das mit allen Beteiligten abgesprochen, würde erst am nächsten Tag seine väterliche Aufwartung machen. Die Absprache war deutlich und dennoch missverständlich. Vier Minuten nach Mitternacht stand Philipp in der Tür. Carolines erster Impuls war: wegrennen. Wegen Philipp. Der zweite Impuls: bleiben. Aus demselben Grund. Der früher so sportfaule Philipp sah durchtrainiert und schmal aus. Statt Sechstagebart trug er glatte Haut, statt ausgeleiertem Pullover ein helles Hemd. Er war in den Monaten, in denen sie sich nicht gesehen hatten, um zehn Jahre jünger geworden.

»Ich habe mich extra rasiert«, sagte Philipp nervös, als ob es darum ginge.

»Du solltest doch morgen kommen«, ranzte Josephine den Vater an. Auch Vincent war wenig erfreut darüber, dass Philipp seinen Geburtstag als Arena für Ehekonflikte nutzte: »Das war ganz und gar unnötig«, knurrte er den Vater an.

»Ich bin wegen Caroline da«, gab Philipp unumwunden zu. »Eure Mutter geht nie ans Telefon, wenn ich sie sprechen will.«

Ein Mensch braucht Sekunden, um über Sympathie und Antipathie zu entscheiden. Caroline hatte eine ganze Autofahrt nach Lindenthal gebraucht, um zu erkennen, dass sie noch immer Gefühle für ihren getrennt lebenden Ehemann hegte. Aber das würde sie nicht zugeben. Um keinen Preis der Welt. Nicht vor Philipp, der eine Sissi in der Hinterhand hatte.

»Lass uns ein andermal reden«, sagte sie und verließ fluchtartig die Küche.

Im Gang holte Philipp sie ein. Der Hauch des altbekannten Aftershaves umfing sie. Manche Dinge änderten sich nie. Josephine zog energisch die Küchentür zu. Lautes Lachen und aufgeregte Stimmen zeigten, dass die jungen Leute mit den Eheproblemen der Elterngeneration nichts zu tun haben wollten. Philipp und Caroline waren alleine. Mit sich. Und ihrer gemeinsamen Geschichte.

»Als die Polizei erzählte, was passiert ist, habe ich nur daran gedacht, wie es dir dabei geht«, begann Philipp.

»Du bist mir keine Rechenschaft schuldig«, erklärte Caroline.

»Ich habe mir Sorgen um dich gemacht«, meinte Philipp und klang, als wäre er darüber verwundert.

An deiner Stelle hätte ich mir Sorgen um Sissi gemacht. Die saß schließlich in der Zelle, dachte Caroline. Sie sagte nichts. Sie würde sich keine Blöße geben. Den Sieg wollte sie Philipp nicht gönnen.

»Ich dachte immer, ich treibe die Scheidung nicht voran, weil ich dich nicht überfahren will«, gab Philipp ehrlich zu. »Seit dem Abend bin ich mir nicht mehr sicher, ob ich nicht ganz eigennützige Motive hatte.«

Warum hatte sie ihren Drink nicht mit aus der Küche genommen? Eine Bloody Mary hätte die flatternden Nerven vielleicht beruhigt.

»Vermutlich will ich mich nicht von dir scheiden lassen«, gestand Philipp.

Nein, sie würde nicht darauf reinfallen. Nein. Nein. Nein.

»Sissi hat die Rosen gepflückt, um sie über das Bett zu verteilen.«

Die Damaszener-Rose, die sich an der rückwärtigen Seite des Hauses hochrankte, stammte von Philipps Großmutter. Philipp hatte sie nach deren Tod mit viel Mühe umgepflanzt und liebevoll gehegt, gepflegt und umsorgt. Bei gemeinsamen Spaziergängen im nahe gelegenen Kölner Stadtwald sammelte er mit Kinderschaufel und -eimer Pferdeäpfel. Als Rosendünger.

»Ein idealer Pferdeapfel«, konnte Caroline im Schlaf herunterbeten, »hat eine weißliche Färbung. Erst dann ist er gut durchgetrocknet und als Pflanzendünger geeignet.«

Für Philipp war die Rose Teil seiner Vergangenheit, für Sissi Dekoration für ein erotisches Stelldichein.

»Das Schlimmste war«, gestand Philipp, »ich hatte nicht die geringste Lust, Sissi zu erklären, was mir die Rose bedeutet. Ich will nicht bei Adam und Eva beginnen.«

Carolines Hand suchte nach der Haustür. Sie wollte nicht mit Philipp über Sissi Fischer reden.

»Ich habe mich von ihr getrennt«, gestand Philipp.

Caroline flüchtete. Der Kopf gewann über das Herz. Leider zum letzten Mal.

Eine Woche später tauchte Philipp gegen Abend in Carolines Kanzlei auf. Die Kollegen waren längst nach Hause gegangen und genossen den lauen Sommerabend im Freien. Nur Caroline brütete noch über Akten.

»Mit zu viel Arbeit hat alles angefangen«, hatte Philipp gesagt. »Lass uns zu den Rheinterrassen gehen.«

Caroline zögerte.

»Neutraler Boden und frische Luft«, hatte Philipp versprochen, »dabei kann man am besten ausspannen.«

Es war ihm ernst. Zum ersten Mal sprachen sie nicht nur über ihre gescheiterte Ehe, Kinderbelange und organisatorische Probleme. Es wurde ein vergnügter Abend. Zum Abschied drückte Philipp Caroline einen Kuss auf die Wange.

Von da an holte er sie regelmäßig ab. Zum Essen, zum Kino, zu einer Fahrradtour. Philipp warb um sie. Caroline begann, abends in der Kanzlei auf ihn zu warten. Nach ein paar Treffen stellte sie fest, dass sich alles, was früher selbstverständlich zwischen Philipp und ihr war, aufregend neu anfühlte. Fremd und vertraut zugleich. Sie verabredeten sich sogar in einer Tanzbar. Seit zehn Jahren waren sie nicht mehr zum Tanzen gegangen. Eine halbe Stunde hatte Caroline an ihren Haaren herumgefummelt, drei Mal etwas anderes angezogen. Fast hätte sie eine Augenmaske aufgelegt.

Beim Tanzen fühlte sie sich wie sechzehn, als der ungeliebte Tanzkurs eine willkommene Gelegenheit bot, vorsichtige Zärtlichkeiten auszutauschen. Ihre Hände berührten sich, die Schultern, die Wangen. Es fühlte sich entspannt an. So entspannt, dass Caroline dem fahruntüchtigen Philipp am Ende des Abends die Couch in ihrer neuen Wohnung zum Schlafen anbot. Weil sie Freunde sein können. Ein Fehler, wie sich herausstellen würde.

Caroline saß auf ihrem Fahrrad und lächelte in sich hinein. Sie hatte wahrlich einen guten Grund, in der Dienstagsrunde zu schweigen. Ihr Liebhaber war niemand anderes als ihr eigener Mann. Aus den zukünftig geschiedenen Eheleuten war ein heimliches Liebespaar geworden, das in konspirativen Hotelnächten die alte Liebe auferstehen ließ. Der Kummer hatte ihr schlaflose Nächte eingebracht, jetzt war es die Aufregung, die sie nicht schlafen ließ.

Die Fastentrainerin riss sie aus den lieblichen Gedanken.

»Der Tee verschafft Ihnen Linderung«, versprach Bea.

Caroline nickte wider besseres Wissen. Als ob ein paar Heilkräuter eine Lösung brachten. Das Problem lag woanders. Als Caroline versuchte, sich den Freundinnen anzuvertrauen, entdeckte sie eine weitere neue Seite an sich: Feigheit. Und die bekämpfte man, wenn man Caroline hieß, am besten mit Tatendrang. Sie setzte sich selbst die Pistole auf die Brust. Anders als die Freundinnen hasste sie Überraschungen und hatte im Internet recherchiert, was sich unter dem merkwürdigen Programmpunkt »Rückführung« verbarg. Wer wollte, durfte am letzten Abend einen Besucher einladen. Sie hatte bereits im Vorfeld ihre Entscheidung gefällt: Ihre Brücke zwischen Fasten und Alltagsleben, ihr spezieller Gast am Abschiedsabend würde Philipp sein. Das gab ihr sieben Tage Zeit, den Freundinnen reinen Wein einzuschenken. Und den notwendigen Druck, es tatsächlich zu tun. Der erste Schritt war, mit Judith zu sprechen.

25

Das Zimmer von Judith und Eva lag im ehemaligen Wachturm und war von der Kemenate über einen hölzernen Wehrgang zu erreichen. Caroline hatte die beiden Freundinnen begleitet, als sie das Zimmer besichtigten.

»Genau so etwas habe ich mir immer gewünscht«, hatte Judith ausgerufen, als sie den Raum zum ersten Mal betrat. Prunkstück des Zimmers war ein riesiges Bett, das man angeblich 1804 für einen Besuch Napoleons angefertigt hatte. Ein offener Kamin versprach Gemütlichkeit, Fenster zu drei Seiten boten einen imposanten Blick auf die Landschaft: Wald, Hügel, schroffe Steine. Am Horizont sorgte eine Schafherde dafür, dass die Jurafelsen nicht unter Büschen verschwanden und die typischen Magerwiesen, die dem Altmühltal das charakteristische Äußere gaben, erhalten blieben. Das Turmzimmer war wie geschaffen für eine Frau mit romantischen Ideen. Judith jauchzte. Eva, die sich die Napoleonsuite mit Judith teilte, war weniger begeistert. Unter dem Dach hatte eine Kolonie Tauben ihr Zuhause gefunden. Das permanente Gurren, Flügelschlagen, An- und Abfliegen weckte bei Eva unheilvolle Assoziationen an Hitchcocks *Vögel*. Judith fand die Geräuschkulisse wundervoll poetisch. Das Tollste war, dass das Zimmer mit Akustikrelais ausgestattet war. Mit einem einfachen Klatschen konnte man vom Bett aus das Licht an- und ausschalten. Luxus pur. Als wäre man ein moderner Napoleon.

Um Judith die Freude nicht zu nehmen, hatte Caroline am Ankunftstag geschwiegen. Insgeheim hielt sie das Ganze für eine Legende. Zählte man all die Betten zusammen, in denen Napoleon genächtigt haben soll, hätte er sein ganzes Leben verschlafen. Dabei litt Napoleon ebenso wie Caroline an chronischer Schlaflosigkeit und hielt jeden, der über fünf Stunden Schlaf brauchte, für einen Idioten. Angeblich fühlte er sich bereits erholt, wenn er zehn Minuten auf einem Pferd einnickte. Davon konnte Caroline nur träumen.

Doch es war nicht die Müdigkeit, die sich anfühlte wie Blei in den Gliedern, als sie sich am Abend des ersten echten Fastentages wieder auf den Weg zur Napoleonsuite machte. Es war die Unsicherheit, wie Judith auf ihre Eröffnung reagieren würde.

Caroline hatte darauf gehofft, Judith alleine im Zimmer anzutreffen. Stattdessen fand sie ihre vier Freundinnen gemeinsam im napoleonischen Himmelbett. Sie hatten Extrawolldecken über sich geworfen, im Kamin loderten hohe Flammen.

»Was ist das? Eine finnische Sauna?«, wunderte sich Caroline.

»Wir frieren. Alle vier«, gab Kiki zu.

»Wenn ich Flamenco tanze, kann ich mir die Kastagnetten sparen, so laut klappern meine Zähne«, bibberte Estelle.

Eva wusste, womit das zusammenhing: »Der Körper schaltet beim Fasten auf Sparflamme. Er hält nur überlebenswichtige Teile auf Temperatur.«

»Extremitäten findet mein Körper anscheinend überflüssig«, klagte Kiki und rieb sich die Hände.

Judith hatte einen tiefen Teller mit heißem Wasser und Kamillenblüten in der Hand. »Willst du mitmachen?«

»Beim Schwitzbad?«, fragte Caroline.

»Wir meditieren«, erklärte Kiki, tauchte zwei Watteplätzchen in den warmen Tee und legte sie sich über die Augen. Die anderen taten es ihr gleich.

»Wir versuchen mit einem Ausflug in die innere Stille den Hunger abzuschalten.«

Meditieren? Stille? Ausflüge nach innen? Normalerweise begegnete Caroline Unwohlsein mit Tatendrang. Aber was war noch normal in ihrem Leben? Sie hatte eine Affäre mit ihrem untreuen Ehemann und verzichtete sieben Tage auf Nahrung. Caroline hatte begriffen, dass sie sich selbst beileibe nicht so gut kannte wie die Strafprozessordnung. Zu viele Sicherheiten hatte sie in den letzten Monaten über Bord werfen müssen. Und der Hunger quälte sie genauso wie die Freundinnen. Die zweihundert Milliliter Obstsaft, die abends gereicht wurden, waren nicht angetan gewesen, das Loch in ihrem Magen nachhaltig zu füllen.

»Probier's aus«, ermunterte Judith Caroline.

Als Fünfte quetschte sich Caroline zu den Freundinnen und legte sich die Wattebäusche auf die Augen. Vielleicht brachte Meditation sie auf die ultimative Idee, wie sie das bevorstehende Gespräch mit Judith unfallfrei über die Bühne brachte.

»Macht es euch bequem«, gab Judith vor. »Beine gestreckt, die Arme ruhen neben dem Körper, die Handflächen berühren das Bett.«

Carolines Finger trafen auf die von Kiki. Sie lagen dicht an dicht.

»Nehmt euren Körper wahr und dann konzentriert euch nur auf euren Atem«, wies Judith die Freundinnen an.

Es war so eng in dem Bett, dass es Caroline prima gelang, sich mental in eine Ölsardine zu versetzen. Die Konzentration auf den eigenen Atem war weitaus schwieriger. Sobald sie ihre Atmung beobachtete, verlor sie den natürlichen Rhythmus.

»Einatmen, langsam ausatmen. Einatmen.«

Caroline gab sich Mühe, das alles nicht nur als Zeitverschwendung zu betrachten.

»Lasst alles los. Gedanken. Gefühle. Sorgen. Achtet nur auf den eigenen Atem. Und jetzt das rechte Bein ganz leicht anheben. Und dann wieder ablegen. Fühl die Erde, die dich trägt.«

Statt Erdverbundenheit spürte Caroline nur Matratze und einen leichten Krampf im linken Unterschenkel. Die Sorge, wie sie das Gespräch anfangen sollte, ließ sie nicht los. Obwohl sie bekannt war für ihre Fähigkeit, in ihren Plädoyers auch noch die unbegreiflichsten Taten ihrer Mandanten nachvollziehbar zu erklären. Es fing schon beim Delikt an. War ihre Affäre mit Philipp nun ein harmloses Techtelmechtel, ein ausgewachsenes Verhältnis, oder war es gar ein neuer Anfang nach dem Ende? Die Wiederauferstehung einer tot geglaubten Ehe? Caroline hasste es, Halbfertiges in der Öffentlichkeit zu präsentieren. Selbst wenn sie für die Dienstagsfrauen kochte, bereitete sie nachmittags alles so weit vor, dass sie abends nur noch ein paar Handgriffe brauchte, um das fertige Menü auf den Tisch zu zaubern.

»Fühl das linke Bein. Langsam heben. Du musst der Bewegung mit allen Sinnen folgen.«

Caroline versuchte, sich auf die Basisverrichtungen ihres

Körpers zu konzentrieren. Rechter Arm, linker Arm, den Kopf leicht anheben, die Finger zur Faust ballen, sie wieder loslassen, einatmen, ausatmen, in sich spüren, atmen, entspannen ... vielleicht wäre Caroline eingeschlafen, wenn sich Judiths Ton nicht abrupt geändert hätte.

»Und jetzt schau in dich rein. Was siehst du?«

»Nichts«, hätte Caroline am liebsten entgegnet, schließlich hatte sie Wattebäusche auf den Augen.

»Was seht ihr, wenn ihr die Augen geschlossen habt?«, fragte Judith weiter. »Konzentriert euch auf die Bilder, die aus dem Unterbewussten aufsteigen.«

»Ich sehe Kopfschmerzen«, wimmerte Eva. »Von Hunger krieg ich immer Kopfschmerzen.«

»Vielleicht solltest du die Kompressen auf die Stirn legen«, schlug Estelle vor.

Doch Judith hatte eine Mission: »Ihr müsst genau beschreiben, welches Bild vor eurem inneren Auge entsteht. Das kann ein Bild aus der Zukunft sein oder der Vergangenheit.«

»Ich sehe Teebeutel«, log Caroline. In Wirklichkeit malte sie sich aus, wie die Freundinnen reagierten, wenn sie von Philipp erzählte. Die spöttischen Mundwinkel von Estelle, das fassungslose Gesicht von Eva. Vermutlich war Kiki die Einzige, die Verständnis für ihre merkwürdigen Liebeskapriolen entwickeln könnte. Judith würde es persönlich nehmen.

»Wie kannst du mit Judith befreundet bleiben?«, hatten ihre erwachsenen Kinder gefragt, nachdem die Affäre zwischen Judith und Philipp ans Tageslicht gekommen war. Die Frage stellte sich jetzt wieder. Wie konnten Philipp und Judith gleichzeitig Teil ihres Lebens sein? Caroline war nicht die Einzige, deren Unterbewusstes sich mit ganz

konkreten Problemen herumschlug, statt interpretations-
würdige Bilder auszuspucken.

»Ich sehe Knödel, in Salbeibutter gedünstetes Gemüse,
einen Cheval Blanc Jahrgang 1947«, fantasierte Estelle. »Ich
sehe Schweinebraten mit glänzender goldener Kruste.«

»So was hast du seit fünfzehn Jahren nicht gegessen«,
wandte Caroline ein.

»Aber dran gerochen«, beharrte Estelle.

»Und zum Nachtisch was Süßes«, fiel Kiki ein. »Dampf-
fender, heißer Kakao mit einer Haube aus schneeweißer
Schlagsahne.«

»Hört bloß auf«, bat Eva. »Mein Unterbewusstsein will
bereits in Richtung Küche.«

Kiki war ganz in ihrer Vorstellung gefangen: »Und neben
dem Becher liegt ein Keks auf der Untertasse. Ein Vanillekipferl. Ganz fein mit Zucker bestäubt, nicht zu weich und
nicht zu hart. Der Keks schmilzt auf der Zunge.«

Weiter kam sie nicht. Ein Kissen flog auf ihr Gesicht und
hinderte sie am Weitersprechen.

»Eure Knödel und Vanillekipferl machen mich fertig«,
beschwerte sich Eva.

»Was kann ich dafür? Ich denke ununterbrochen an Essen. Selbst wenn ich die Augen auf hab«, empörte sich Kiki,
schleuderte das Kissen zurück und traf Judith. Die schrak
aus ihrer Meditation auf, fuhr hoch und kegelte mit einer
hektischen Bewegung Estelle aus dem Bett. Mit einem lauten Knall landete Estelle auf dem harten Holzboden. Das
Akustikrelais reagierte sofort und knipste das Licht automatisch aus.

»Weckt mich am Samstag«, klang Estelles Stimme aus
dem Dunkel. »Ich bin zu schwach, um aufzustehen.«

Ein Klopfen an der Tür ließ das Licht wieder aufflammen. Eine Sekunde später stand Bea Sänger in der offenen Tür. Sie hatte diesen betont neutralen »Zahlende-Gäste-haben-grundsätzlich-recht-deswegen-brauche-ich-das-noch-lange-nicht-gut-zu-finden«-Ausdruck im Gesicht. Ihr Blick glitt über das Chaos an Frauen, Decken, herumfliegenden Kissen und die am Boden liegende Estelle, die keine Anstalten machte, etwas an ihrer Position als Bettvorleger zu verändern.

»Ich habe Ihr Programm für morgen«, sagte sie mit tonloser Stimme. Bea Sänger zuckte nicht mit der Wimper und vermittelte trotzdem das Gefühl, dass man alles falsch machte. Caroline warf einen schnellen Blick auf das Papier. Morgentee. Nordic Walking. Fastenverpflegung. Leberwickel. Ärztlicher Check-up. Abendtee. Entspannung in der Gruppe. Nachtruhe um 22.00 Uhr. Ein Tag war wie der andere. Unter den Zusatzangeboten fand sich eine Hydrotherapie und die Möglichkeit zum Besuch des katholischen Gottesdienstes in Achenkirch.

»Wenn Sie sich für die Hydro-Colon-Therapie entscheiden«, hauchte Bea, »lassen Sie morgen früh die Tür auf. Die Kollegin kommt gerne bei Ihnen vorbei.«

Eva meldete sich verhalten: »Wäre es möglich, mehr über die Geschichte der Burg zu erfahren? Ich würde zu gerne wissen, was hier früher passiert ist.«

Bea nickte: »Ich werde Herrn Falk über Ihren Wunsch informieren. Ich bin sicher, er wird Ihre Idee nur zu gerne aufgreifen.«

Eva nickte dankbar.

»In einer halben Stunde beginnt die Nachtruhe. Schonen Sie sich«, verabschiedete sich Bea. »Sie brauchen Ihre Kräfte für morgen.«

Es war diese Art, wie sie »Herr Falk« sagte, es war dieses

spitze »nur zu gerne«, diese gehauchten Sätze. Bea hatte keinen falschen Ton gesagt und doch spürte man unterschwellig den Unwillen. Caroline kannte diesen Typus. Bea Sänger gehörte zu denen, die immer alles runterschluckten und dann explodierten. Ein Vulkan, der zum plötzlichen Ausbruch neigt.

Ihre Fastentrainerin war gerade verschwunden, als Kikis Magen einen Kommentar zur allgemeinen Ernährungslage abgab. Er knurrte laut und vernehmlich.

»Du klingst, als hättest du den Dackel verschluckt«, prustete Estelle. Caroline lehnte sich zurück. Es hatte keinen Sinn, mit ernsthaften Themen anzufangen. Morgen war auch noch ein Tag, um Probleme zu wälzen. Heute wollte sie genießen, dass sie zusammen waren. Ohne Konflikte. Es konnte nicht schlimmer kommen. Die peinlichste Szene ihres Lebens hatte sie bereits hinter sich, dachte Caroline. Sie irrte sich. Nicht zum letzten Mal in diesen Tagen.

26

Beim Fasten konnte man Willensstärke, Selbstbeherr-schung und Überlegenheit demonstrieren. Nichts davon lag Eva. Nach einer unruhigen Nacht kämpfte sie mit sich, dem leeren Magen und schlotternden Knien. Ihr Kreislauf fuhr Achterbahn mit ihr.

»Ich weiß nicht, ob ich für Entsagung geboren bin«, sin-nierte sie, als sie sich ins Badezimmer schleppte.

Ihre Hand klatschte gegen die kalten Fliesen. Das akus-tische Signal reichte, um das Badezimmerlicht zu aktivie-ren. Normalerweise kamen ihr beim Duschen die besten Ideen. Heute Morgen war Eva schon froh, wenn ihr Körper nicht auf die Idee kam, umzukippen.

»Ab dem dritten Tag wird es besser«, versprach Judith. Sie war in bester Wanderlaune und bereit, sich in die Geheim-nisse des Nordic Walkings einweisen zu lassen.

»Drei Tage? Ob ich dann noch dabei bin?«, fragte sich Eva.

Sie hatte noch nie eine Diät durchgehalten. Ihre Nieder-lagen reichten weit in die Kindertage zurück. Ihre streng katholische Oma Lore verzichtete in den vierzig Tagen vor Ostern konsequent auf Fleisch und Süßigkeiten. Eva erinnerte sich wie gestern, wie der mit den Ritualen des Katholizismus wenig vertraute Henry Schmitz ihr nichts ahnend einen Schokoriegel zugesteckt hatte. Während ihre Großmutter Verzicht predigte, lutschte Eva unter der Bettdecke wonnig an einem süßen Karamellzopf, der mit Schokolade überzogen war und Schmitz unfassbare dreißig Pfennige gekostet haben musste. Da war sie sieben. Seitdem waren Essen und Sünde eins. Nach den Kämpfen in der Pubertät gaben vier Schwangerschaften ihrer Widerstandskraft den Rest. Inzwischen verfügte sie über reichlich Erfahrung mit Diäten. FdH, Trennkost, Schlank im Schlaf, Dr. Atkins, Brigitte-Diät, Weight Watchers, Blutgruppendiät, Metabolic Balance: Es gab kaum eine Diät, die Eva noch nicht abgebrochen hatte.

»Komm mit zum Wandern. Das bringt deinen Kreislauf in Schwung«, schlug Judith vor.

Eva schüttelte den Kopf: »Ich gehe in die Kirche und bete um ein Wunder.«

Die Kirche war für Eva immer Ort der Ruhe und Reinigung gewesen. Die Lügen und der Verrat an der Mutter machten ihr schwer zu schaffen. Sie hoffte auf eine Stunde Auszeit von ihrem nagenden schlechten Gewissen.

»Warum tun wir uns das an?«, ächzte sie, als sie auf dem Gang Caroline begegnete, die sich fürs Wandern entschieden hatte. Caroline hielt ihr den Führer Altmühltal hin.

»Deswegen«, sagte sie und schlug das Buch an einer zuvor markierten Stelle auf. »Ich konnte nicht schlafen. Da habe ich das ganze Buch von A bis Z durchgelesen.«

Eva warf einen hastigen Blick auf den Führer. Caroline meinte den Eintrag über die Geschichte der Burg Achenkirch.

Caroline las vor: »Ähnlich wie sein Großvater, der in den Zwanzigern in seiner Heimatstadt Bergisch Gladbach den

Bau einer Werkssiedlung in Angriff nahm, wandte sich der Industrielle Anton Dorsch Ende der Vierzigerjahre einem neuen, ambitionierten Sozialprojekt zu. Der Unternehmer, dessen Fabrik den Krieg unbeschadet überstanden hatte und bereits 1946 wieder eine Produktionslizenz bekam, erwarb für ein Trinkgeld die geplünderte und heruntergekommene Burg Achenkirch. Das Altmühltal sollte Erholung bieten für Kinder aus dem zerbombten Ruhrgebiet.«

Eva sank das Herz in die Hose. Vor Estelle konnte man nichts geheim halten. Vor Caroline noch viel weniger.

»Wir waren doch mal zusammen in Bergisch Gladbach. Wegen dem Schrank ...«

Eva erinnerte sich mit Grausen an die Episode. Regine hatte auf dem Flohmarkt an der Rheinpromenade in Köln eine Kommode aus Shishamholz mit Spiegeln und bunten Holzverzierungen gekauft.

»Ostindischer Palisander mit prachtvoller Maserung«, hatte Regine sich begeistert. »Die konnte ich nicht stehen lassen.«

Transportieren leider auch nicht. Regine fuhr ungern Auto. Viel lieber wurde sie gefahren. Am Ende hatte Eva über Caroline den Campinganhänger eines Anwaltskollegen organisiert. Und weil Eva damit bereits beim Verlassen des Parkplatzes ins Schlingern geraten war, hatte am Ende Caroline den Wagen samt Anhänger gefahren. Leider hatte Regine vergessen zu erwähnen, dass der Platz für die Kommode noch von Oma Lores altem Eichenschrank besetzt war. Es hatte einen halben Tag gedauert, bis sie mit der Hilfe von Henry Schmitz den Eichenschrank demontiert und zum Wertstoffhof gebracht hatten.

»Schmitz hat den ganzen Nachmittag Anekdoten von Dorsch erzählt. Wie er beim Betriebsfest sang. Und mit fünfundachtzig noch jeden Abend eigenhändig die Betriebshalle fegte«, erinnerte sich Caroline.

Die immer neugierigen Eisermanns eilten an ihnen vorbei, dicht gefolgt vom Offizier, dessen Beine in kurzen Hosen steckten. Sie erinnerten an Milchflaschen. Die ungewollten Lauscher gaben Eva eine Atempause. Leugnen hatte keinen Sinn. Caroline verfügte über einen schnellen Kopf und eine unnachahmliche Kombinationsgabe. Im Grunde war Eva erleichtert, sich endlich jemandem anvertrauen zu können. Jemandem, der Erfahrung hatte, wie man eine Ermittlung führt, jemandem, der ihr zur Seite stehen konnte. Jemand wie Caroline. Sie wartete, bis sich die Schritte in den Wandelgängen verloren. Aus ihrer Hosentasche zog sie den Brief von Falk und die alten Fotografien.

»Meine Mutter hat hier eine hauswirtschaftliche Lehre gemacht.«

Caroline betrachtete die Fotos. »Vermutlich hat Regine in der Zeit einer Menge Männern den Kopf verdreht«, mutmaßte sie.

»Ich muss hier entstanden sein. Irgendwann zwischen dem 17. April und dem 14. Mai 1965«, gab Eva zu und wies auf das Foto vom Dorffest. »Das ist am 1. Mai aufgenommen worden.«

Caroline dachte nach: »Maifeiern mit großzügigem Alkoholausschank sind immer gut für heimliche Küsse und Teenieschwangerschaften.«

»Der Emmerich hat das Foto gemacht. Der muss etwas wissen.«

»Was sagt Falk dazu?«, fragte Caroline nach, die inzwischen den Brief aus Achenkirch überflogen hatte.

»Ich will mir sicher sein, bevor ich mit ihm spreche.«

Caroline hatte eine andere Sicht auf die Dinge, eine juristische: »Und Regine? Jeder Mensch hat ein Recht auf die Kenntnis seiner eigenen Abstammung. Steht im BGB. Seit 1977. Du kannst Regine verklagen, den Namen deines Vaters preiszugeben.«

»Theoretisch«, meinte Eva.

»Du würdest recht bekommen.«

Eva schüttelte energisch den Kopf: »So einfach geht das nicht. Nicht in einer Familie, in der das Thema seit Jahrzehnten vermieden wird.«

»Eigentlich wollte ich mit Judith zum Nordic Walking«, sagte Caroline. »Wenn du willst, komme ich mit in die Kirche. Auf der Fahrt erzählst du mir, was du bislang rausgefunden hast.«

Caroline schien froh, der Herbstwanderung mit Skistöcken entkommen zu sein.

»Kein Wort zu den anderen«, mahnte Eva.

»Du entscheidest«, sagte Caroline.

Eva umarmte die Freundin: »Philipp ist ein Volltrottel. Wie kann er so eine Frau ziehen lassen. Er hat keine Ahnung, was er an dir verloren hat«, platzte sie heraus. Es sollte ein Kompliment sein und kam als Peitschenhieb an. Carolines Blick zeigte, dass sie getroffen war.

»Tut mir leid«, setzte Eva nach. »Es ist mir so rausgerutscht. Wir reden nicht mehr über ihn. Nie mehr. Versprochen.«

Eva schwor sich, in Zukunft vorsichtiger mit Caroline umzugehen.

27

Was hatten die beiden die ganze Zeit zu besprechen? Von ihrem Erkerplatz beobachtete Estelle, wie Caroline und Eva aufgeregt gestikulierend den Innenhof Richtung Parkplatz verließen. Merkwürdig, dass Caroline sich Eva zum Kirchgang angeschlossen hatte. Noch merkwürdiger war, dass die Freundinnen nach fünfunddreißig Stunden ohne feste Nahrung überhaupt zu einer nennenswerten körperlichen Aktivität in der Lage waren. Und das ganz ohne Kaffee. Abwarten und Tee trinken, das war nichts für Estelle. Sie wollte alles und das sofort und am frühen Morgen am liebsten mit einer anständigen Dosis Koffein. Teetrinkern sagte man Geschmack für das Erlesene und vornehme Bescheidenheit nach. Estelle entstammte einer Dynastie von koffeinabhängigen Rauchern mit Talent zum Geldausgeben. Ihre Sucht nach ehrlichem, frisch gebrühtem Filterkaffee war eines der Relikte ihres Vaters, der als Schrotthändler nach dem Krieg Karriere gemacht hatte. Das zeremonielle Getue ihrer Tee trinkenden Freunde, die dem First Flush des Darjeeling huldigten, als wäre es ein französischer Spitzenwein, lag ihr fern. Neumodischen Kaffeekreationen, in denen Kaffee in Milch ertränkt wurde, konnte sie nicht viel abgewinnen. Ebenso wenig dem lauwarmen Kräutertee, der hier als Morgengabe auf dem Zimmer serviert wurde. Das Weglassen fing schon beim Frühstück an. Estelles Genusszentrum war beleidigt. Der Kreislauf hinkte. Ihr Bauch schmerzte, nachdem ihr Verdauungsapparat nach der gestrigen Glaubersalztortur aus Protest den Betrieb komplett eingestellt hatte. Allein der süße Geschmack eines winzigen Löffels Honig, der mit dem Tee gereicht wurde, tröstete sie über den schlechten Start in den Tag hinweg.

Ratlos beobachtete sie aus dem Erkerfenster den Tatendrang der übrigen Teilnehmer, die sich am Bergfried versammelt hatten. Der imposante Turm, dessen Innenleben komplett verfallen war, diente als Materiallager. Bea Sänger versah die Fastengruppe mit Stöcken. Als Letzte eilte die Walküre im überdimensionalen, burgunderfarbenen Jogginganzug zu den Walkern. An einer Leine zog sie den verbitterten Dackel hinter sich her. Judith und Hagen Seifritz ließen sich von den Eisermanns in den korrekten Gebrauch von Nordic-Walking-Stöcken einweisen.

»Die diagonale Bewegung fördert die koordinativen Fähigkeiten«, hallte die Stimme des allwissenden Herrn Eisermann über den Hof. Die Lautstärke offenbarte seine lebenslange Mission, auch die desinteressierten Schüler in der letzten Reihe zu erreichen. Der vermeintliche Offizier hantierte so ungeschickt herum, dass er beinahe die russische Ballerina erstach. Daneben stand die winzige Simone, der die Stöcke bis unter die Achseln reichten. Kiki fehlte. Wenigstens eine, die bei Sinnen war.

Estelle öffnete wie abgesprochen ihre Zimmertür. Hydro-Colon-Therapie? Was sich wohl hinter dem verheißungsvollen Namen verbarg? Estelle war grundsätzlich bemüht, nichts zu verpassen und die Dinge, die das Leben ihr bot, in vollen Zügen zu genießen. Alles, was sich Einzel- und Spezialbehandlung nannte, klang in ihren Ohren verlockend. Irritierend war, dass keine der anderen Türen geöffnet war. Vielleicht musste man für die Sonderbehandlung bezahlen, wunderte sie sich. Vielleicht sogar richtig viel. Estelle fühlte sich wie am Weihnachtsabend. Man wusste nie, welche Überraschungen warteten. Zwei Sekunden später weiteten sich ihre Augen vor Schreck. In der Tür erschien eine ältere Dame, die so quadratisch war, dass sie den Türrahmen beinahe ausfüllte. Sie besetzte deutlich die Rolle »Frau fürs Grobe« und hatte eine Stimme, die tief aus den eigenen Gedärmen zu kommen schien.

»Sie haben das Klistier bestellt«, sagte sie. Es war eher Feststellung als Frage.

Estelles schmerzender Bauch frohlockte, ihr Geist suchte eine Ausflucht. Wie kam sie aus dieser Nummer raus? Die Frau zog die Tür hinter sich zu und drehte den Schlüssel um.

»Wir wollen doch nicht gestört werden.«

Sie trug eine weiße Plastikschürze, dazu fleischfarbene Handschuhe, die bis zum Ellenbogen reichten, und erinnerte eher an einen Metzger als an eine Krankenschwester. Sie musste mit der Wirtin der Wilden Ente verwandt sein, diese Sorte Frauen, die keinen Widerspruch duldeten. Estelles Blick glitt zum Kleiderschrank. An der Außentür hing als Motivationshilfe das Chanel-Kostüm, das sie zur Charity-Gala ausführen wollte. Ihre Vorahnung hatte sie nicht getrogen: Es gab nichts umsonst im Leben. Am wenigsten einen spektakulären Auftritt im figurbetonten Kostüm.

28

Im Auto hatte Eva Caroline berichtet, was sie herausgefunden hatte. Sie erzählte von Frieda Dorschs strengem Regiment, von Emmerichs düsteren Andeutungen, von Roberta und der Wilden Ente. Sie verschwieg nichts. Nicht einmal ihre Zweifel.

»Ich fühle mich so lächerlich, dass ich das Thema Vater nicht loslassen kann.«

Caroline hatte Verständnis: »Es ist wichtig zu verstehen, woher man kommt«, nickte sie.

Sie parkten den Wagen vor der Friedhofsmauer. Hinter dem schmiedeeisernen Tor führte ein Kiespfad zu der barocken Kirche mit Zwiebelturm.

»Die Gräber sehen alle gleich aus«, bemerkte Eva.

Tatsächlich waren die letzten Ruhestätten der Achenkirchner allesamt mit kleinen Steinmauern eingefasst und standardmäßig mit Holzkreuzen in Einheitshöhe geschmückt. Kleine Dächer über den Trauerkreuzen hielten die an die Eichenlatten geschlagenen Jesusfiguren trocken und schützten die Schrifttafeln vor Schnee und Regen. Selbst nach dem Ableben tanzte man in Achenkirch nicht aus der Reihe. Allein der wuchtige, mannshohe Steinengel in der zweiten Reihe stach aus dem einheitlichen Bild heraus.

»Schau mal, wen wir hier haben«, rief Caroline.

»Frieda Dorsch«, las Eva. Die Grabstelle war protzig und übertrieben, so wie man sich das für die Tochter einer Industriellendynastie vorstellte. Über Tote soll man nicht schlecht reden. Das Grab selbst aber sprach eine deutliche Sprache. Der Engel, der auf dem Grab um Frieda Dorsch weinte, hatte eindeutig Schlagseite, die Inschrift war von Unkraut und Efeu überwuchert. Allein die Jahreszahlen waren noch zu lesen. 1914 bis 1970. Ganze sechsundfünfzig Jahre war die strenge Heimleiterin geworden. Obschon gesprungen, vermittelte ein Porträt, das in Porzellan gebrannt war, einen ungefähren optischen Eindruck von Frieda Dorsch. Kurze, schwarz gelockte Haare umrandeten das Gesicht wie ein Helm. Sie trug eine steife, weiße Kittelschürze.

»Man riecht die Wäschestärke förmlich«, meinte Caroline.

»Ich kann mir gut vorstellen, dass man vor der Angst hat«, meinte Eva.

Aus tiefschwarzen Augen musterte Frieda Dorsch vierzig Jahre nach ihrem Tod jeden Besucher, den es an ihr Grab zog, mit einem spöttischen Zug um die dünnen Lippen.

War es die Hungerkur, der niedrige Blutzucker oder die unerwartete Begegnung mit der Frau, die ihre Mutter mit Schimpf und Schande nach Hause getrieben hatte? Evas Beine zitterten. Caroline griff einen Stock und kratzte das Moos weg, das sich in die ehemals goldenen Buchstaben gefressen hatte. »Ein edler Mensch ruht sich vom Leben aus. Uns bleibt die Erinnerung«, entzifferte Eva Wort für Wort die verwitterte Schrift.

Der Zustand des Grabes strafte die Inschrift Lügen.

»Scheint nicht viele in Achenkirch zu geben, die sich gerne an Frieda Dorsch erinnern«, bemerkte Caroline.

»Nach allem, was ich über Frieda Dorsch weiß: Besonders edel war sie nicht. Und menschlich schon gleich gar nicht«, meinte Eva.

Ihr Gleichgewichtssinn verließ sie. Erschöpft suchte sie Halt beim Engel. Als sie die Augen öffnete, merkte sie, dass sie nicht mehr alleine auf dem Friedhof waren. Auf dem Hauptweg stand eine Gruppe von Frauen: Roberta aus der Wilden Ente, umgeben von einer Schar von Dorfbewohnerinnen. In ihrem sonntäglichen Schwarz sahen sie aus wie eine Kolonie Krähen, die sich zwischen den Grabkreuzen niedergelassen hatte. Irritiert beobachteten sie Eva und Caroline bei ihrem merkwürdigen Tun. Touristen war man gewöhnt, Fastende auch. Kirchgänger, die sich an alten Grabstellen festklammerten, schon weniger.

»Ich bin so froh, dass du mitgekommen bist«, flüsterte Eva.

Robertas Blick war ihr unheimlich.

»Wer weiß, was die zu verbergen hat«, nickte Caroline.

29

Die unerwartet warme Septembersonne ließ das satte Gelb des neobarocken Kirchenbaus erstrahlen. Die Glocken im Zwiebelturm riefen die Gemeinde mit Nachdruck zum Gottesdienst. Die Kirchgänger hatten keine Eile. Vor dem schweren Portal standen sie in Gruppen zusammen und genossen Sonne und Auftrieb. Die Freiwillige Feuerwehr hatte sich in Uniform zur heiligen Messe eingefunden. In der Woche des Feuerwehrfestes war der Gottesdienst traditionell der Schutztruppe gewidmet.

Eva trat nervös von einem Fuß auf den anderen. Sie hasste es, angestarrt zu werden. Sie fühlte sich postwendend in die Zeit zurückversetzt, als sie Sonntag für Sonntag rausgeputzt in bravem Schottenrock, weißer Strumpfhose und mit ordentlichem Mittelscheitel zusammen mit Oma Lore in der Vogelsiedlung die katholische Messe besuchte. Beim Sonntagsgottesdienst liefen alle Fäden zusammen. Es wurden Neuigkeiten ausgetauscht, der letzte Klatsch in Umlauf gesetzt, Karrieren entschieden. Die halbe Firma Dorsch kam am Sonntagmorgen in der Kirche zusammen. Bis auf die Schmitzens von nebenan. »Das sind Gewerkschaftler«, sagte ihre Oma immer, »denen geht der Sozialismus über die Religion.«

In Achenkirch ging es vor allem um die Geselligkeit. Die mahnenden Kirchenglocken störten die Plauderer wenig.

»Die Bea sieht man überhaupt nicht mehr mit dem Falk«, raunte eine weibliche Stimme hinter ihnen.

»Ich habe ihr von Anfang an gesagt, das wird nichts«, antwortete die andere.

Eva und Caroline drehten sich um. Hinter ihnen leuchteten zwei unfassbar blonde Schöpfe.

»Kamm und Schere«, tippte Eva.

Caroline war der gleichen Meinung: »Königsdisziplin Blond«, flüsterte sie.

Leider war es dieses Blond, das das interessante Gespräch über Falk unterbrach. Die neue Haarfarbe wurde von den Damen des Dorfes mit vielen Ahs und Ohs und Will-ich-auchs bestaunt.

Die große Glocke fügte sich zu der kleinen. Ein Messdiener jagte die lustlose Gemeinde ins Gotteshaus. Die Orgel dröhnte, die Ministranten hielten mit theatralischem Ernst Einzug, die Gemeinde hob an zum Eröffnungslied. Roberta und die schwarzen Frauen hatten auf einer Seitenbank Platz genommen, dort, wo das Sonnenlicht, das durch die bunten Kirchenfenster fiel, sie nicht mehr erreichen konnte. Roberta redete aufgeregt auf ihre Nachbarin ein, die ihr wie aus dem Gesicht geschnitten war. Offensichtlich die Tochter, die auf dem Bild in der Chronik der Wilden Ente als Kind abgebildet war. Irgendetwas bereitete Roberta Körner Kopfzerbrechen. Eva vermutete, dass Emmerich ihr von Evas neugierigen Fragen berichtet hatte. Roberta ließ die mysteriösen Touristinnen aus dem Rheinland nicht aus den Augen.

Eva versuchte, sich auf die Kirche zu konzentrieren. Besondere Schätze hatte der Bau aus dem späten 19. Jahrhundert nicht zu bieten. Eine einfache Kanzel ohne aufwendige Schnitzereien, ein simpler Taufstein, nackte Wände mit vereinzelten Heiligenbildern, ein Stehkreuz aus vergoldetem Kupfer. Kunstgeschichtlicher Höhepunkt war ein Sarkophag aus römischer Zeit, den man bei Renovierungsarbeiten im Keller entdeckt hatte, der jedoch keine Römer, sondern nur Franken enthielt. In Ermangelung eines passenden Platzes blockierte er einen der Seitengänge. Über dem Altarblock prangte das Wappen der ehemaligen Burgbesitzer. Obwohl sich die Herbstsonne die allergrößte Mühe gab, fröstelte Eva. Die argwöhnischen Blicke von Roberta verunsicherten sie. Was war die Verbindung zwischen Regine und der Wilden Ente? Was hatte Emmerich mit seinen Andeutungen gemeint?

»Ein Priester darf über alles predigen. Heißt es. Nur nicht über zwanzig Minuten«, tönte der Pfarrer von der Kanzel. Die Cowboystiefel, die unter der schwarzen Robe hervorblitzten, bewiesen, dass unter dem Talar jemand steckte, dem nichts Weltliches fremd war. Die erhobene Stimme zeugte von einer echten Mission.

»Du sollst kein falsches Zeugnis ablegen wider deinen Nächsten. Nachzulesen im Buch Mose. Doch die Zunge ist ein Dolch aus Fleisch. Das beweist sich jedes Jahr, wenn das Feuerwehrfest sich jährt.«

Eva, die eben noch darüber nachgedacht hatte, ob eine Hostie gegen das strenge Heilfastengebot verstieß, merkte, dass hier keine gewöhnliche Lesung heruntergerattert wurde. Das war eine Gardinenpredigt für das Dorf, die da von der Kanzel erschallte. Wut klang aus der Stimme.

»Jedes Jahr spült das Fest die alten Verdächtigungen hoch. Wer glaubt, über andere urteilen zu dürfen? Wer bringt Schuldzuweisungen in die Welt, ohne Beweise? Wer weiß schon, was an einem Maifeiertag vor sechsundvierzig Jahren geschehen ist?«

Die Gemeindemitglieder schienen zu verstehen, wovon die Rede war. Viele Köpfe hatten sich schuldbewusst gesenkt.

»Klatsch und Lüge sind Geschwister und Gerüchte nicht immer die Rauchfahne der Wahrheit. Wie sagt Jakobus: Wer bist du, der du den Nächsten richtest?«, donnerte es gewaltig von der Kanzel. »Gott kann vergessen und verzeihen. Wir alle sollten uns daran ein Vorbild nehmen.«

Es war merkwürdig still in der Kirche. Es war diese Art betretene Stille, die sich ausbreitete, wenn nur noch das schlechte Gewissen blieb. Und in die Stille hinein klang von draußen das merkwürdig heisere Geknatter von einem Mofa.

»Das ist Emmerich«, flüsterte Eva zu Caroline. Sie erkannte das Geräusch. Und die Gelegenheit.

30

»Wo bleibt ihr denn?«, fragte Kiki. »Ich bin extra nicht zum Nordic Walking gegangen, weil ich euch nicht verpassen wollte.«

Kiki saß im Foyer des Burghotels mit ihrem Laptop auf den Knien. Sie hatte das Skypeprogramm geöffnet, mit dem sie nicht nur kostenlos mit Max telefonieren, sondern ihn zugleich sehen konnte.

»Hat nicht geklappt mit dem Autoleihen. Wir sind noch in Köln«, sprach Max in die Kamera seines iPhones. Er hielt das Telefon am gestreckten Arm in die Höhe. Kiki schossen Tränen in die Augen, als sie ihre kleine Tochter sah, die in einem Tragesack vor Max' Bauch hing. Gerührt beobachtete sie, wie Greta die Hände nach dem Telefon ausstreckte, vermutlich in der Absicht, es einmal genüss-lich abzulutschen. Kiki vermisste Greta jede Sekunde. Die glucksenden Geräusche, das fröhliche Zweizahnlachen, die feinen dünnen Härchen auf dem Kopf, die weichen spe-ckigen Babybeine, den warmen Geruch. Seit die Schwan-gerschaft ihre Hormone neu sortiert hatte, war Kiki nah am Wasser gebaut. Die vierhundertste Wiederholung von Heidi? Hochzeitspaare vor dem Eigelstein? Ein schmalziger Werbefilm von T-Mobile? Die russische Nationalhymne? Früher hatte sie sich fröhlich von dem überrumpeln lassen, was das Schicksal für sie bereithielt, jetzt sorgte sie dafür, wenigstens Taschentücher dabeizuhaben. Oft erkannte sie sich selbst nicht wieder.

»Wo seid ihr?«, fragte sie tapfer.

Max hielt sein iPhone so, dass Kiki die Umgebung sehen konnte. Eine großzügige, gepflegte Rasenfläche, alter Baumbestand, kunstvoll geschnittene Buchsbaumkugeln, eine Treppe zu einer Terrasse, auf der sich Menschen in Cocktailkleidern und hellen Anzügen drängten.

»Das ist die Villa von Johannes«, klang Estelles Stimme.

Die Freundin hatte unbemerkt über ihre Schulter mit auf den Schirm geschaut. Kiki biss auf ihre Lippen. Ein einziges Mal hatte man sie zum Essen in die Marienburger Villa gebeten. Da war sie im achten Monat schwanger und wäre fast erfroren in dem penibel aufgeräumten Haus mit seiner aseptischen cremefarbenen Einrichtung und der förmlichen Stimmung. Max' Eltern gaben sich kaum Mühe zu verbergen, dass sie gerne darauf verzichtet hätten, jetzt schon Großeltern zu werden.

Estelle ließ sich unaufgefordert neben Kiki auf das Sofa fallen und winkte in die Webcam.

»Hallo Tante Estelle«, rief Max mit verstellter Stimme und schwenkte Gretas Ärmchen. »Was macht die Hungerfront?«

»Drei Pfund leichter«, frohlockte Estelle. »Frag nicht nach den Details.«

Im Hintergrund verließ Estelles furchtlose Hydro-Colon-Therapeutin das Foyer.

»Bis übermorgen«, rief sie fröhlich. Estelle winkte schwach zurück.

Kiki drängte sich wieder in den Vordergrund. Hatte sie das richtig verstanden?

»Du bist bei deinen Eltern?«

»Wenn ich schon in Köln bin, kann ich doch auch kurz beim Fest vorbeisehen.«

Mit einem Schlag kam die Schmach hoch, dass die Thalbergs bei ihrem Herbstfest anscheinend keinen gesteigerten Wert auf Kikis Anwesenheit legten. Frau Thalberg war als Botschafterkind zwischen Djakarta, Norwegen, Australien und Namibia aufgewachsen. Sie wusste nur zu gut, wie man unverheiratete Paare protokollarisch richtig ansprach und einlud. Sie hatte offenbar beschlossen, dieses Wissen nicht umzusetzen.

»Du verpasst nichts«, raunte Estelle Kiki zu. »Ich habe sofort abgesagt.«

Selbst Estelle war also eingeladen gewesen. Auf dieser Erde war alles falsch verteilt. Wasser, Nahrungsmittel, Fettpolster auf dem weiblichen Körper und Einladungen für gesellschaftliche Ereignisse.

»Frau Thalberg ist meine alte Golfpartnerin. Sie kauft ihre ganze Kosmetik bei uns in der Apotheke«, erklärte Estelle. »Und die Beruhigungsmittel.«

Kiki ahnte, dass Greta und sie wenig zur Ausgeglichenheit von Frau Thalberg beitrugen.

»Grauenvoll. Alles nur Geschäftskontakte«, tröstete Max sie. »Das ist, was mein Vater Privatleben nennt.«

Max ließ die Kamera seines iPhone über die Gäste gleiten. Während Kiki in Achenkirch darbte, versammelte sich alles, was in der Designwelt Rang, Namen und Arbeitsplatz hatte, in Seide, Chiffon und teures Leinen gehüllt, im herbstlichen Garten der Thalbergs. Das war kein Fest, das war ein Get-Together der Designbranche, bei dem man Präsenz zeigte und am Büfett nebenbei ein paar Geschäfte abwickelte. Das Leben ging an Kiki vorbei. Ein Mann in Schwarz erschien im Bild. Klein von Statur, großes Ego.

»Alles eine Frage des richtigen Timings«, hörte Kiki. »Unsere table division war die Erste, die Zusatzteile entwickelt hat. Oven to table. Darum geht es bei uns«, tönte er großspurig und deutete auf das Büfett mit dem Fingerfood. »Das klassische Service ist out. Chip und dip ist in.«

Unverkennbar Moll. Da ging ihre Karriere den Bach runter. Max und Greta liefen auf dem Fest herum. Wie lange würde es dauern, bevor ein gut informierter Gast Moll daran erinnerte, in welchem Zusammenhang er den Namen Kiki Eggers schon einmal gehört hatte? Sie vermutete, dass der erfolgreiche Vasenentwurf in der Geschichte eine untergeordnete Rolle spielen würde.

Das Kameraauge fing Frau Thalberg ein. Neben ihr stand ein junges blondes Mädchen.

»Ich melde mich später«, sagte Max, der auf einmal kein Interesse mehr hatte, Kiki virtuell auf dem Fest herumzuführen. Das Letzte, was Kiki und Estelle hörten, war eine etwas zu hohe weibliche Stimme, die mit Greta schäkerte.

»Du bist ja eine ganz eine Süße, eine Zuckersüße bist du. Und was für ein toller Papi.«

Kikis Körper schüttete präventiv ein paar Stresshormone aus. Entsetzt sah sie zu Estelle.

»Vanessa Stein«, wusste Estelle.

»Die Vanessa, mit der Max mal zusammen war?«

»Der Vater ist im Vorstand der Lufthansa. Wir sind …«

»… im selben Golfclub«, vollendete Kiki den Satz.

Das war die Sorte Schwiegertochter, die selbst nach einer Trennung im Hause Thalberg willkommen war. Kiki vermisste Greta schmerzlich. Greta und das Gefühl, für einen Menschen wichtig zu sein.

»Was willst du auf diesem neureichen Erntedankfest«, tröstete Estelle. »Die Männer haben alle Potenzprobleme und die Frauen einen Knall. In der Damenrunde war ich letztes Jahr die Einzige, die noch nie Kontakt mit Außerirdischen hatte. Nichts für uns.«

Kiki wünschte, sie könnte das genauso sehen.

»Wetten, dass Moll mir absagt.«

»Wart erst mal ab.«

»Ich fühl mich wie eine Sprosse. Ich keime und keime und keime und reife nicht. Vom Blühen ganz zu schweigen.«

»Sollen wir zum Nordic Walking?«, fragte Estelle. »Die Eisermanns sind auch dabei. Nichts beruhigt so sehr, wie sich über andere zu ärgern.«

Kiki schüttelte den Kopf »Skistöcke ohne Bretter und Après-Fun? Ich fühl mich jetzt schon wie im Altenheim.«

Estelle griff zwei der allgegenwärtigen Wasserflaschen: »Komm, wir betrinken uns.«

31

Eva eilte über den Friedhof. Sie hatte das Durcheinander beim Abendmahl genutzt, um sich aus der Kirche zu stehlen. Ihre Ohren hatten richtig gehört. Drüben vor der Wilden Ente schraubte ein derangiert wirkender Emmerich an seinem Mofa herum. Die weißen Haare klebten am Kopf, sein Hemd hing halb aus der Hose, die nackten Füße steckten in Hausschuhen. Er erkannte Eva sofort, als sie über den kleinen Platz auf ihn zukam.

»Sie glauben, ich bin senil, oder? Sie glauben, ich ticke nicht richtig.«

»Im Gegenteil«, beteuerte Eva. »Ich glaube, dass Sie mir helfen können.«

»1965, darum geht es«, nahm Emmerich den Faden ihres Gesprächs wieder auf.

»Ihnen ist etwas eingefallen?«, fragte Eva aufgeregt. Sie hoffte, dass der Gottesdienst sich noch ein bisschen hinzog.

»Natürlich kann ich mich an das Jahr erinnern«, meinte Emmerich. »Fragen Sie mich was. Fragen Sie mich, wer Bundespräsident war. Ich kenne alle Bundespräsidenten. Alle.«

»Sie wollten mir gestern etwas über Regine erzählen«, sagte Eva. »Regine Beckmann.«

Sie hätte es besser wissen müssen. Emmerich antwortete

nicht auf Fragen. War Emmerich gestern vom Thema Gemüse okkupiert, so verlor sich sein Geist heute in deutscher Geschichte.

»Theodor Heuss, das war der erste Bundespräsident«, flüsterte er Eva verschwörerisch zu. »Der war ein Freund des Altmühltals. Eichstätt gehört zu den köstlichen Dingen in Deutschland. Hat er gesagt!«

Im ewigen Kampf mit dem Vergessen betete Emmerich sein Wissen herunter, so als müsse er sich selbst vergewissern, dass die Informationen noch am rechten Platz waren.

»Und wer kam nach Heuss?«, fragte er aufgekratzt.

Eva hatte keine Idee. Sie wusste weder, wer Heuss beerbt hatte, noch wie sie Emmerich von seinem Geschichtstrip runterbringen konnte. Sie wusste nur, dass das weder der Ort noch die richtige Stelle für ein Geschichtsquiz war.

»Lübke, Heinemann und dann Scheel, Walter Scheel«, triumphierte Emmerich auf. »Hoch auf dem gelben Wagen«, intonierte er lauthals und die Kirchenglocken fielen ein. Es war zum Verzweifeln.

»Ich habe alle im Archiv«, sagte Emmerich. »Alle. Auch den Weizsäcker. Den hab ich fotografiert. Bei der Eröffnung vom Rhein-Main-Donau-Kanal. Ich habe alles fotografiert.«

Eva schöpfte Hoffnung. In Falks Brief, den Eva auf dem Dachboden gefunden hatte, stand, dass Emmerich kistenweise altes Fotomaterial hatte. Möglicherweise war dort etwas zu finden.

»Kann ich das mal besichtigen? Das Archiv?«, fragte sie vorsichtig nach.

Emmerich nickte, ließ sofort das Mofa stehen und lief, ohne sich nach Eva umzusehen, in Richtung Eingang. Er öffnete die Tür zur Wilden Ente. Ein Schwall von Wirtshausdüften, von Bier, Fett und gebratenen Köstlichkeiten, strömte nach draußen und ließ Eva schwindeln. Es war kein Wunder, dass es im Fernsehen zwar jede Menge übergewichtiger Detektive gab, aber keinen einzigen, der sich der Askese verschrieben hatte und nebenbei Fälle löste. Überhaupt schien keiner der Detektive im Fernsehen je Angst zu haben, eine Frage zu stellen und darauf auch noch Antworten zu erhalten. Emmerich war im dunklen Gang verschwunden, ohne auf seine Begleiterin zu warten. Noch bevor Eva die Wirtschaft betreten hatte, nahte neue Unbill. Aus dem Waldstück neben dem Friedhof tauchte eine Schar Wanderer auf. Fröhlich Stöcke schwingend. Bea Sänger stapfte gut gelaunt auf Eva zu. Die Nordic-Walking-Gruppe folgte ihr auf dem Fuß.

»Sie wollen doch nicht aufgeben?«, rief Bea schon von Weitem.

Die Eisermanns blickten mit Todesverachtung auf Eva, die gerade im Begriff war, sich in den Hort des Lasters und der Kalorien zu begeben.

»Krisen hat jeder. Wichtig ist, dass man darüber hinwegkommt«, erklärte Bea Sänger. Die Gruppe stand um sie herum und wartete neugierig, was Eva zu sagen hatte.

»In einer halben Stunde gibt es Fastenverpflegung«, ermunterte Judith die Freundin. »Dann sind wir froh, wenn wir durchgehalten haben.«

Die ersten Kirchgänger erschienen auf dem Dorfplatz. Gleich würde Roberta zu ihrer Wirtschaft zurückkehren.

Eva beschloss, ihren Versuch, aus Emmerich etwas herauszubekommen, auf später zu verschieben: »Ich fahre mit Caroline zur Burg zurück.«

Die Gruppe war schon ein Stück weitergelaufen, als Bea noch etwas einfiel. Sie drehte um und kam noch einmal zu Eva zurück: »Ich habe mit Herrn Falk gesprochen. Wenn

Sie Lust haben, zeigt er Ihnen heute Abend die Burg. Er erwartet Sie um sieben am Brunnen.«

Eva fasste wieder Mut. Was scherten sie Gemüse und Bundespräsidenten. Vielleicht war es Zeit für Plan B: Ran an den Feind.

32

Der Gottesdienst war zu Ende gegangen. Vor dem Kirchen-
portal hatten die Fahnenträger der Freiwilligen Feuerwehr
Aufstellung genommen. Weihwasser spritzte auf die Insi-
gnien der Schutztruppe und garantierte auch für das kommende Jahr den Segen der katholischen Kirche.

Caroline folgte Roberta und ihrer vermeintlichen Tochter,
die den Hauptweg verlassen hatten, um einem Grab einen
letzten Gruß zukommen zu lassen. Es war das Familien-
grab der Wirtsfamilie, das größte auf dem Achenkirchner
Friedhof. Es ließ sich bis auf das Jahr 1823 zurückdatieren.
Willi war der bislang letzte Körner, der hier seine letzte
Ruhe gefunden hatte. Sein Todesdatum glänzte heller als
das seiner Ahnen. Es war der 1. Mai 1965. Er war dreiund-
dreißig Jahre alt geworden.

»Sagen Sie Ihrer Freundin, sie soll den Emmerich in Ruhe
lassen«, raunte Roberta ihr zu. Sie hatte vor dem Friedhof
auf Caroline gewartet.

»Ihr Schwager hat meiner Freundin den Gemüsegarten
gezeigt«, redete Caroline sich heraus. »Sonst nichts.«

Sie fühlte sich nicht berufen, Roberta über Evas wirk-
liches Anliegen zu unterrichten.

»Sie hat Emmerich etwas gesagt, was ihn furchtbar aufgeregt hat. Die ganze Nacht hat er wild fantasiert. Und von der Dorsch geredet. Wir mussten den Krankenpflegedienst für eine Spritze kommen lassen.«

»Was ist eigentlich mit ihm passiert?«, fragte Caroline.

Roberta reagierte ungehalten. »Sie haben den Pfarrer gehört. Die Vergangenheit soll man ruhen lassen.«

Caroline kombinierte die Informationen, die sie von Eva über Emmerichs Narben bekommen hatte.

»Das hat mit dem Brand zu tun. Emmerich war beim Brand dabei. In der Wilden Ente. Am Maifeiertag 1965«, sagte sie. Der Testballon verfehlte nicht seine Wirkung.

»Der Emmerich hat einen Balken auf den Kopf bekommen, als er seinen Bruder aus dem brennenden Gasthaus ziehen wollte«, gestand Roberta.

Caroline dachte an das, was der Pfarrer gesagt hatte: »Und bis heute ist nicht geklärt, wie es zu dem Brand gekommen ist?«, hakte sie nach.

»Kümmern Sie sich um Ihre eigenen Angelegenheiten«, zischte Roberta. »Lassen Sie uns in Ruhe.« Energisch zog sie die Tochter weiter.

Eva, die sich vor Roberta versteckt gehalten hatte, gesellte sich wieder neben die Freundin. Caroline sah sie neugierig an. Vielleicht hatte Eva mehr herausgefunden.

»Ich weiß jetzt alle Bundespräsidenten«, sagte sie.

»Ich verstehe immer weniger«, entgegnete Caroline.

Wie hing das alles zusammen? Willi und Emmerich Körner, die Wilde Ente, der Brand, Regine?

»Ich rede mit Falk«, beschloss Eva. »Heute Abend bei der Führung fang ich an.«

Caroline wusste, dass Eva recht hatte. Es hatte vermutlich keinen Sinn, weiter in der löchrigen Erinnerung von Emmerich zu graben, sich in Bundespräsidenten und anderen zufällig nach oben geschwemmten Erinnerungsfetzen zu ergehen. Es hatte keinen Sinn, kryptische Andeutungen von Roberta und geheimnisvolle Inschriften auf Gräbern zu deuten. Eva musste mit Falk sprechen.

33

Der Hunger quälte Caroline. Fünfzehn Minuten vor Beginn der Fastenmahlzeit hatte sie sich im Speisesaal eingefunden. Wie alle anderen konnte sie es kaum erwarten, etwas anderes als Tee und Wasser zu sich zu nehmen. Mit erwartungsvollen Mienen harrten die Teilnehmer des Septemberkurses der lang ersehnten Mahlzeit. Besonders gesund sahen sie nicht aus. Simones Haut blühte in allen Rottönen und die Walküre müffelte sogar ein bisschen. Die Nebenwirkungen hatten zugeschlagen.

»Warum können wir kein Büfett haben?«, klagte Kiki. »So eins wie bei den Thalbergs. Das scheint so gut zu sein, dass Max und Greta sich gar nicht losreißen können.«

Seit Vanessa im Bild aufgetaucht war, hatte sie nichts mehr von Max und Greta gehört.

»Er amüsiert sich auf dem Fest. Na und?«, tröstete Caroline. »Wenn du in Köln gewesen wärst, hätte Max dich mitgenommen.«

»Ich habe alles rausbekommen«, platzte Judith aufgeregt heraus, völlig zusammenhangslos. »Ich weiß alles.«

»Was rausbekommen?«, fragte Eva nervös.

»Sieben Kilometer mit klackenden Stöcken durch die Landschaft, und du weißt alles. Ich kann euch genau erzählen, wer hier was macht«, triumphierte Judith und ließ ihren Blick über die Gruppenmitglieder schweifen. Das Sich-nur-auf-sich-selbst-Besinnen wollte den Damen noch nicht recht gelingen. Vor allem Estelle war lebhaft daran interessiert zu hören, inwieweit sie ihrer Menschenkenntnis trauen konnte.

»Simone hat mir ihr ganzes Leben erzählt«, berichtete Judith. »Der Urlaub war verregnet, ihre Schwester ist grässlich, der Chef kann sie nicht leiden und die Kollegen mobben. Ein einziges Jammertal.«

Simone kompensierte die fehlende Auslastung des Kiefers mit unablässigem Sprechzwang. Nach Judith hatte Simone in Hagen Seifritz ein neues Opfer gefunden.

Ihre Stimme schallte durch den Speisesaal: »Wer hat sich um unsere kranke Mutter gekümmert? Wer hat Windeln gewechselt? Den Krankendienst organisiert und den Papierkram mit der Pflegeversicherung erledigt? Aber als es ums Erben ging, da war sie da, meine Schwester. Als Erste.«

Hagen Seifritz war hilflos ob des verbalen Dauerfeuers, das auf ihn niederprasselte. Jedes Nicken ermunterte Simone, tiefer in die Schicksalsschläge einzutauchen, die ihr das Leben vergällten.

»Auch eine Form von Gift, die sich löst«, meinte Caroline.

»Die ist als Opfer geboren und wird als Opfer sterben. Nicht auszuhalten«, raunte Judith den Freundinnen zu.

Estelle war ungeduldig: »Simone kennen wir nun schon. Aber was ist mit den anderen? Die russische Ballerina …«

»… heißt Elisabeth und ist Abteilungsleiterin bei einer Münchner Krankenversicherung und ihr Faktotum, na …?«

Erwartungsvoll schaute Judith in die Runde.

Eva stöhnte: »Keine Ahnung. Aber ich kann dir die Bundespräsidenten aufsagen.«

Kiki war vollkommen egal, ob der Schatten von Elisabeth eine Cousine siebzehnten Grades oder die persönliche Putzfrau war. Ihre Augen waren starr auf den Punkt gerichtet, von dem allein Erlösung zu erwarten war: die Küchentür.

»Mein Magen würde lieber wissen, wo die Suppe bleibt«, meinte sie.

»Ihre dienstbare Angestellte ist ihre Tochter Luisa«, enthüllte Judith. »Frisch geschieden.«

Estelle war enttäuscht über das prosaische Schicksal. Keine gefeierten Premieren, keine Ukraine, kein Kreuzbandriss, und statt sich vom dritten Ehemann betrügen zu lassen, war Elisabeth in erster Ehe verheiratet.

»Glücklich. Seit über dreißig Jahren«, wusste Judith zu berichten.

»Ich schaffe nicht mal zwei Jahre wilde Ehe«, seufzte Kiki. »Und selbst das ist persönlicher Rekord.«

Die Eifersucht nagte an ihr. Das ewige Gefühl, nicht gut genug zu sein. Der Hunger gab ihr den Rest.

»Max macht einen Anstandsbesuch bei seinen Eltern. Das muss nichts heißen«, mischte sich nun auch Judith ein. Überzeugen konnte sie Kiki damit nicht.

»Und der Offizier?«, fragte Estelle ungeduldig nach.

»Hugo ist Chauffeur. Er hat gerade die Liebe seines Lebens verloren«, raunte Judith mit dramatischer Stimme.

Hugo saß in sich gekehrt neben Dackel und Dame.

»Sein Chef war Vorstandsvorsitzender eines Energieversorgers. Vierunddreißig Jahre haben sie alles gemeinsam gemacht. Termine, Dienstreisen, Urlaub, Weihnachtseinkäufe, Puffbesuche. Keinen Schritt hat der Mann ohne ihn getan«, erzählte Judith in einem schwärmerischen Ton, als wäre das der Welt größte Liebesgeschichte nach Romeo und Julia.

»Und dann?«, fragte Kiki. Das Schicksal von Liebenden hatte ihre sofortige Anteilnahme.

»Personalabbau. Arbeitslos. Von einem Tag zum anderen. Und der Chef? Hat ihn nicht einmal angerufen. Nicht ein einziges Mal. Er hat ihn immer nur als Angestellten gesehen. Nie als Freund.«

Judith konnte sich so in Schicksale einleben, dass man den Eindruck gewann, sie wäre unmittelbar dabei gewesen.

»Und jetzt versucht er einen Neuanfang?«, fragte Kiki nach.

»Sein Chef ist für seinen schlechten Lebenswandel berühmt. Hugo will ihn um mindestens hundert Jahre überleben.«

»Mir hat er erzählt, er ist verheiratet«, wandte Caroline ein.

»Seine Frau findet ihn den größten Langweiler unter der Sonne«, wusste Judith.

»Und hat sie recht?«, fragte Estelle mit aufrechtem Interesse.

»Hugo sagt, seine Frau hat immer recht«, erklärte Judith. »Das findet sie wenigstens.«

Hugo sah überhaupt nicht mehr aus wie ein Offizier. Er hatte die formelle Arbeitskleidung abgelegt und trug jetzt Bundfaltenhose und Oberhemd. Allein das Logo auf der Brusttasche, das sein Hemd als Firmeneigentum kennzeichnete, wies auf seine Vergangenheit hin.

»Ich will hundertzwölf werden und dann das Licht in der Firma ausmachen«, hörten sie seine Stimme vom Nebentisch. Er klang verzweifelt.

Falk hatte recht, auf eine Vorstellrunde zu verzichten. Hugo war in Achenkirch angekommen. Von seiner überkorrekten, kontrollierten Fassade war bereits am zweiten Tag nichts mehr über.

»Und über Leo Falk«, fragte Eva so unschuldig wie möglich. »Hast du über den auch was rausbekommen?«

»Kind von Flüchtlingen aus dem Sudetenland, kaufmännische Lehre in einem Sägewerk, Abitur auf dem zweiten Bildungsweg, Wirtschaftsstudium, dann Manager in einem Lebensmittelunternehmen. Seit 1993 Pächter der Burg«, ratterte Judith herunter. »Hat Bea Sänger mir erzählt.«

Ihre Fastentrainerin ging von Tisch zu Tisch und erkundigte sich nach dem Wohlbefinden ihrer Gruppenmitglieder.

»Die ist erst seit ein paar Jahren auf der Burg. Sie war hier zum Fasten und ist dann gleich geblieben. Wegen Falk. Sie hat alles für ihn aufgegeben«, ergänzte Judith.

»Besonders glücklich wirkt sie nicht«, meinte Eva.

»Ein echter Traummann ist der Falk wohl nicht«, wusste Judith, die ganze Arbeit beim Sammeln von Ratsch, Klatsch und Informationen geleistet hatte. »Zweimal verheiratet. Vier Kinder aus drei Verbindungen. Soweit sie weiß …«

Eva lief knallrot an. Zum Glück richtete sich die allgemeine Aufmerksamkeit jetzt auf etwas anderes. Die Türen zur Küche öffneten sich. Feierlich, als wären es die Machtinsignien eines Königs, trug der junge Koch die Suppenterrine in den Raum. Kiki war einfach nur glücklich, endlich etwas zu essen zu bekommen.

Musste Bea Sänger am Tag zuvor noch die Verhaltensregeln beim Essen erklären, verstummten die Gespräche am zweiten Tag von selbst. Nur eine war noch nicht zufrieden.

»Und die Souffleuse mit dem Wollladen?«, flüsterte Estelle, während die Suppe bereits verteilt wurde.

»Abteilungsleiterin beim Finanzamt Regensburg. Kör-

perschaftssteuer. Sie sitzt seit sechs Wochen zu Hause.
Burn-out.«

»Null Richtige«, erkannte Estelle ernüchtert.

»Sechs Richtige«, seufzte Kiki und sah verzückt auf ihren
Löffel. »Ich habe Hefeflocken in meiner Suppe.«

Sie klang, als hätte sie soeben einen Goldschatz gehoben.
»Das ist das Schönste, was mir heute passiert ist.«

Der Koch zwinkerte Kiki verschwörerisch zu. Zum ersten Mal an diesem Tag strahlte Kiki. Leider aus den falschen
Gründen.

34

Eva malte einen großen Kreis auf ein weißes Papier. In den Kringel schrieb sie das Datum. 1. Mai 1965. An diesem Tag besuchte Regine mit einer Kindergruppe die Maifeier. In derselben Nacht brannte die Wilde Ende nieder. Bis heute schien umstritten, wer oder was den Brand verursacht hatte. Emmerich wurde beim vergeblichen Versuch, seinen Bruder Willi aus den Flammen zu retten, schwer verletzt. Roberta ist keine dreißig, als sie Witwe wird. Und Leonard Falk? Eva malte drei dicke Fragezeichen.

Die Dienstagsfrauen hatten sich in die Bibliothek der Burg verzogen. Der Raum war sparsam mit modernen Möbeln eingerichtet. Den Gästen standen ein endlos langer Lesetisch zur Verfügung, ein paar gemütliche Sessel, eine Medienecke mit CDs und ein alter Plattenspieler. Kiki war ganz in sich selbst versunken und hörte mit geschlossenen Augen Musik.

»Ist irgendwas mit Max und Kiki?«, fragte Estelle, die gemeinsam mit Caroline an den Bücherregalen nach der passenden Nachmittagslektüre suchte.

Caroline zuckte mit den Achseln: »Max wollte schon längst hier sein.«

Judith sah von ihrer Lektüre auf. Sie hatte ein Buch gewählt mit dem sperrigen Titel »Geistige Vertiefung und religiöse Verwirklichung durch Fasten und meditative Abgeschiedenheit«, ein Originaltext von Otto Buchinger. Sie war schwer fasziniert: Der 1878 geborene Marinearzt erkrankte mit knapp vierzig Jahren an schwerem Rheuma. Alle Therapieversuche schlugen fehl. Erst mit einer selbst verordneten dreiwöchigen Fastenkur verschwanden die Beschwerden. Die Idee zum Buchinger-Fasten, das auch die Achenkirchner zu ihrem Ansatz inspirierte, war geboren.

Während Judith sich weiter in Buchingers Werk vertiefte, suchte Estelle in der Kategorie Sinnenfreuden. Es war nicht die alte Chronik des Marquis de Sade, die sie anzog, sondern das *Praktische Kochbuch für die gewöhnliche und die feinere Küche* von Henriette Davidis. Die Rezepte aus dem 19. Jahrhundert waren Balsam für Estelles hungernde Seele. Viel Butter. Viel Speck. Sahne. Schmalz. Mehlschwitze. Dicke Saucen. Deftig und kräftig. Und in rauen Mengen. Das Kochbuch stammte aus einer Zeit, wo für sechs Personen schon mal fünf Liter Erbsensuppe samt Einlage berechnet wurden. Entsprechend üppig fielen die Rezepte aus. Ein wahrhafter Kalorienporno.

Caroline winkte Eva heimlich zu sich heran: »Ich habe was gefunden …«

Sie zog die reich bebilderte Firmenchronik der Dorschwerke heraus, die zum 150-jährigen Bestehen der Maschinenbaufirma herausgegeben worden war. Schon nach wenigen Seiten stieß Eva auf ein Gruppenfoto des Unternehmers mit seinen Angestellten und Arbeitern.

»Mein Großvater«, begeisterte sich Eva und zeigte auf einen großen strengen Mann mit Hornbrille und nach hinten gegelten Haaren.

»Und das ist der junge Schmitz«, meinte Caroline.

»Bist du sicher?«, fragte Eva.

Caroline nickte: »Guck hier. Steht drunter. Betriebsratsvorsitzender Henry Schmitz.«

Der Mann auf dem Foto hatte eine Elvisfrisur mit einer kecken Tolle. Er fiel unter all den Herren im Anzug auf.

»Cooler Feger«, meinte Caroline.

Eva blätterte weiter. Viel interessanter als Schmitz war der Abschnitt über die Sozialprojekte der Familie Dorsch. Der Verfasser der Chronik schlug einen Bogen von der Einführung der Krankenversicherung über den Bau der Vogelsiedlung bis hin zur Gründung des Kindererholungsheims. Ein Winterfoto zeigte eine Gruppe Lehrmädchen, die im Burghof Wäsche wuschen. Sie waren nur leicht bekleidet, ihre Füße versanken in Schlamm und Matsch. Das fröhliche Lächeln der jungen Frauen täuschte darüber hinweg, dass das Leben auf der Burg unter Frieda Dorschs Regiment stapaziös gewesen sein musste. Die Burg, die sich heute romantisch begrünt präsentierte, war damals nicht mehr als ein nüchterner, schmuckloser Kasten mit monströsem Dach und kleinen Fenstern. Da der Wind hier oben immer ein bisschen stärker fegte als im Tal, mussten die Winter kalt und hart gewesen sein. Kein Foto von Regine. Keines von Falk.

»Ich lese das durch«, meinte Eva. »Vielleicht finde ich noch was.«

Caroline griff den Notizzettel von Eva. Alle Fragen kreisten um ein Datum. Es war Zeit für ein paar Fakten. Auf dem Gang wählte sie die Privatnummer eines Mitarbeiters ihrer

Kanzlei. Es war Sonntag. Und sie sollte nicht arbeiten. Aber jetzt brauchte sie Hilfe.

»Könnten Sie mir einen Gefallen tun? Ich suche Material über einen Brand. Achenkirch, 1. Mai 1965.«

Sie war zufrieden. Eine Aufgabe lenkte perfekt davon ab, dass sie längst nicht alle Bereiche ihres Lebens so gut unter Kontrolle hatte.

35

»Ich bin ein ganzes Stück weiter«, sprach Eva auf den Anrufbeantworter. »Heute Abend zeigt Falk mir die Burg.«

Sie hätte so gerne ihre Erkenntnisse mit Frido geteilt. Merkwürdigerweise bekam sie kein einziges Familienmitglied zu fassen. Sechs Personen, das bedeutete sechs Handys, drei feste Leitungen und eine Büronummer von Frido. Erreichbar war niemand. Eva unterdrückte das mulmige Gefühl, dass etwas nicht in Ordnung sein könnte. Vielleicht waren sie gemeinsam schwimmen? Oder beim Schlittschuhlaufen? Wollte Lene nicht ins Haie-Zentrum?

Eva beschleunigte ihren Schritt und schloss wieder zur Kräuterführung auf, die den Fastenden den Nachmittag verkürzen sollte. Ausgerüstet mit Spaten, einer dreizackigen Hacke und dicken Handschuhen versuchte sie, sich auf die Bestimmungsmerkmale von Rainfarn und Braunelle zu konzentrieren, die Zubereitungsmöglichkeiten der Scharfgarbe kennenzulernen oder sich für Ernte und Inhaltsstoffe von Spitzwegerich zu interessieren. Ihre Gedanken glitten permanent weg. Die Erklärungen von Bea Sänger über die Heileigenschaften von Kräutern rauschten an ihr vorbei wie Fahrstuhlmusik.

»Alles in Ordnung?«, fragte Judith sorgenvoll. Sie war

neben Eva die einzige der Freundinnen, die sich Bea Sänger angeschlossen hatte.

Eva reckte den Daumen nach oben. Dabei fühlte sie sich wie bei ihrem ersten Date. Zweimal hatte sie sich bereits vor Falk blamiert. Heute Abend wollte sie einen guten Eindruck hinterlassen. Eva sollte einfach auf ihre Kinder hören. Wie hatte Lene David empfohlen, als er sie um Rat für eine Verabredung fragte?

»Du willst, dass sie dich mag?«, hatte Lene ihrem Bruder auf den Weg gegeben. »Dann hat es überhaupt keinen Sinn, so zu tun, als wärst du ein anderer.«

Ihre Kinder waren weiser, als sie es je gewesen war. Wie viele Stunden waren es noch bis zur Führung durch die Burg? Sie konnte es kaum erwarten, Falk zu befragen.

Das einzig Positive an ihrem aufgelösten Gemütszustand war, dass ihr das Fasten leichtfiel. Sie hätte sowieso nichts runtergebracht. Das Glas Obstsaft, das den Gästen um halb sieben als Abendnahrung serviert wurde, reichte Eva vollkommen. Dabei war sie sonst ständig mit Essen beschäftigt. Selbst in der Klinik wurden in jeder Kaffeepause Rezepte ausgetauscht, fettfreie Fünfminutensnacks diskutiert, Diäten besprochen und der Sinn und Unsinn von kohlehydratfreier Ernährung diskutiert. Eva war eine wandelnde Kalorientabelle. Leider hinderte sie das nicht daran, die falschen Dinge zur falschen Uhrzeit zu essen. Es hinderte sie nur daran, die kulinarischen Sünden zu genießen. Eva war verblüfft festzustellen, dass die Verabredung mit Falk ihr Lieblingsthema in den Hintergrund rücken ließ.

Viel zu früh traf sie im Innenhof ein. Entsetzt musste sie feststellen, dass die exklusive Führung nicht ganz so intim war, wie sie sich das vorgestellt hatte. Am Brunnen wartete Judith.

»Seit wann interessierst du dich für Geschichte?«, fragte Eva irritiert.

Judiths Blick verklärte sich. »Überhaupt nicht«, gab sie unumwunden zu und strahlte in Richtung Falk. »Ich bin neugierig, was jemanden bewegt, hierherzukommen und so etwas aufzubauen.«

Falk hatte die unvermeidlichen Eisermanns im Schlepptau. Eva befürchtete das Schlimmste. Vermutlich hatten die beiden Lehrer in ihrem Leben genug Burgen besichtigt, um Falk mit ihrem unendlichen Wissen beizuspringen. Am Ende stand die komplette Gruppe am Brunnen. Samt Dienstagsfrauen und Caroline.

»Machen wir das Beste draus«, flüsterte Caroline Eva zu.

36

»Die historischen Abläufe können Sie nachlesen«, begann Falk seine Führung. »In der Bibliothek finden sich Dutzende Bücher, die die Fakten dokumentieren. Ich zeige Ihnen die Dinge, die Sie in keiner Chronik finden. Die Geschichten, die man sich hinter vorgehaltener Hand erzählt.«

Evas Vorgefühl hatte nicht getrogen. Die Eisermanns hatten tatsächlich andere Vorstellungen von einer Burgführung.

»Vielleicht können Sie etwas über die verschiedenen Baustile erzählen«, schlug Herr Eisermann vor.

»Wie nennen Sie einen Baustil mit gebrochenen Stützbalken, eingesackten Giebeln, morschem Mauerwerk, einem löchrigen Dach und Schornsteinen, die nicht mehr ziehen?«

»Eine Ruine«, meinte Judith, die sich direkt neben Falk gedrängt hatte.

Falk nickte: »Genau dieser Baustil herrschte vor, als ich die Burg übernahm.«

Judith war beeindruckt: »Und Sie haben sich den Aufbau sofort zugetraut?«

»Meine Mutter behauptete, ich habe aus Versehen ein paar tschechische Gene mitbekommen. Tschechen können sie am Meer leicht identifizieren. Die plantschen nicht im

Seichten, um das Gelände zu erkunden. Die schwimmen sofort aufs offene Meer hinaus.«

»Und früher? Als die Burg noch Kindererholungsheim war?«, fragte Eva. »Wie sah es da aus?«

»Von außen war die Burg ein Juwel«, erklärte Falk, »von innen ein einziger Albtraum. Die Gemeinde hatte die sudetendeutschen Flüchtlinge einquartiert in der Hoffnung, sie würden sich nebenbei der Erhaltung der Burg widmen. Die Winter waren hart. Drinnen biss der Qualm und draußen verwandelte der leiseste Regen den Burghof in ein Matschfeld. Als Kind hatte ich nur Sandalen und immer kalte und nasse Füße.«

Fast schon automatisch gingen die Blicke der Gruppe auf seine Füße, die wie üblich nackt in den Loafers steckten.

»Man gewöhnt sich an sockenlose Zustände«, gestand er.

So abweisend, wie er am ersten Abend war, so offen zeigte er sich, wenn es um die Burg und seine Geschichte ging.

»Fehlende Schuhe sind eine von vielen Möglichkeiten, ein Kindheitstrauma zu entwickeln. Ich hatte nie das richtige Schuhwerk, um Fußball zu spielen. Ein einziges Mal hätte ich fast ein Tor geschossen. Ein Eigentor. Ich war so schlecht, dass ich noch nicht einmal das eigene Tor getroffen habe.«

»Und trotzdem sind Sie zurückgekommen?«, fragte Judith voller Bewunderung.

»Vielleicht gerade deswegen«, sagte Falk ehrlich. »Ich glaube, ich wollte beweisen, dass ich es geschafft habe.«

Eva war nicht zufrieden Sie wollte mehr wissen. Judith kam ihr zuvor. »Und die Geschichten, die man nicht nachlesen kann?«, fragte sie. »Die Schauergeschichten?«

»Dafür müssen wir uns zum tiefer gelegenen Teil begeben«, erklärte Falk. Er führte die Gruppe über den Hof zu einem Wirtschaftsgebäude unterhalb des Palas.

»Früher war hier die Küche. Das war der wärmste Raum der ganzen Burg. Meine Mutter kochte hier tagein, tagaus für die Kinder, die aus dem Ruhrgebiet kamen. Mit Hingabe.«

Eva erstarrte. Die Fassadenansicht kam ihr bekannt vor. Links die Tür, daneben die drei hohen Fenster in der dicken Mauer. Das war exakt der Platz, an dem das Porträt von Regine aufgenommen worden war.

»Hier bekamen die Kinder, wovon sie zu Hause nur träumen konnten: Fleischpudding, warme Kolatschen mit Butter und Zucker, Kartoffelgulasch, Mehlknödel. Am beliebtesten war der Mohnkuchen.«

Mohnkuchen. Regines Lieblingskuchen. Eva wusste, dass sie hier richtig war.

»Ich hatte mein Zimmer neben der Küche. War eigentlich viel zu klein, aber warm. Und strategisch der wichtigste Ort der Burg.«

Falk hatte einen Sinn für eine gelungene Inszenierung. Wie aufs Stichwort tauchte Tobias, der junge Koch, auf und verteilte Kerzen an die Gruppe.

»Bereiten Sie sich vor auf eine Welt, von der die Oberen nichts ahnten«, versprach Falk.

Sie betraten den Raum, der einst die Küche war und jetzt für Vorräte genutzt wurde. Falk öffnete eine Luke im Steinboden und leuchtete mit einer Fackel hinab in die gähnende Finsternis. Eine schmale Stiege führte hinab ins Dunkel.

»Weniger romantische Stimmen halten das für den Vorratskeller der Burg. Ich bestehe darauf, dass es ein Geheimgang ist.«

Judith drängte sich neben Falk: »Ich wünschte, ich wäre in so einer magischen Umgebung aufgewachsen«, säuselte sie.

Die Freundinnen tauschten einen vielsagenden Blick.

Frau Eisermann schreckte zurück. »Seit vierzig Jahren leide ich an Klaustrophobie«, sagte sie. »Für kein Geld der Welt steige ich hier ein.«

Auch Hugo verzichtete auf den Sonderausflug: »Vom vielen Sitzen habe ich Rückenprobleme. Wenn ich mich so zusammenfalte, komme ich nie wieder hoch.«

Die Dackeldame und Simone, die mit hohen Schuhen zum Rundgang angetreten war, entschuldigten sich ebenfalls. Es blieben das Mutter-Tochter-Duo, das schweigend das Programm absolvierte, die Dienstagsfrauen und Hagen Seifritz.

»Die Unterwelt hat's mir schon immer angetan«, schwärmte er. »Mehr als die Lebenden.«

Nach der Trommelfeuer-Erfahrung bei der Mittagssuppe wollte er um keinen Preis der Welt bei Simone zurückbleiben.

In gebückter Haltung stieg die Gruppe die Treppe zu den unterirdischen Gewölben hinab. Judith folgte Falk als Erste. In dem Raum unter der Küche lagerten Flaschen, Fässer, Kartoffeln, Gläser mit Obst und eingelegtem Gemüse. Dahinter öffnete sich ein langer schmaler Gang. Der unebene Boden machte das Gehen in dem unterirdischen Verlies mühsam. Es roch muffig und feucht.

»Hier bekommt man schon vom Hinsehen Rheuma«, meinte Estelle.

Falks Erläuterungen klangen hohl durch den unterirdischen Gang.

»Man sagt, wenn man ganz still ist, kann man hier in den Kasematten die Geister der Raubritter hören, die ehemals die Burg bewohnt haben.«

Eva hatte zu viele Gruselfilme gesehen. Die zweifelhaften Kinoerzeugnisse, die sie an gemütlichen Chipsabenden mit ihren Kindern anschaute, zeigten ihre Langzeitwirkung. Sie rechnete jeden Moment damit, dass ein Zombie aus der Dunkelheit brach. Sie fühlte etwas Kaltes. Jemand griff nach ihr. Eine Hand. Sie schrie auf. Es war Estelle, die ihre Nähe suchte.

»Kann so ein finsteres Loch Brutstätte für Schlangen sein?«, fragte Estelle. Sie flüsterte, um die eventuellen Bewohner nicht aus ihren Verstecken zu locken.

»Licht am Ende des Tunnels«, rief Judith von vorne. Der unbequeme Weg endete an einer Pforte mit einem schweren Eisengitter. Falk kramte einen Schlüssel heraus. Er erklärte, dass er den Durchlass als Kind bei seinen Erkundungstouren entdeckt habe. »Es war eine Riesenenttäuschung. Eigentlich war ich auf der Suche nach einem Drachen.« Quietschend öffnete sich das Gitter. Sie standen an der frischen Luft. Hinter ihnen die Burg, vor ihnen das Altmühltal. Die Dunkelheit hatte sich über das Tal gesenkt. Vage schimmerten die Lichter des Dorfes.

»Unten am Wachturm schlief Fräulein Dorsch«, erläuterte Falk. »Da kam keiner rein und raus. Aber ich war klüger. Für zehn Pfennige habe ich mein Wissen geteilt. Mit jedem, der bezahlen wollte.«

Eva begriff den strategischen Nutzen. Von hier konnte man bei einer Belagerung flüchten, von hier aus konnte man sich heimlich ins Dorf stehlen. Ein schmaler Pfad führte an den Felsen entlang nach unten.

»Ich war sehr beliebt bei den Lehrmädchen«, fügte Falk hinzu. »Das Geld, das ich verdient habe, habe ich in Eis am Stiel investiert. Erdbeer und Vanille. Gab's für zwanzig Pfennige in der Wilden Ente.«

Ihre Tour war noch nicht zu Ende. Auf dem Felsenpfad ging es weiter.

»Weichen Sie nicht vom Weg ab, sprechen Sie nicht. Hier spukt es. Eine alte Legende sagt, dass hier Nebelgeister darauf warten, die Flüchtenden in die Schlucht zu reißen.«

Die Dämmerung, das Flüstern, die Kerzen, die ganze Geheimnistuerei verfehlten nicht ihre Wirkung. Die Gespräche verstummten. Man hörte nur die Schritte, die über den Blätterboden raschelten, das schwere Atmen von Hagen Seifritz. Es war kühl. Es war unheimlich. Eva kämpfte sich den steilen Pfad entlang. Die Flammen ihrer Kerzen tanzten über die Felsenriffe, aus denen der Regen verwunschene Skulpturen gewaschen hatte. Die Steinformation öffnete sich zu einer Grotte.

»Hier haben die Burgfräulein heimlich ihre Liebhaber empfangen«, flüsterte Falk.

Eva hatte es eilig, an die Spitze des Zuges zu kommen. Die Grotte war die Schnittstelle zwischen Burg und Dorf. Was den Burgmädchen von einst recht war, konnte den lebenshungrigen Lehrmädchen nur billig sein.

»Ich habe nichts mit dem zu tun, was hier nachts vor sich geht«, hatte Emmerich bei ihrer Unterredung im Gewächshaus gerufen. Hatten die Mädchen sich nachts aus der Burg ins Dorf geschlichen? Eva war fast schon auf der Höhe von Falk, als Judith aufschrie.

»Da sitzt jemand«, kreischte sie und sprang Falk in die Arme. Evas Hoffnung, ein paar Fragen an Falk stellen zu können, zerstob zu Nichts. Judith wies und wimmerte und hängte sich an Falk.

Tatsächlich: War da jemand? Eine zusammengekauerte Gestalt? Im Dunkel? War das Tobias, der die Gruppe erschrecken wollte?

»Das ist der versteinerte Ritter«, erklärte Falk. »Sein Burgfräulein ist mit einem Bürgerlichen auf und davon. Die Einsamkeit treibt ihn dazu, als Nebelgeist Mädchen in die Schlucht zu locken.«

»Das ist alles Unsinn, oder?«, fragte Hagen Seifritz.

Doch Falk beharrte auf seiner Geschichte. »Das letzte Mal sind in den Sechzigern zwei Mädchen spurlos von der Burg verschwunden. Eine 1960, die andere 1965. Bei Nacht und Nebel. Man hat nie wieder etwas von ihnen gehört.«

Judith strahlte Falk an. Sie liebte solche romantischen Gruselgeschichten. Noch mehr liebte sie Männer, die sie so farbenfroh erzählen konnten. Eva verlor die Nerven.

Wieder auf dem Burghof zurück, zog sie die Freundin zur Seite.

»Das ist nicht mit anzusehen, wie du dich an Falk ranschmeißt«, platzte sie heraus. Sie konnte nicht mehr an sich halten.

»Ich schmeiße mich nicht ran«, verteidigte sich Judith. »Ich hatte Angst, das ist alles.«

»Vor solchen Geistergeschichten?«, fragte Eva.

»Darf ich ihn nicht sympathisch finden?«, wehrte sich Judith. »Kennt ihr das nicht, man trifft einen Menschen und glaubt, ihn schon ganz lange zu kennen?«

»Kenn ich«, bestätigte Estelle. »Das hab ich jeden Abend, wenn ich nach Hause komme und meinen Mann sehe.«

»Ich meine das ernst«, beschwerte sich Judith. »Ich spüre eine verwandte Seele.«

»Seit Monaten inspizierst du jeden Mann, ob er ehetauglich ist. Dieser hier ist verheiratet«, warnte Caroline.

»Zweimal geschieden«, korrigierte Judith. »Mit Bea Sänger ist er nicht verheiratet. Obwohl sie seit acht Jahren zusammen sind.«

»Der Mann könnte dein Vater sein«, sagte Estelle.

»Oder meiner«, ergänzte Eva.

»Ich habe mich nie für Gleichaltrige interessiert«, verteidigte sich Judith.

»Mir können Väter gestohlen bleiben«, monierte Kiki. »Die machen nur Ärger.«

»Wer sagt euch, dass ich was von ihm will?«, fragte Judith empört.

»Mein siebter Sinn«, antwortete Estelle.

»Dein siebter Sinn hat keine Ahnung«, schrie Judith, ging weg, drehte sich noch mal um und rief: »Frag ich euch, was ihr hier treibt? Mit eurem ewigen Getuschel? Euren Geheimnissen?« Sie hatte sich in Rage geredet. »Ihr könnt mich mal, mit eurer Selbstgerechtigkeit.« Sie stapfte wutschnaubend über den Hof.

»So geht das in Achenkirch mit den verschwundenen Mädchen«, kommentierte Estelle. »Erst lassen sie sich von einem Mann den Kopf verdrehen, und dann verschwinden sie spurlos.«

37

»Hat Judith noch was anderes im Kopf als Männer?«

»Wie die sich bei Falk in Szene setzt.«

»Einfach peinlich.«

Judith stellte sich vor, was in den anderen Zimmern über sie gesprochen wurde. Sie hatte sich in eine verschwiegene Ecke im Außenbereich der Burg zurückgezogen. Alleine. Die Freundinnen hatten leicht reden. Estelle war mit ihrem Apothekenkönig glücklich, Eva hatte Frido an ihrer Seite, Kiki Max und Greta und Caroline eine Affäre. Da war sie sich fast sicher. Judith hatte weder ein Geheimnis noch irgendeinen Geliebten, an den sie vor dem Einschlafen denken konnte. Die Liebe hatte sie vor zwei Jahren verlassen und seitdem nicht wiedergefunden. Judith hatte wirklich probiert, sich mit ihrem neuen Singleleben anzufreunden. Sie hatte sich von Arnes Monsterbett getrennt, die Wohnung mithilfe einer Feng-Shui-Beraterin umgestaltet und bei Luc im Le Jardin Arbeit gefunden. Andere zu bedienen schien ihr die adäquate Verlängerung ihrer Buße. Geholfen hatte nichts. Die Einsamkeit nagte an ihr.

Ein Licht flammte automatisch auf. Im ewigen Kampf um die Betriebskosten der Burg hatte Falk auch im Außenbereich Sensoren eingebaut, die das Licht ein- und vor allem wieder ausschalteten, wenn sich nichts mehr rührte.

»Die meinen das nicht so«, sagte eine Stimme. Im Licht des Scheinwerfers stand Kiki.

»Ich habe wirklich versucht, mein neues Leben gut zu finden«, verteidigte sich Judith. »Alleine frühstücken, ein Telefon ohne Nummer eins bei der Kurzwahl, Singleverpackungen im Supermarkt, ein einsamer Teller auf dem gedeckten Esstisch, kalte Füße im Bett und niemand, der eingreift, wenn sich eine dicke Spinne im Bad einnistet.«

»Du musst locker an die Partnersuche rangehen«, meinte Kiki. »Dann passiert es von ganz alleine.«

Judith hatte Zweifel. Das mochte für Kiki stimmen, die sich noch nie über einen Mangel an männlicher Aufmerksamkeit hatte beschweren können. Judith hatte diese Anziehungskraft nicht.

»Du hast keine Ahnung, wie unlocker sich das angefühlt hat, als ich zum ersten Mal alleine essen gegangen bin«, gestand Judith.

Mit Schaudern dachte sie an den Abend zurück. Die Einzige, die sie an diesem Abend kennengelernt hatte, war Peggy, die unübersehbar deprimierte Bedienung, die der vermeintlichen Schicksalsgefährtin zwischen den Gängen ihre verkorkste Lebensgeschichte servierte: »Männer kannste vergessen. Is so. Ich hab vier Söhne und zwei Exmänner. Sechs Totalausfälle. Sitzt in den Genen.«

Der Höhepunkt an Niedergang war für Judith erreicht, als sie zu Weihnachten als unverheiratete, leicht schrullige Tante unter dem Christbaum ihres acht Jahre jüngeren Bruders saß und das Gefühl hatte, von einer Aura aus Mottenpulver, alter Jungfer und Hoffnungslosigkeit umschwebt zu sein. Bald würde sie beim Einkaufen instinktiv zu fliederfarbenen

Ensembles und Kölnisch Wasser greifen, was die Metamorphose zur alten Tante vervollkommnen würde.

»Wozu soll es gut sein, alleine durchs Leben zu gehen? Was für eine Verschwendung«, meinte Judith. »Ich investiere meine besten Jahre in ein großes, graues Nichts.«

»Man kann auch ohne Mann ein erfülltes Leben führen«, behauptete Kiki vollmundig. »Hab ich gelesen. In einer Zeitschrift«, fügte sie etwas kleinlauter hinzu.

Kikis Männerverschleiß war legendär bei den Dienstagsfrauen. Sie taugte wahrlich nicht zur Expertin, wenn es darum ging, auf männliche Begleitung zu verzichten.

Judith dafür umso mehr: »Mein Leben ist halb vorbei«, sagte sie traurig, »und nichts von dem, was ich tue, hat die Kraft, für die Ewigkeit zu reichen.«

Kiki nickte. »Mir geht's da nicht anders.«

»Du hast zwei Menschen, die dich lieben«, sagte Judith.

Kiki rollte die Augen. So ganz sicher war sie sich da nicht.

»Liebe gehört zum Leben wie Sturm und Hitzewellen«, ereiferte sich Judith. »Bei mir fühlt sich alles lauwarm an.«

Die beiden versanken in Schweigen. Der Sensor beschloss, dass hier nichts mehr Entscheidendes passierte, und drehte das Licht ab. Aus dem Dunkel jenseits der Burg leuchteten die Kalkfelsen im Mondlicht.

Judith sprang auf, sie hüpfte von einem Bein auf das andere und ruderte mit den Armen, als wolle sie abheben.

»Was ist das? Ein afrikanisches Liebeszeremoniell?«, fragte Kiki.

»Ich probiere, das Licht anzukriegen«, ächzte Judith. »Ich will dir was zeigen.«

Kiki hob ihren Arm. Das Licht flammte sofort auf. Selbst bei elektrischen Sensoren hatte Kiki mehr Erfolg, wenn es darum ging, wahrgenommen zu werden. Doch das musste nicht so bleiben. Aus ihrer Hosentasche zog Judith ein in Stoff gehülltes Etwas hervor.

»Du musst mir versprechen, mich nicht auszulachen.«

Vorsichtig schlug sie den roten Samt zurück. Ein merkwürdig zerfranstes Metallteil kam zum Vorschein, ein Talismann, den sie mit sich herumtrug. Als Zeichen, dass alles gut werden würde.

»Das ist vom Bleigießen. Von Silvester«, erklärte sie. »Das Orakel hat noch nie getrogen. Nicht als ich Arne kennenlernte, nicht als er krank wurde und die Geschichte mit Philipp passierte.«

Kiki versuchte, in dem Klumpen etwas Bedeutungsvolles zu erkennen.

»Judith, du glaubst doch nicht wirklich an so was?«, fragte Kiki.

»Warum nicht?«

»Selbst Hausmüll ist aussagekräftiger. Je mehr Verpackungen von Fertigmahlzeiten, desto dramatischer die Blutfettwerte. Umso eher bist du tot.«

Judith stöhnte auf. Sie hatte Silvester gemeinsam mit Caroline und Eva bei Estelle gefeiert. Schon damals war es schwierig gewesen, die prosaischen Freundinnen davon zu überzeugen, überhaupt Blei zu gießen. Caroline ereiferte sich, dass geschmolzenes Blei toxisch sei und auf keinen Fall eingeatmet werden dürfe, Estelle machte sich vor allem Sorgen darum, was eventuelle Bleispritzer für die Zukunft ihres Chippendale-Tischs bedeuteten. Und Eva hatte Notdienst. Nicht etwa im Krankenhaus, sondern auf der Straße, wo Frido mit den Kindern Böller in die Neujahrsnacht schoss. Jedes Jahr fuhr Frido nach Belgien, um dort illegales Feuerwerk zu kaufen, das fantastische Namen wie »kreischendes Küchenmädchen« trug.

»Ich bin schon froh, wenn sie nicht nach Polen fahren, um dort noch gefährlicheres ›Fajerwerk‹ einzukaufen«, hatte Eva geseufzt. Seit Eva wieder im Krankenhaus arbeitete, malte sie gerne den Verletzungsteufel an die Wand. Sie wachte darüber, dass die vier Kinder Schutzbrillen aufsetzten und das neue Jahr mit jeweils zwei Augen und zehn Fingern begrüßen konnten.

Judith hatte sich durchgesetzt. Und es fast wieder bereut, als ihre Freundinnen sich bei der Deutung der Bleiformationen wenig kreativ zeigten.

»Das ist Schrott«, hatte Estelle spontan gerufen, als Judith die erkaltete Form aus dem Wasser fischte. »Mein Vater hat das gesammelt. Schrott erkenn ich sofort. Das bedeutet Geldsegen.«

Auch Caroline hatte keine bessere Idee: »Die Form erinnert mich an die Perserkatze von unseren Nachbarn.«

»Vor oder nach der Begegnung mit dem BMW?«, hatte sich Estelle erkundigt.

Judith hoffte darauf, dass Kiki mehr Talent hatte. Kiki gab sich größte Mühe, etwas Positives zu sehen.

»Ein Grottenolm?«, versuchte sie sich.

»Der obere Teil symbolisiert ein Herz«, sagte Judith bedeutungsschwanger. »Das habe ich sofort verstanden. Das ausgefranste untere Teil war mir ein Rätsel. Bis wir hierherkamen.«

Judith hob das Bleiteil in die Höhe. Die Zacken fügten sich nahtlos in die zerklüftete Silhouette der Kalkfelsen.

Kiki verstand, was sie meinte. »Das ist kein Symbol. Das ist so etwas wie eine Schatzkarte.«

Judith nickte. »Ich versuche zu verstehen, was das Zeichen bedeutet. Hagen Seifritz kann das Schicksal wohl kaum gemeint haben?«

Kiki war sprachlos. »Vermutlich glaubst du auch die Geschichte mit den verschwundenen Mädchen.«

Judith nickte: »Es gibt immer einen Kern von Wahrheit in alten Legenden.«

38

»Verschwundene Mädchen? Alte Legende? So ein Unsinn.«
Die Friseurin brach in schallendes Gelächter aus. »Der Leo
erfindet seine eigenen Sagen. Der glaubt, je bunter die Geschichten sind, die man sich von der Burg erzählt, umso
mehr Touristen kommen.«

Der Tagesablauf auf der Burg war immer gleich. 8.00 Uhr
Morgentee, 8.30 Uhr täglich wechselnde Gymnastik,
9.00 Uhr wieder Tee, 10.00 Uhr Beginn des Tagespro-
gramms. Heute war eine »Wanderung der Sinne« angesagt.
Eva hatte sich dazu entschlossen, einen zweiten Ausflug ins
Dorf zu unternehmen. Zum Friseur. »Kamm und Schere«
klang nach Dauerwelle und viel Haarspray, nach Tratsch
und Klatsch. Estelle hatte sich ihr begeistert angeschlossen.

»Eine Massage der Kopfhaut entspannt mich mehr als all
diese Übungen, bei denen ich mich leicht wie ein Watte-
bällchen fühlen soll«, lästerte sie.

Tag drei der Fastenkur war angebrochen. Friedvolle Entschleunigung wollte sich bei Estelle immer noch nicht einstellen.

»Ich hätte heute Morgen beinahe die Zahnpasta auf-
gegessen«, gab sie offen zu. Sie hoffte auf Trost. Und ein
alternatives Aufputschmittel: »Vielleicht haben sie dieses
wunderbare Koffeinshampoo.«

Eva beschäftigten andere Dinge. Die Mitarbeiterinnen bei »Kamm und Schere« waren jung. Aber die frisch erblondete Seniorchefin enttäuschte sie nicht.

»Soll ich Ihnen erzählen, wie das war mit den beiden verschwundenen Mädchen?«, flüsterte die Friseurin verschwörerisch. »Das eine Mädchen hat man ganz schnell wiedergefunden. Und wissen Sie, wo?«

Die Seniorchefin machte eine lange Kunstpause.

»In der Schlucht?«, versuchte sich Estelle.

»In der Wilden Ente«, triumphierte die Friseurin. »Im Bett vom Willi.«

»Roberta Körner hat oben auf der Burg gearbeitet?«, fragte Eva.

»Natürlich. Nachts ist sie mit den Freundinnen ausgebüxt. Es gab natürlich nur einen Ort in Achenkirch, der für junge Mädchen interessant war. Unten im Keller von der Wilden Ente wurde gegessen und getrunken, oben im Schuppen gab's den Nachtisch«, erklärte die Friseurin anzüglich lächelnd.

Ein älterer Herr, der in der Sitzgruppe am Fenster auf seine Rasur wartete, mischte sich ein: »Die Mädels, die oben arbeiteten, waren wilde Hühner.«

»Die kamen aus schlechten Verhältnissen«, bestätigte die Friseurin. »Kriminelles Milieu.«

Regine hatte als junges Mädchen gewiss jede Menge Konflikte mit ihrem streng katholischen Elternhaus gehabt. Aber von schlechten Verhältnissen zu sprechen, war doch wohl sehr übertrieben? Kriminell gar? Der Dorfklatsch trieb seltsame Blüten.

Estelles Kopf verschwand unter einer Wärmehaube.

»Und das andere Mädchen?«, fragte Eva. »Wo hat man die wiedergefunden?«

»Das war Jahre später. Wie hieß sie noch? Die Blonde? Jürgen?«, fragte die Friseurin. Blitzschnell drehte sie sich um. Gerade rechtzeitig, um ihren Mann davon abzuhalten, heimlich die Kasse zu plündern. Jürgen, dessen enormen Bauch und Schnurrbart Eva bereits am Stammtisch wahrgenommen hatte, ließ ab von seinem räuberischen Treiben.

»Keine Ahnung«, sagte er.

»Ihr wart doch alle hinter der her«, bestand die Friseurin auf einer Antwort. »Deine ganze Fußballmannschaft.«

Ihr fiel noch etwas ein: »Gesungen hat sie. Total kokett. Gab sich als kleine Marilyn Monroe. Oder wie hieß die noch, die andere Blonde? … Perhaps, perhaps, perhaps«, intonierte sie.

Eva bekam eine Gänsehaut.

Der Seniorchef wollte sich nicht deutlich äußern. Seine Augen flackerten unruhig. »Ich kann mich an nichts erinnern«, behauptete er vollmundig.

»Die, die immer den Leo im Schlepptau hatte. Die Freche«, insistierte seine Frau. »Wie hieß die noch mal?«

»Und was ist mit der?«, brüllte Estelle. Ganz offensichtlich war die Wärmehaube nicht so schalldicht, wie Eva das erhofft hatte.

»Mit dem halben Dorf hat die's getrieben«, wusste der alte Herr von der Wartebank.

»Irgendwann war sie schwanger und keiner wollte es gewesen sein«, ergänzte die Friseurin.

»Da war's dann ganz still im Dorf«, schaltete sich der Mann wieder ein. Er konnte seine Genugtuung kaum verbergen. »Die hatte keine Freunde mehr.«

»Und dann ist sie verschwunden?«, fragte Eva nach.

»Abgeholt. Von den wütenden Eltern«, wusste die Friseurin. »Bei Nacht und Nebel.«

Estelle war enttäuscht: »Nicht gerade der Stoff, aus dem Märchen gemacht werden.«

Eva fragte sich, was an der üblen Nachrede dran sein konnte. Regine war ihr ganzes Leben auf der Suche nach einem Mann, der ihr neue Welten eröffnen konnte. Sie hatte an die freie Liebe geglaubt, war zweimal verheiratet gewesen und hatte ein paar Freunde gehabt. Aber Dorfschlampe? Mit sechzehn? Eva wollte dem Klatsch keinen Glauben schenken. Vor allem wollte sie keine halbe Fußballmannschaft als potenzielle Vaterkandidaten.

»Was ist aus ihr geworden?«, hakte Estelle nach.

»Sie hat sich nie wieder im Dorf blicken lassen. Bei niemandem.«

»Wahrscheinlich wusste sie selbst nicht genau, wer der Vater war«, rief der alte Mann. Eva wäre dem Hobbymoralisten, der so schnell mit seinen Urteilen war, am liebsten an die Gurgel gegangen. Sie verstand, warum der Pastor so eine heftige Predigt gehalten hatte. Selbst noch so viele Jahre nach den Geschehnissen wurde im Dorf mit Leidenschaft ge- und verurteilt. Eva sprang auf. Das war alles viel zu viel.

»Kann ich mal telefonieren?«, fragte sie.

Estelle schaute unter ihrer Föhnhaube hervor. Was war bloß mit der Freundin los?

39

Das Telefon klingelte und klingelte. Schon wieder niemand erreichbar? Eva trat unruhig von einem Fuß auf den anderen. Sie brauchte Frido. Jetzt. Sie musste mit jemandem sprechen. Warum nur hatte sie ihr eigenes Handy abgegeben? Doch im Friseursalon zu telefonieren war nicht das Schlimmste. Das Schlimmste war die Versuchung. Auf dem Tisch im Nebenraum, wohin sie sich zurückgezogen hatte, stand eine Schüssel mit Keksen. »Nimm mich«, flüsterten sie. »Iss mich. Keiner merkt, wenn einer fehlt.«

Vorsichtig roch sie an dem goldbraun glänzenden Backwerk. Der Geruch von Zucker, Butter und Nüssen vernebelte ihr Gehirn. Hastig zog sie die Wasserflasche aus der Tasche, um die Anfechtung in einem Schwall Wasser zu ertränken. Fasten blieb für Eva ein Kampf mit vielen kleinen Teufeln. Und die Familie schwer erreichbar.

»Frido. Endlich«, rief sie in den Hörer, als nach einer Ewigkeit abgenommen wurde.

»Reg dich nicht auf, Eva«, sagte Frido, noch bevor Eva ihr Anliegen formulieren konnte.

Fridos wenig elegante Einleitung ließ Evas Puls postwendend in die Höhe schnellen.

»Es ist nichts Schlimmes«, wiegelte Frido ab. »Nichts, was nicht wieder in Ordnung kommen kann.«

»Was ist los, Frido?«, schrie Eva. Der Boden sackte ihr unter den Füßen weg. Das Schuldgefühl kochte hoch. Sie hatte ihre Familie alleine gelassen. Und jetzt war etwas passiert.

»Es ist Lene. Du weißt doch, dass sie gestern zum Eislaufen wollte. Mit Pia und Paula. Und der Sophie. Aber die konnte kurzfristig nicht.«

»Sag einfach, was los ist«, brüllte Eva.

»Sie hat sich das Bein gebrochen. Sie ist rückwärts aufs Eis geknallt. Auf den Hinterkopf«

»Gestern? Wieso sagt mir niemand was?«

»Du hättest dich nur aufgeregt, wenn du gehört hättest, dass sie im Krankenhaus bleiben musste.«

Eva brach fast zusammen am Telefon: »Ich rege mich jetzt immer noch auf.«

»Es ist alles in Ordnung. Ich bin gerade dabei, Lene auf ein anderes Zimmer zu bringen.«

Frido klemmte das Telefon am Ohr fest und kramte den Zettel heraus, auf dem die Station und das Zimmer notiert waren, in das er Lene samt Rollstuhl schieben sollte.

»Ich komme sofort zurück«, beschloss Eva.

Frido war damit nicht einverstanden: »Wenn du das machst, lass ich mich scheiden«, sagte er kühl.

»Wie bitte?« So hatte Frido noch nie mit ihr gesprochen.

»Wir haben alles im Griff. Ich brauche niemand an meiner Seite, der mir das Gegenteil beweist.«

Eva fühlte Tränen aufsteigen: »Aber ich muss Lene zur Seite stehen.«

Statt eine Antwort zu geben, drückte Frido Lene das Telefon in die Hand.

»Mama, ich kann eine Woche nicht zur Schule. Mindestens«, jubelte sie. »Und der Jonas aus der Parallelklasse will mich besuchen«, sprudelte sie in allerbester Laune hervor. »Ich muss jetzt Schluss machen. Die Pia und die Paula kommen gleich. Da muss ich auf dem Zimmer sein.«

Weg war sie. Noch bevor Eva ihre Tochter trösten konnte. Etwas Entscheidendes war passiert. Die Monate, in denen Eva tagtäglich darum gerungen hatte, ihre Familie zu mehr Selbstständigkeit zu erziehen, zeigten Wirkung. Lene brach sich das Bein, ohne dass sie die halbe Nacht nach ihrer Mutter weinte. Frido kam in Krisenzeiten alleine zurecht. Eva bekam, was sie eingefordert hatte: Ihre Familie nabelte sich von ihr ab. Es fühlte sich merkwürdig an, nicht mehr vierundzwanzig Stunden am Tag gebraucht zu werden.

»Eva, du musst deine Suche in Achenkirch zu einem Ende bringen«, sagte Frido. »Und wenn du nach Hause kommst, bleibt genug Zeit, Lene nach Strich und Faden zu verwöhnen.«

Eva wusste, dass er recht hatte.

»Ich liebe euch«, sagte sie.

Frido legte auf und navigierte den Rollstuhl von Lene in Zimmer 5311.

»Endlich Gesellschaft«, tönte eine bekannte Stimme.

Eine Hand voller klingelnder Ketten hob sich zum schwebenden Dreieck über der Bettstatt. Ein blonder Haarschopf und zwei vertraute Augen erschienen über den Kissen. Es war Regine.

»Familie zu Familie«, sagte die Schwester und glühte vor Stolz über ihre organisatorische Weitsicht. »Toll, was.«

Regine kam direkt zum Thema: »Kann mir jemand verraten, was mit Eva los ist? Die meldet sich überhaupt nicht mehr bei mir.«

Frido stöhnte auf. Er konnte für vier Kinder sorgen, die Wäsche sortieren und Verletzte betreuen. Seiner Schwiegermutter war er nicht gewachsen. Er hatte es von Anfang an gesagt. »Warum redest du nicht mit Regine?« Es war dumm, heimlich nach Achenkirch zu fahren. Die Rechnung konnte nicht aufgehen.

40

Drei Tage waren vorbeigegangen, und Caroline hatte noch nicht einmal einen Versuch unternommen, mit ihrer Beichte anzufangen. Evas Vatersuche hatte ihr die perfekte Ausrede geliefert, den eigenen Problemen auszuweichen. Nun war die Gelegenheit günstig. Estelle und Eva hatten sich ins Dorf verabschiedet, Kiki lief weit vorne in der Gruppe mit. Die »Wanderung der Sinne« bot die ideale Plattform, sich mit Judith auszusprechen.

»Primum non nocere.« Zuerst keinen Schaden anrichten. Caroline hatte sich vorgenommen, dem hippokratischen Grundsatz, der bei Philipp in der Praxis hing, zu folgen. Wie konnte sie der Freundin die Nachricht überbringen, ohne sie zu verletzen? Noch bevor Caroline zu Wort kam, überfiel Judith sie mit ihrem schlechten Gewissen.

»Es tut mir alles so leid, Caroline. Ich verstehe, warum ihr gestern so reagiert habt. Es ist wegen Philipp. Einmal Ehebrecherin, immer Ehebrecherin.«

»Ich bin nicht sauer auf dich, Judith. Wirklich nicht.«

»Du kannst es mir ruhig ins Gesicht sagen, Caroline«, sagte Judith. »Ich halte das aus. Ich habe begriffen, dass ich mich mit meinen Fehlern auseinandersetzen muss.«

»Judith, das ist Schnee von gestern. Die Dinge haben sich verändert …«

Weiter kam Caroline nicht. Judith hatte ihre eigene Wahrnehmung der Dinge. Und ihre eigene Mission.

»Du musst negative Gefühle zulassen, Caroline. Du musst sie aussprechen. Das befreit ungemein.«

»Ich habe keine negativen Gefühle mehr«, versuchte Caroline überzuleiten. Judith reagierte nicht. Sie war zu beschäftigt, nicht auf den Dackel zu treten, der einer Wanderung der Sinne nichts abgewinnen konnte. Viel lieber wollte er die beiden indischen Laufenten jagen, die munter plaudernd das Schlusslicht der Fastengruppe bildeten. Die chronisch schlecht gelaunte Walküre hatte die allergrößte Mühe, den Dackel an der Leine hinter sich herzuzerren. Dass die Eisermanns selbstverständlich auch etwas von Hundeerziehung verstanden und die Walküre gerne an ihrem Wissen partizipieren ließen (»Sie müssen dem Tier beweisen, dass Sie der Leitwolf sind«), verbesserte deren Stimmung nicht im Geringsten.

»Ich meine es ernst«, insistierte Caroline. Doch Judith war mit ihrer Selbstbezichtigungsorgie noch nicht am Ende.

»Wenn ich dich in deiner Zweizimmerwohnung besuche, und ich sehe, dass du immer noch nicht richtig eingerichtet bist«, klagte sie, »dann fühle ich mich schlecht.«

»Ein paar nackte Glühbirnen? Was ist das schon?«

»Ich kann nicht mehr verstehen, wie mir das mit Philipp passieren konnte«, fuhr Judith fort. »Wie konnte ich auf so einen Schleimer reinfallen.«

Caroline schluckte: »Du warst in einer schwierigen Lebenslage. Und Philipp ...«

Judith ließ Caroline nicht aussprechen.

»Ich hätte mit dir reden müssen«, schniefte sie. »Als dieser Mist anfing. Ich hätte euch sagen müssen, dass ich überfordert bin. Ich hätte mir nicht einfach eine starke Schulter suchen dürfen. Ich hätte …«

»Es ist gut, Judith.«

»Nein, es ist nicht gut. Ich werde mir das nie verzeihen.«

»Ich bin nicht wütend auf dich. Und ich bin nicht mehr wütend auf Philipp.«

»Der hat schon wieder eine andere«, wusste Judith. »Hat mir jemand erzählt. Die Sissi ist am Boden zerstört. Er betrügt alle. Der Mann verarscht uns nach Strich und Faden. Und wir Idioten haben es nicht gemerkt.«

»Aufhören, stopp, Judith«, brüllte Caroline.

Der Dackel nahm es persönlich und jaulte erschreckt auf. Kiki, die weit vorne neben Hagen Seifritz lief, drehte sich interessiert um.

»Hör mir endlich zu«, fuhr Caroline Judith wütend an. Sie wurde viel schärfer, als sie vorgehabt hatte.

»Es tut dir immer noch weh«, sagte Judith mitleidig. »Und ich verstehe das. An deiner Stelle wäre ich auch wütend auf mich.« Tränen stiegen in ihre Augen.

Kiki näherte sich. Zum Glück trug sie neuerdings immer Taschentücher bei sich. »Alles in Ordnung mit euch?«

Judith schüttelte den Kopf: »Ihr habt ja recht. Man kann mir einfach nicht vertrauen. Es hat mir so gutgetan, als Falk mich festhielt. Mich hat seit Monaten keiner mehr festgehalten.«

Caroline fühlte sich überfordert. In den vergangenen Monaten hatte Judith ihr Bestes gegeben, Caroline immer wieder aufs Neue zu beweisen, wie viel ihr an ihrer Freundschaft lag. Wie oft hatte sie unangemeldet vor der Tür gestanden: mit einem Strauß Wiesenblumen, die sie in einem Blumenladen entdeckt hatte, mit den Resten einer vegetarischen Lasagne, die sie unmöglich schaffte, mit einer Flasche Wein, die zu schade war, um sie alleine zu trinken.

»Es tut mir alles so leid«, schluchzte Judith. »Es tut mir so leid, dass ich kein besserer Mensch sein kann.«

Es war wie immer. Am Ende war es Caroline, die Judith tröstete. Trotz Blumen, Essen und Wein.

Caroline holte Atem für einen zweiten Versuch, als Bea verkündete, dass sie den offiziellen Startpunkt der Wanderung erreicht hätten.

»Schuhe aus, Socken aus«, ordnete Bea Sänger an. »Wir lassen nicht nur die Seele baumeln, sondern auch die Füße. Ab hier geht es barfuß weiter.«

Judiths Miene erhellte sich sofort: »Die Fußsohlen sind mit den Organen verbunden. Das ist wie Fußreflexzonentherapie.«

Caroline seufzte. Der Weg war noch weit. Siebenhundert Meter, wie Bea erläuterte. Siebenhundert Meter, um neu Anlauf zu nehmen.

41

Kiki konnte es nicht glauben. Sie hatte gerade die Schuhe ausgezogen, als ihr Telefon sich meldete. Solange Max und Greta noch nicht im Altmühltal angekommen waren, trug sie das Telefon immer mit sich. Eine E-Mail war eingegangen. Leider nicht von Max und Greta, sondern von Moll. Der Ton war kalt, die Meldung kurz. Moll hatte sich noch nicht einmal die Zeit genommen, ihr persönlich zu antworten.

»Leider müssen wir Ihnen absagen«, schrieb eine Sekretärin. »Nach gründlicher Überlegung hat unser künstlerischer Direktor Hubert Moll entschieden, den Auftrag komplett an ein Designbüro outzusourcen.«

Kiki hätte ihren letzten Cent darauf verwettet, dass das Büro Thalberg Design hieß und von gründlicher Überlegung keine Rede sein konnte. Das hatte er spontan am Büfett entschieden. Es war wie der Igel mit dem Hasen. Was immer sie tat: Ihr neues Studio konkurrierte mit dem großen mächtigen Thalberg. Wenn Max wenigstens mit dem Studium fertig wäre. Während Kiki Bewerbungsgespräche absolvierte und die Brötchen bei »Coffee to go« verdiente, ließ Max sich Zeit.

»Ideen müssen reifen«, betonte er.

In der Reifezeit lag er hingebungsvoll mit Greta auf der

Spieldecke, schüttelte Rasseln, brummte mit Autos, stapelte Plastikbecher zu Türmen und versuchte ganz nebenbei, Greta das erste Wort beizubringen. »Greta, sag mal Papa. Paaaapaaaa.«

»Kiki den Rücken freihalten«, nannte er diese Tätigkeiten oder wahlweise »Nachdenken über die Diplomarbeit«. Man konnte nie wissen, ob die bunten Bauklötze nicht als Basis für einen Entwurf dienen konnten.

Energisch trat Kiki als Erste den Barfußweg an. Die spitzen Kiesel schmerzten unter ihren Fußsohlen. Kiki war mit jedem Gefühl einverstanden, das die Wut auf Moll übertünchte. Und den ewigen Hunger, der sie peinigte. Kiki konzentrierte sich auf ihre Empfindungen. Vorsichtig tastete sie sich über die spitzen Steine, über grobe Kiesel, feinen Sand, über Zapfen und Tannennadeln, Holzpflöcke und Sägemehl. Sie schloss die Augen. Nichts zählte mehr außer den ganz einfachen Empfindungen. Hören, tasten, fühlen und definieren, wie sich das anfühlte: kalt, warm, trocken, feucht, angenehm, unangenehm. Sie trat auf weiches Moos. Kiki gefiel die neue Erfahrung. Mehr noch gefiel ihr, was sie bei ihrer Rückkehr an der Burg erwartete. Das Erste, was sie hörte, war das charakteristische Glucksen von Greta. So nah. So konkret. So greifbar. Sie brauchte einen Moment, um zu begreifen, dass die Geräusche nicht ihrer Einbildungskraft entsprangen. Greta und Max waren endlich in Achenkirch angekommen. Das Baby strahlte übers ganze Gesicht. Sie strampelte aufgeregt und streckte die Hände nach Kiki aus. Glücklich schloss Kiki ihr Kind in die Arme und vergrub ihre Nase am Hals des warmen, gut riechenden Babys. Balsam für die Seele. Greta war es vollkommen egal, ob Kiki Karriere machte oder drei Kilo zu viel wog. Sie

201

fand ihre Mutter einfach großartig. Sollte Hubert Moll über sie denken, was er wollte: Greta war jeden Karriereknick wert.

Um sie herum erklangen die Ahs und Ohs von Simone und dem Mutter-Tochter-Duo, die das niedliche Baby ausführlich bewunderten, gefolgt von dem üblichen Refrain: »So ein netter, junger Mann. Was haben Sie für ein Glück.«

Kiki war erleichtert. Ihre Familie war bei ihr. Alles würde gut werden.

42

Caroline war noch immer auf dem Parcours unterwegs.
Judith ließ sich unendlich viel Zeit. Sie wollte den Grund
unter ihren Füßen richtig spüren. Doch von Konzentration
auf das Wesentliche konnte keine Rede sein. Judith war
noch immer beim Thema.

»Wir können froh sein, dass wir Philipp los sind«, erklärte
sie und verzog schmerzhaft das Gesicht. Ihre städtischen
Fußsohlen vertrugen die spitzen Steine nur schlecht.

»Und wenn ich ihn nicht los bin?«, fragte Caroline.

Judith wunderte das kein bisschen: »Natürlich bist du
ihn nicht los. Du warst fünfundzwanzig Jahre verheiratet.
Du steckst mittendrin im Trauerprozess. Für jedes Jahr einen Monat …«

Judith musste das wissen, schließlich hatte sie jedes ver-
fügbare Buch gelesen, das sie über die Möglichkeit und
Chancen eines positiven Neuanfangs ergattern konnte.
Nach offizieller Rechnung war Caroline noch nicht einmal
auf der Hälfte des Wegs angekommen. Inoffiziell hatte sie
eine Abkürzung genommen.

»Es gibt Paare«, leitete Caroline vorsichtig über, »die nach
einer Trennung wieder zusammenfinden.«

Judith blieb entsetzt stehen: »So was darfst du nicht denken. Das ist nur dein angeschlagenes Selbstbewusstsein, das

sich meldet und behauptet, Philipp sei der einzige Mann für dich.«

Caroline stutzte. War da etwas dran? War es das verletzte Selbstwertgefühl, das sie in die Arme von Philipp getrieben hatte? Oder waren es echte, aufrichtige Gefühle? Wenn es sich nicht gerade um spitze Kieselsteine handelte, die unter den Fußsohlen pieksten, war es nicht so einfach zu wissen, was man wirklich fühlte.

»Mir ging es wie dir«, ereiferte sich Judith. »Ich dachte wirklich, das renkt sich ein. Ich dachte, Philipp kommt und entschuldigt sich. Und dann können wir Freunde sein. Und was war? Keine Erklärung. Nichts. Rein gar nichts«, empörte sich Judith. »So einer ist zu Selbstkritik nicht fähig. Und zu Umkehr schon gleich gar nicht.«

Caroline fühlte Wut aufsteigen. Über ihren Ehemann zu schimpfen war eine Sache. Judith dabei zuzuhören eine andere. »Woher willst du das wissen? Er kann sich weiterentwickeln.«

»Blödsinn«, beschloss Judith. »Und selbst wenn. Weißt du, was ich tun würde, wenn er jetzt vor mir stünde? Ich würde ihm eigenhändig den Hals umdrehen.«

Carolines linker Fuß versank in einem Matschloch. Zwischen den Zehen quoll die braune Pampe hervor. Es war kein Kunststück, die richtige Diagnose zu stellen: Kuhfladen. Ein perfekter Kommentar zur Lage.

43

Drei Tage hatte Max gebraucht, um das Transportproblem zu lösen. Kiki sah darüber hinweg, dass er sich ausgerechnet bei Vanessa Stein ein Auto leihen musste, ein Cabriolet natürlich. Hauptsache, sie hatte ihre Lieben wieder in der Nähe. Das Timing war nicht gerade günstig. Viel Zeit blieb ihnen nach der Begrüßung nicht. Kiki konnte weder die einzige nennenswerte Mahlzeit des Tages ausfallen lassen noch den täglichen Gesundheitscheck. Sie schickte Max mit Greta runter ins Dorf zur Wilden Ente, um das gebuchte Zimmer zu beziehen und dort auf sie zu warten. Kiki duschte in Rekordgeschwindigkeit, stürzte ihren halben Liter Achenkirchner herunter und wirbelte die komplette Terminplanung durcheinander, um im Ärztezimmer als Erste dranzukommen. Von Entschleunigung konnte bei Kiki keine Rede sein.

Auf die Euphorie des Wiedersehens sollte schon bald Ernüchterung folgen. In der Zeit, in der Kiki oben auf der Burg hastig ihr Fastenprogramm abspulte, hatten Max und Greta Achenkirch erobert und sämtliche ledigen Damen des Dorfes kennengelernt. Die ausnahmslos weiblichen Beschäftigten der Wilden Ente waren hingerissen von der zärtlichen Hingabe, mit der sich Max der brüllenden Greta

hingab. Im Umfeld der Wilden Ente gab es zu viele vater-
lose Kinder. Greta war durch nichts zu beruhigen. Die ewig
lächelnde Bäckerstochter, die via Telefon über den akuten
Notfall unterrichtet worden war, eilte extra in die Wilde
Ente, um eine Packung babyfreundlichen Rooibostees zu
bringen.

»Wenn ich so ein zuckersüßes Baby hätte, ich würde es
keine Woche allein lassen«, mokierte sie sich und blickte
Max dabei tief in die Augen.

Die Fangruppe stob auseinander, als Kiki die Wirtshaus-
tür mit einem Ruck aufriss und sich außer Atem an den
Tisch setzte.

»Wasser?«, fragte Roberta in ihrem dunklen Bass. »Wie
immer?«

Kiki nickte: »Ohne Kohlensäure.«

Die brüllende Greta streckte die Arme nach Kiki aus,
aber da war Max schon aufgestanden. Um die Kleine zu
beruhigen, trug er sie im Gastraum auf und ab, begleitet
von den verzückten Blicken der weiblichen Gäste. Selbst
das Küchenpersonal schaute verliebt durch die Luke. Kiki
konnte kaum fassen, wie viel Erfolg der junge Vater hatte.
Für Kiki hatte Max keine Augen. Kein Kuss, keine Umar-
mung, kein gar nichts. Irgendwas stimmte nicht.

»Wie war's bei deinen Eltern?«, wollte Kiki wissen, als Max
an ihrem Tisch vorbeikam.

»Frag lieber nicht«, lautete die knappe Antwort.

»Ich frag dich aber«, zischte Kiki. Da war Max bereits
am Nebentisch angelangt, wo ihn zwei durchtrainierte
ältere Damen, die im Altmühltal auf den Spuren der Erdgeschichte unterwegs waren, in ein Gespräch verwickelten.

»Bauchschmerzen?«, erkundigten sie sich interessiert.

»Windelausschlag«, erklärte Max fachmännisch. »Alles offen.«

Die beiden Damen empfahlen wahlweise Sitzbäder in Schwarztee oder das Föhnen des Babypos und vergaßen darüber sogar das Fossil, das sie in dem Hobbysteinbruch in Blumenberg aus dem Plattenkalk geschlagen hatten.

Kiki roch an der Babyflasche von Greta: »Vermutlich verträgt sie keinen Apfelsaft«, mutmaßte sie. Ihre Worte verhallten ungehört.

»Jetzt setz dich doch mal hin«, forderte sie Max ungehalten auf, als er wieder ihren Tisch passierte. Sie konnten schlecht zu zweit in der Gaststube auf und ab laufen.

»Mach dir keine Sorgen«, sagte Max. »Wir schaffen das auch ohne meine Eltern.«

Es war überdeutlich, dass es Krach gegeben hatte. Kiki fühlte sich präventiv schuldig. Ärger im Hause Thalberg hatte in den letzten Monaten immer mit ihr zu tun.

Schwungvoll knallte Roberta ein Glas mit Leitungswasser auf ihren Tisch: »Sie können froh sein, so einen liebevollen Mann zu haben«, sagte sie mit schwärmerischer Stimme und wischte sich eine Träne der Rührung aus dem Augenwinkel.

Kiki hielt Max auf: »Ich will wissen, was los ist«, herrschte sie Max an.

»Ich rede kein Wort mehr mit denen. Das ist alles. Und Geld will ich auch nicht mehr«, entgegnete Max so fröhlich, als wären das gute Nachrichten.

»Und wie sollen wir deine Studiengebühren bezahlen?«, fragte Kiki entsetzt. Im Kopf rechnete sie die Summe, die Thalberg jedes Trimester für Max' Londoner Designstudium überwies, in Arbeitsstunden bei »Coffee to go« um. Auf dem halben Weg zur Pensionierung brach sie ab.

»Wir bezahlen gar nicht«, hatte Max bereits beschlossen. »Der Einzige, der wollte, dass ich das Studium zu Ende bringe, war sowieso mein Vater.«

»Er hat recht. Natürlich machst du deinen Abschluss«, sagte Kiki und klang, als wäre sie seine Erziehungsberechtigte.

»Er hat unrecht. Mit allem«, sagte Max trotzig und begab sich wieder auf Wanderschaft.

Männer können einfach nicht multitasken, las man überall. Mit mehr als einer Rolle seien sie überfordert. Max war in diesem Moment einfach nur Papa.

»Greta ist jetzt die Chefin im Ring«, meinte er.

Kikis Stimme schraubte sich höher: »Ist sie nicht. Wir sind das. Du.«

»Was ist los mit dir, Kiki? Du bist so nervös.«

»Moll hat heute Morgen abgesagt«, gestand sie.

»Und wenn schon«, sagte Max leichthin. »Das Schicksal hat etwas Besseres für dich in petto.«

»Ich mache mir Sorgen, wie wir das alles in Zukunft bezahlen sollen. Die Babywindeln, Gläschen, eine Winterjacke, die ersten Schuhe. Wir brauchen ein neues Auto.«

»Du musst dir keine Sorgen machen«, erklärte Max seiner Tochter. »Das sind nur die Hormone. Die Mama meint das nicht so. Die hat eine kleine postnatale Depression. Oder Hunger.«

»Kannst du einmal ernst bleiben«, bellte Kiki kurz vor dem Siedepunkt. So klangen sonst nur die Stimmen von Ehefrauen, die nach vierzehn gemeinsamen Ehejahren monierten, dass der Angetraute wieder vergessen hatte, den Müll mit nach draußen zu nehmen. Dabei waren sie nicht einmal verheiratet. Max hatte sie nie gefragt. Tränen stiegen ihr in die Augen. Schon wieder.

Max war ehrlich erschrocken: »Wir reden darüber. So viel du willst. Du entspannst dich. Ich lege mich mit Greta hin, und wenn es ihr besser geht, komme ich hoch zur Burg.«

Er packte Gretas Sachen.

»Du musst dir keine Sorgen machen, Kiki. Ich halte dir den Rücken frei.«

44

Max kam nicht um vier. Nicht um fünf. Nicht um sechs. Als Max um halb neun Uhr abends immer noch nicht auf der Burg war, fällte Kiki eine Entscheidung. »Du kannst glücklich sein mit Max«, sagten alle. Doch Kiki war einfach nur erschöpft. Von der schweren Geburt, von der kräftezehrenden Stillzeit und durchwachten Nächten, von der Doppelbelastung, von den Sorgen um die Zukunft, von dem Krach mit der Schwiegerfamilie. Es war zu viel. Sie würde ihr Leben ändern. Jetzt. Sie würde damit beginnen, das dringendste Loch zu stopfen. Das in ihrem Magen.

Vorsichtig klopfte Kiki an die Küchentür, hinter der fröhliche Stimmen und ein gedämpfter Bass schallten. Tobias öffnete. Auf seinem Kopf thronte ein alberner Papphut mit einer Fünfundzwanzig, an seinen Schultern hing eine Polonaise. Statt des hellen Neonlichts, das sonst die Kochstellen in gnadenloses Licht setzte, baumelten zwischen Töpfen bunte Lampions. All die dienstbaren Geister, die sonst über die Gänge huschten, um den Gästen den Aufenthalt so angenehm wie möglich zu gestalten, hatten sich eingefunden. Die Stubenmädchen, das Reinigungspersonal, die quadratische Dame, die Buchhaltung. Selbst Emmerich war gekommen. Das Personal des Burghotels feierte.

»Kann ich ein Glas Orangensaft bekommen?«, fragte Kiki verhalten. »Und dazu eine Scheibe Brot. Mit Käse. Magerem Käse. Ein paar Radieschen und eine Tomate?«

»Sind Sie sicher?«, fragte Tobias nach. Die Schlange hinter ihm wippte im Takt der Musik weiter und wartete gespannt auf ihre Antwort. Kiki brauchte nicht weiter nachzudenken: »Fastenbrechen ist heute. Kalorien trösten.«

Tobias fasste sie wortlos an den Schultern und schob sie als Kopf der Polonaise zum Büfett: Brote mit fränkischer Wurst und frisch geräuchertem Fisch, dazu Rohkost. Jemand stellte ein paar Flaschen Wein dazu. Es war Falk. Leider. Kiki war klar, dass sie ihre Entscheidung rechtfertigen musste. Hier und jetzt.

Der Cheftheoretiker winkte ab, bevor sie etwas sagen konnte: »Hätten Sie mir bei der Anmeldung erzählt, dass Sie ein kleines Baby haben, ich hätte Ihnen dringend vom Fasten abgeraten.«

Es war ein Elend: Kiki stiegen schon wieder die Tränen in die Augen.

»Greifen Sie zu«, sagte Falk. »Aber nicht zu sehr. Sie dürfen Ihren Magen nicht überfordern.«

Kiki hatte schon immer diesen fatalen Hang zum Personal. Wieder einmal bewies sich, dass die Küche der beste Ort war, mit anderen in Kontakt zu kommen. Eine halbe Stunde später duzte Kiki auch den letzten Gärtner, sang im Duett mit den Stubenmädchen und trank mit Tobias Brüderschaft. Leider mit einem Schluck Rotwein, der in ihrem Kopf sofort Chaos anrichtete. Kiki war froh, dass Falk sich bereits verabschiedet hatte.

»Seien Sie froh, dass Sie bald wegdürfen«, grummelte Emmerich. »Hier ist es viel zu still für Leute in meinem Alter.

Keine tollen Frauen, und wenn man ausgeht, weiß man nicht mehr, wie man nach Hause kommen soll.«

»Die Roberta hat sein Mofa weggesperrt«, erklärte Tobias.

»Sie sagt, ich bin zu krank zum Arbeiten. Sie hat nicht gesagt, dass ich zu krank zum Feiern bin«, fuhr Emmerich fort. »Aber ich habe Freunde.«

Die quadratische Dame zog ihn auf die Tanzfläche. Zwischen Vorratsschrank und Herd schwofte Emmerich, das Serviermädchen klopfte den Rhythmus mit, die Zimmermädchen bildeten den Chor.

Kiki war glücklich. Das Abendmahl übertraf ihre kühnsten Erwartungen. Das simple Stück Weißbrot mit Käse und einer Weintraube schmeckte wundervoll. Genauso wie der zweite Schluck Rotwein. Ein angenehmer Nebel breitete sich in ihrem Kopf aus und überdeckte das Gefühl des Scheiterns.

Als Emmerich sie auf die Tanzfläche winkte, ließ sie sich nur zu gerne ziehen. Was die anderen konnten, konnte sie schon lange. Lasziv die Hüften schwingen, die Arme über dem Kopf bewegen, tanzen, Bewegung, nur noch sie, die Bässe, die Musik, der Rhythmus, der Schweiß auf ihrer Haut. Alles vergessen, alle Sorgen. Sie spürte, was ihr in den letzten Monaten gefehlt hatte: sie selbst. Bei den Vorsorgeuntersuchungen war sie »die Mama von Greta«, in Max' Familie »der unerwünschte Neuzugang«, bei »Coffee to go« austauschbar. Hier in der Küche war sie einfach nur Kiki. Es herrschte drangvolle Enge. Unbemerkt war sie neben Tobias gelandet. Seine Blicke umgarnten sie, fingen sie ein, zogen sie, zwei Bewegungen verschmolzen zu einer. Als Tobias den Arm um ihre Hüfte legte, ließ sie es geschehen. Die Musik wurde langsamer, ihr trunkener Kopf sackte auf

Tobias' Schulter, seine Hand strich über ihren Nacken. Es tat gut. So gut. Bis ein heller Lichtstrahl in die Küche fiel. In der Tür stand Bea.

»Ich suche nach Frau Eggers«, sagte Bea tonlos. Hinter ihr löste sich eine zweite Gestalt aus dem Dunkel. Es war Max.

»Lass uns tanzen«, säuselte sie und griff seine Hände. Sie war sich keiner Schuld bewusst.

»Das nennst du Heilfasten?«, verweigerte Max sich. Seine Stimme klang hart.

»Warum nicht?«, witzelte Kiki, schlang die Arme um ihn herum und schob ihn auf die improvisierte Tanzfläche. Kiki hing an ihm wie an einer Rettungsboje. Doch die Boje hatte schlechte Laune.

»Ich habe immer zu dir gehalten. Selbst bei meinen Eltern.«

Kikis Beine knickten weg. Eben noch hatte sie sich wohlgefühlt. Kaum war Max da, holten die negativen Schwingungen sie ein. Dieses schreckliche Gefühl, dass alles an ihr falsch war.

»Ich hasse Leute, die sich für mich entschuldigen«, sagte sie. Dass bei Max nur müdes Genuschel ankam, merkte sie erst an seiner Reaktion.

»Ist er der Einzige?«

»Der einzige was? Wer?«

»Mann?«

Kiki drehte sich zu Tobias um, der demonstrativ in die andere Richtung schaute.

»Du glaubst doch nicht … da war nichts. Gar nichts.«

»Wenn das nichts ist, will ich nicht wissen, was etwas ist.«

»Ich habe getanzt.«

»Ist das alles, was du mir zu erzählen hast?«

»… auch mit dem Emmerich«, gab Kiki zu.

Der alte Mann zeigte, dass er mit seinen elastischen Beinen noch mithalten konnte. In seinem langsamen Tempo.

»Kiki, die Spatzen pfeifen es von den Dächern.«

Den ganzen Nachmittag hatte Kiki gespürt, dass etwas in der Luft hing. Sie ahnte, dass es einen konkreten Anlass für den Krach mit den Eltern gegeben hatte. Kiki hielt in der Bewegung inne: »Wovon redest du?«

»Weißt du, was Vanessa zu mir gesagt hat: Sie findet es rührend, wie ich mich um ein fremdes Kind kümmere.«

Kiki verstand gar nichts mehr: »Um welches fremde Kind kümmerst du dich?«

»Greta.«

Kiki sank in sich zusammen. Mit einem Schlag war sie nüchtern. Sie verstand, warum Max in der Wilden Ente so nervös auf und abgegangen war. Es ging nicht um Greta. Es ging um sie.

»Vanessa ist jetzt mit Roman zusammen«, fuhr Max fort, »der rechten Hand von meinem Vater. Der hat ihr unter dem Siegel der Verschwiegenheit anvertraut, dass er was mit dir hatte. Kurz vor der Pilgerreise.«

Kiki ahnte, worauf das hinauslief. Die stille Post funktionierte immer. Vermutlich wusste die ganze Branche Bescheid.

»Alle reden darüber«, empörte sich Max. »Selbst meine Eltern haben davon gehört.«

»Was für ein Blödsinn«, versuchte Kiki eine Ausflucht. Besonders überzeugend schien sie dabei nicht zu wirken.

»Ist da was dran?«, insistierte Max.

Kiki stöhnte. Die Party war vorbei. Eindeutig.

45

Die Dienstagsfrauen hatten sich in der Bibliothek versammelt, dem einzigen Ort, an dem man abends zusammensitzen konnte, wollte man der verordneten Bettruhe entgehen.

»Ich hatte die ganze Zeit das Gefühl, dass etwas im Busche ist«, sagte Estelle.

»Psssscht«, machte Eva und wies auf Greta, die in der hintersten, dunklen Ecke in ihrem Kinderwagen schlief.

»Ich brauch ein bisschen Zeit mit Kiki. Alleine«, hatte Max gesagt. Eva war ein williger Babysitter. Sie selbst hatte fünfzehn Jahre gebraucht, um kinderlose Inseln zu schaffen. Man konnte nicht früh genug damit beginnen, sich darin zu üben, nicht nur als Eltern zu funktionieren, sondern zugleich ein Liebespaar zu bleiben. Greta war bestens aufgehoben bei Eva und den Dienstagsfrauen. Aber war Kiki gut aufgehoben bei Max?

Vom Burginnenhof waren die wütenden Stimmen des jungen Paares zu hören. Max' empörtem »Wie konntest du nur? Ausgerechnet mit diesem Idioten« folgte Kikis mindestens so erzürntes »Wir waren auseinander in der Woche«.

Caroline schloss das Fenster. Sie sah, wie Max wütend

weglief, dann noch einmal umdrehte, Kiki etwas in die Hand drückte und davonrauschte.

Wenig später kehrte Kiki mit schuldbewusster Miene zu den Freundinnen zurück. Gerührt streichelte sie die Wange von Greta, die von der Auseinandersetzung ihrer Eltern nichts mitbekommen hatte.

Die Freundinnen scharten sich um Kiki. Sie warteten auf eine Erklärung.

»Er wollte mir einen Heiratsantrag machen«, schniefte Kiki und zeigte das Schmuckstück aus buntem Glas. »Er hat den Ring selbst entworfen. Und ich hab alles versaut.«

Nur Estelle wagte, kritisch nachzufragen: »Und was ist? Ist sie seine Tochter?«

Kiki sah Estelle erschreckt an.

»Eure Diskussion war nicht zu überhören«, erklärte Judith.

»Natürlich ist Max der Vater«, wehrte sich Kiki energisch, machte eine Pause und klang dann schon weit weniger überzeugt. »Höchstwahrscheinlich. Es sei denn …«

Hilflos blickte sie in die Runde.

Eva war entsetzt: »Das ist nicht dein Ernst.«

»Es gab einen anderen?«, hakte Caroline nach. Erst einmal Fakten sortieren.

Kiki biss auf ihren Lippen herum: »Greta sieht Max ähnlich, oder? Die Ohren, der Haaransatz? Ganz der Vater. Was findet ihr? Man sieht doch, dass sie seine Tochter ist.«

»Es gab einen anderen, und Max hat es rausgefunden?«, fasste Caroline zusammen.

Kiki nickte: »Max ist total enttäuscht von mir. Und meine Schwiegereltern erst.«

»Die mochten dich vorher auch nicht«, erklärte Estelle

wenig charmant. »Bevor du den Kronprinzen betrogen hast.«

»Ich habe ihn nicht betrogen«, wehrte sich Kiki. »Das war in der Woche, als ich Schluss gemacht hatte.«

Die Freundinnen verdrehten die Augen. Kiki und ihre endlosen Männergeschichten blieben Quell ewigen Unheils.

Allein Eva interessierte sich dafür, was der andere Mann in Kikis Leben bedeutete: »War er wichtig für dich? Dieser andere?«

»Da war nichts. Fast nichts«, erklärte Kiki. »Das war ein ganz klein bisschen Koitus und viel interruptus. Es war so kurz, dass ich mir kaum seinen Vornamen merken konnte. Ich wollte mir beweisen, dass ich gar nichts von Max will.«

Judith brachte es auf den Punkt: »Was ist, wenn ein langzeitüberlebender Spätzünder Gretas Vater ist?«

»Ist das so wichtig?«, fragte Kiki.

Estelle nickte: »Wenn die Mütter anstrengend werden, braucht man einen richtigen Vater. Ich weiß das. Ich komme selbst aus einer Familie.«

Eva redete Kiki ins Gewissen: »Die Frage, wer der biologische Vater von Greta ist, wird dich nie loslassen, Kiki«, sagte sie. »Greta wird spüren, dass es ein Geheimnis gibt. Und irgendwann wird sie von dir die Wahrheit verlangen.«

»Schon mal an einen Test gedacht?«, fragte Caroline.

»Ich habe solche Angst, Max zu verlieren.«

Estelle schüttelte den Kopf: »Sollte ich einen Krisenmanager brauchen, Kiki frage ich bestimmt nicht.«

Eva ging Kiki noch energischer an: »Wenn du Mist gebaut hast, ist das deine Sache. Aber Greta verdient die Wahrheit.«

»Ich bin hundemüde«, sagte Kiki zerknirscht. »Es kostet unendlich viel Energie, ich zu sein.«

»Du kannst unser Zimmer haben«, beschloss Caroline. »Ich ziehe zu Estelle.«

»Ach ja?«, erkundigte sich Estelle.

»Ja«, bestimmte Caroline.

»Das einzig Gute daran, wenn Beziehungen im Urlaub kaputtgehen, ist, dass der Koffer schon gepackt ist«, stöhnte Estelle.

Eine halbe Stunde später suchte Caroline auf der übervollen Badezimmerkonsole in Estelles Hotelzimmer zwischen achtzig Tuben, Döschen, Cremes, Tinkturen, Schwämmchen, Bürsten und Applikatoren einen Platz für ihre Zahnbürste und die Niveacreme.

»Viele unserer Gäste trauen sich nicht in den Spiegel zu schauen, weil sie nicht wahrhaben wollen, was ihre Lebensweise mit ihrem Körper anrichtet«, hatte Bea Sänger erklärt. Estelle kümmerte sich höchstpersönlich um jeden Zentimeter ihres Körpers, vom Haupthaar bis zum Zehennagel. Estelle schrubbte, peelte, cremte, kämmte und zupfte hingebungsvoll. Caroline bestaunte das Arsenal an Instrumenten und Zubehör. Das meiste könnte sie nicht einmal benennen.

»Brauchst du das alles?«, fragte Caroline.

»Von Beziehungsstress bekomme ich Pickel«, entschuldigte sich Estelle. »Vor allem, wenn es der von Kiki ist.« Sie hüllte sich in einen Bademantel, den sie, wie die Aufschrift enthüllte, bei ihrem Dubaiaufenthalt im Burj Khalifa hatte mitgehen lassen. Sie verzog sich ins Bett und tunkte mit leidender Miene einen Teebeutel in eine Tasse heißes Wasser. »Ich bin ein großes, trinkendes Elend«, sagte sie. Fünf Minuten später war Estelle entschlummert.

Es war nicht einmal zehn Uhr. Caroline spürte Panik

aufsteigen. Bea Sängers Schlaftrunk half nicht. Vor dem Fenster flatterten Schatten von Fledermäusen vorbei. Wenn sie wenigstens einen Stapel Arbeit in die Burg geschmuggelt hätte. Am liebsten hätte sie Estelle geweckt, die mit Augen- und Handmaske ihren Schönheitsschlaf absolvierte. Die Nacht lag wie ein gähnender schwarzer Tunnel vor ihr. Zwölf lange Stunden, bis es wieder hell würde. Caroline setzte in Gedanken die Puzzlestücke zusammen. Gretas Vaterschaft klärte ein simpler Test, bei Eva lag der Fall schwerer. Ihre eigenen Probleme waren weit in den Hintergrund gerutscht. Wichtig war, den Freundinnen beizustehen.

46

Im Tal fing sich der Nebel, die Finsternis hatte die Burg fest im Griff. Nur mühsam schälten sich die Umrisse der Zinnen und Türme aus dem Dunkel. Tag vier der Fastenkur war angebrochen und nichts so, wie es sein sollte. Im zweiten Stock der Kemenate flammte das Licht auf dem Gang auf. Der Tag hatte begonnen. Jedenfalls für Greta, die mit lautstarken Unmutsbekundungen zu verstehen gab, dass es Zeit fürs Frühstück war. Auf Socken und Zehenspitzen tapste eine übermüdete Kiki mit Greta auf dem Arm in Richtung Küche.

Mitten in der Nacht hatte sie Max eine E-Mail geschrieben. *Lass uns einen Test machen.* Die Antwort von Max fiel ebenso knapp wie eindeutig aus. *Eben meine Zahnbürste und Gretas Schnuller für den DNA-Test eingetütet. Nächsten Mittwoch haben wir das Ergebnis. Bis dahin nehmen wir am besten eine Auszeit.* Das Leben rauschte an Kiki vorüber. Es ging viel zu schnell: Die Affäre mit Max, Zusammenziehen, Job verloren, Greta, jetzt der Krach: Wenn sie in diesem Tempo weitermachte, könnte sie sich schon mal bei Hagen Seifritz nach einer passenden Grabstelle erkundigen. Kiki hatte keine Ahnung, was am besten war. Sie wusste nur, dass sie eine Verschnaufpause brauchte.

Falk hatte ihr zu verstehen gegeben, dass sie und Greta

bis zum Ende der Fastenwoche in der Personalküche willkommen wären. Er empfing sie mit frisch gebrühtem Kaffee und duftendem Brot.

»Ich sehe aus wie Rudolf, das rotnasige Rentier«, entschuldigte sich Kiki. Die Auseinandersetzung mit Max hatte ihr den Boden unter den Füßen weggezogen.

Falk rückte einen Kinderstuhl zurecht und polsterte ihn mit Geschirrhandtüchern so aus, dass Greta sicher abgestützt war. Sie strahlte ihn an. Die Kleine setzte mühelos um, was Leo Falk am ersten Abend gepredigt hatte: Greta beurteilte Menschen ohne Rücksicht auf Vergangenheit, Status und Perspektiven. Falk war freundlich. Falk gefiel ihr. Das Leben war schön.

Kiki wünschte, sie könnte das genauso sehen. »Ich habe noch nie eine Beziehung richtig durchgehalten«, gestand sie. »Ich war von der Fraktion keine gemeinsamen Pläne und kein Frühstück.«

»Schwierig mit Kind. Und ganz schlecht für die Gesundheit«, sagte Falk und schob ihr Brot und Belag hin.

»Meine Schwiegereltern haben es immer schon gewusst. Das wird nichts.«

»Sie können sehr viel mehr, als Sie denken.«

»Stimmt«, gab Kiki zu. »Ich habe viel gelernt im letzten Jahr. Geben Sie mir ein bisschen aufgeschäumte Milch und ich schreibe Ihren Namen in den Kaffee. Ich bin die Beste in Coffee Art.«

»Das nennt man Sabotage, was Sie da betreiben. Sie sabotieren sich selbst.«

Falk legte einen Block und einen Stift vor Kiki hin. »Ich war früher einmal Manager. Wissen Sie, was wir gerne mit Studenten gemacht haben, die sich bei uns bewarben? Die mussten ihre Lebensgeschichte aufschreiben. Die Aufgabe war, allem, was ihnen im Leben widerfahren ist, einen positiven Dreh zu geben.«

»Gescheiterte Beziehungen, ungeklärte Vaterschaft, joblos, tolle Erfolgsgeschichte.«

»Sie machen es zu einer. Sie alleine«, sagte Falk und pochte mit den Fingern auf das Papier. Greta quietschte fröhlich. Das Ticken war lustig.

»Ich kann besser zeichnen als schreiben«, gab Kiki zu bedenken.

»Punkt eins. Sie können zeichnen.«

»Ich habe nur ein Bein, das ist sehr schön, weil dadurch Socken doppelt so lange halten. In dem Stil?«

Greta lehnte sich nach vorne, patschte mit ihrer kleinen Hand auf das Papier und sprach ernsthafte Worte, die nur sie selbst verstand. Falk und Kiki lachten. Greta war stolz auf ihren Erfolg.

»Sie werden staunen, was Sie alles geschafft haben«, sagte Falk. Und dann gar nichts mehr. Bea, schon im Sportdress für die Morgengymnastik, erschien in der Küche.

»Sie nehmen nicht mehr am Programm teil?«, fragte Bea. Sie hatte den stillen Vorwurf perfektioniert. Sie äußerte sich nicht direkt, und trotzdem hatte Kiki das Gefühl, alles falsch zu machen.

»Vielleicht ein anderes Mal«, versprach Kiki. »Nicht dass es mir nicht gefallen hätte. Im Gegenteil.«

Bea zuckte nicht mit der Wimper, als ob das Leben ohnehin voller Enttäuschungen war. Sie setzte Tee auf.

»Ich habe nicht durchgehalten«, entschuldigte sich Kiki kleinlaut.

»Was haben wir vorhin besprochen?«, insistierte Falk.

»Ich entschleunige mit meiner Tochter. Nur wir beide«,

versuchte Kiki ihrem Scheitern eine positive Wendung zu geben. »Bis nächsten Montag haben wir keine Verpflichtungen.« Ungemütliche Stille füllte den Raum. Greta bedauerte, dass das schöne Spiel schon vorbei war. Sie schlug aufs Papier und hoffte, dass die grimmigen Erwachsenen wieder lachten. Doch das taten sie nicht.

Kiki blickte unfreiwillig in den Abgrund einer Beziehung. Keine Berührung, kein flüchtiger Kuss, keine vertraute Geste. Die körperliche Entfernung gab preis, was die beiden tunlichst zu verheimlichen suchten. Bea Sänger und Leo Falk würden nie wieder mit glücklichen Augen davon erzählen, wie sie sich kennengelernt haben. Anfänge waren magisch: Man bemühte sich, früh aufzustehen, obwohl man vor neun Uhr nicht ansprechbar war, deckte den Tisch, als käme der König höchstpersönlich, versuchte sich an Soufflé, obwohl man gar nicht kochen konnte, und fand jeden noch so versteckten Leberfleck. Leo Falk und Bea Sänger hatten selbst die »Du-hättest-wenigstens-anrufen-können«-Phase hinter sich gelassen. Bea würdigte Falk mit keinem Blick. Sie hatte aufgegeben. Es hatte keinen Sinn zu reklamieren, dass er zu wenig zu Hause war, zu viel arbeitete und ohne Rücksprache Fastenschülern Frühstück servierte. Diese beiden hatten sich nichts mehr zu sagen. Außer Alltagsdingen.

»Die Dusche auf Zimmer 34 funktioniert nicht.«

»Das Zimmer der Eisermanns?«

»In Bad Pyrmont passiert so was natürlich nie«, ahmte Bea die quäkende Stimme von Frau Eisermann nach.

»Ich kümmere mich«, antwortete Falk genervt.

»Das hast du gestern auch schon gesagt«, beklagte sich Bea. »Und der Emmerich hat die neue Baumschere irgendwo hingelegt, wo niemand sie finden kann. Wieso beschäftigen wir den noch?«

Im Geiste notierte Kiki auf ihrer Positivliste, dass sie froh war, dass ihr der eheliche Stellungskrieg mit Max erspart geblieben war.

Greta lachte, als wären Falk und Bea die größten Clowns unter der Sonne. Vielleicht waren sie das ja auch. Bea ging ohne Gruß. Falk fühlte sich genötigt, eine Erklärung abzugeben.

»Ich bin wie ein Fußballtrainer. Ich verstehe etwas von Taktik und Theorie. Das heißt noch lange nicht, dass ich selbst Tore schießen kann.«

»Was ist es bei Ihnen?«, fragte Kiki nach.

»Das Übliche: zu früh geheiratet, zu schnell Kinder bekommen, zu viel gearbeitet, zu leichtfertig hingeworfen, zu unüberlegt von vorne begonnen. Wieder geschieden. Und auch beim dritten Versuch nichts besser gemacht.«

Er sagte das beiläufig, nüchtern. »Bei mir ist es zu spät. Aber Sie haben noch ein halbes Leben Zeit, alles besser zu machen.«

Die Tür sprang noch einmal auf. Bea hatte etwas vergessen. Sie kramte einen Zettel aus ihrer Hosentasche.

»Eine Regine Beckmann hat gestern Abend viermal angerufen«, sagte sie. »Ihre Tochter soll unbedingt zurückrufen. Haben wir eine Frau Beckmann hier?«

»Regine Beckmann?« Falk rang um Fassung. »Bist du sicher?«

»Jemand aus deinem Fanclub?«, fragte Bea schnippisch.

»Regine Beckmann, das ist die Mutter von Eva«, platzte Kiki heraus.

Mit Falks lässiger Haltung war es vorbei.

Kiki nahm den Stift und kritzelte den ersten Satz auf das Papier. *Ich bin nicht die Einzige, deren Beziehungsleben chaotisch ist.*

47

Sie waren zu dritt an diesem Morgen. Estelle, ihr innerer Schweinehund und dieser aufsässige Kobold, der ihr einflüsterte, dass sie ohne Kaffee keine körperliche Ertüchtigung vertragen konnte. Gesellschaft auch nicht.

»Wenn Sie sich in der Fastenperiode nicht bewegen, droht ein Verlust von Muskelmasse«, hallte Beas Stimme in ihrem Kopf.

Lieferanten, Postboten, Handwerker: Es gab ganze Bevölkerungsgruppen, denen die Gnade des späten Aufstehens nicht gegeben war. Erholungssuchende Fastende gehörten dazu. Auf der Wiese hatte sich die Gruppe zum Frühsport versammelt, um mithilfe von Skippy-Bällen gemeinschaftlich dem Muskelschwund zu trotzen. Estelle leuchtete nicht ein, dass eine Gesellschaft sich an den Bettzeiten von Hühnern, Vögeln und frühen Würmern orientierte. Zeitiges Aufstehen wurde chronisch überbewertet. Und Morgengymnastik auch.

»Nicht ansprechen«, warnte Estelle ihre Freundinnen. »In Wirklichkeit schlafe ich noch.«

Mit nassen Füßen und Gänsehaut stand sie bibbernd auf der Wiese und rollte einen hysterisch bunten Skippy-Ball vor mittelalterlicher Kulisse. Wenn jetzt Außerirdische landeten, hielten sie die Erdbewohner ohne Zweifel für wahnsinnig. Zu Recht, fand Estelle. Judith neben ihr gab ihr Bestes. Sie war Beas Musterschülerin.

»Rücken auf den Ball, Füße auf den Boden, im Neunzig-Grad-Winkel, Hände hinter die Ohren«, hauchte Bea. »Zehn Mal hoch, erst den linken Ellenbogen, dann den rechten, immer abwechselnd. Und eins, zwei, drei.«

Jeder mühte sich nach Kräften. Hagen Seifritz stöhnte, die Walküre jammerte, das Mutter-Tochter-Duo zeigte sich überraschend gelenkig, und Judith übte sich als Vorturnerin. Estelle probierte, ihren Körper trotz der frühen Morgenstunde zu einem koordinierten Bauchmuskeltraining zu überreden. Wenn sie sich bewegte, könnte sie ihren Gedärmen ein gutes Vorbild sein und sie dazu animieren, ihre Tätigkeit zu intensivieren.

»Vier, fünf, sechs und sieeeeeben.«

»Ich fühl mich wie ein ausgewrungener Waschlappen«, stöhnte Estelle.

»Frag mich mal, wie's mir geht«, klagte Eva.

»Und wie geht's dir?«, erkundigte sich Estelle.

»Frag lieber nicht«, ächzte Eva.

Bis acht hielt Estelle durch. Bei neun verlor sie das Gleichgewicht und rutschte ins nasse Gras, wo sie von Helmut und Hannelore mit herzlichem Geschnatter begrüßt wurde.

»Darf man sich fürs Fastenbrechen was zum Essen wünschen?«, fragte sie mit bitterbösem Blick auf das geschwätzige Federvieh.

Die Konzentration der Gruppe war dahin, das Gleichgewicht auch. Estelles wild gewordener Skippy-Ball kegelte Hagen Seifritz von seinem Sportgerät. Der Hüne rutschte seitlings von seinem Ball ab, riss Simone gleich mit sich und begrub die »Chronik der Dorsch-Werke« unter sich, die Eva ununterbrochen mit sich herumschleppte.

»Geht's?«, fragte Hagen seine Schicksalsgenossin.

»Nicht ansprechen. Ich leide«, murmelte Estelle.

Von der angekündigten Fastenheiterkeit spürte sie nichts. Von der Schärfung der Sinnesorgane umso mehr. Der verschwitzte Hagen verströmte einen Geruch, der vage an seinen Beruf erinnerte.

»Ich bin so müde«, klagte Estelle. »Ich hatte die ganze Nacht Albträume.«

»Das hat etwas mit der Entgiftung zu tun. Sie nehmen alles viel intensiver wahr«, erklärte Bea mit ihrer weichen Stimme.

»Es sind Geruchsalbträume. Ich träume von verschwitzten Hausschuhen. Und von Tee. Eimer voll Tee.«

»Das ist Durst. Sie müssen mehr trinken«, quäkte Frau Eisermann. »Ich habe es immer gesagt: Trinken, trinken, trinken.«

Am vierten Morgen hatten sich alle Giftstoffe gelöst und suchten über verbale Entgleisungen den Weg nach draußen. Die Stimmung war gereizt und aggressiv.

»Wollen Sie einen Schluck Wasser?«, versuchte Bea die Situation zu entschärfen.

»Mit Whiskey, gerne«, antwortete Estelle, deren innerer Kobold keine Ruhe gab.

»Merken Sie nicht, dass Sie die Gruppe permanent stören«, monierte Frau Eisermann. Ihr Blick wanderte Beifall heischend über die fastenden Mitstreiter.

»Das war ein Witz, einfach nur ein Witz«, zischte Estelle.

Natürlich hatte auch Herr Eisermann etwas zum Thema beizutragen. »Wir begeben uns alle freiwillig auf diesen Weg«, fiel er als zweite Stimme ein.

»Sie vielleicht«, schüttelte Estelle den Kopf. »Ich werde von Chanel gezwungen.«

Ein Tumult brach los. Die einen wollten weitermachen, die anderen diskutieren, die dritten klagen, Helmut und Hannelore schnatterten, und der angeleinte Dackel wütete, weil er den beiden leckeren Dingern immer noch nicht näher gekommen war. Die Gruppe war kurz davor, sich gegenseitig die Skippy-Bälle über die Köpfe zu schlagen.

Bea explodierte: »Einfach mal die Klappe halten«, herrschte sie Estelle an.

Blitzschnell wandte sie sich zu den Eisermanns, die bereits den Mund öffneten, um Bea zu diesem beherzten Schritt zu gratulieren.

»Das gilt auch für Sie beide.«

Estelle wandte sich an Eva: »Heilfasten scheint nicht besonders entspannend zu sein. Nicht mal für diejenigen, die es unterrichten«, sagte sie so laut, dass es jeder hören konnte.

»Die Stunde ist beendet«, verkündete Bea mit zuckenden Mundwinkeln, drehte sich um und rannte weg.

»Sie macht ihre Arbeit, und das macht sie gut«, empörte sich Judith.

»War ich das?«, fragte Estelle überrascht.

»Lass deine Launen an jemand anderem aus«, herrschte Judith sie an und lief ihrer Fastentrainerin hinterher, die in Richtung Burg verschwunden war.

48

Den ganzen Morgen hatte Eva darüber nachgedacht, was der nächste Schritt sein könnte. Aber wie sollte sie nachdenken mit hungrigem Magen und aufgeregten Freundinnen? Estelle litt unter heftigem Lagerkoller, Kiki hatte einen Vater zu viel, Eva einen zu wenig. Die Fastenkur drohte zu einem Desaster zu werden.

»Ich weiß jetzt, was Entschleunigung bedeutet«, sagte Estelle, als sie im Speisesaal zusammenkamen, »nach ein paar Tagen will man schleunigst entschwinden.«

»Reisende soll man nicht aufhalten«, verkündete Frau Eisermann laut am Nebentisch.

Das Schöne am Reisen war, dass man viele Menschen traf. Das Unangenehme war, dass darunter ausgerechnet jemand wie Frau Eisermann sein musste.

Estelle flüsterte: »So eine Gruppe, diese ständigen Regeln, die festen Zeiten. Das nächste Mal gehen wir gleich ins Kloster. Oder ins Bootcamp.«

Die gelöste Lockerheit, die mit der Erkenntnis einhergehen sollte, auf was man alles verzichten kann, wollte sich nicht einstellen. Anstatt sich nicht mehr an dem zu stören, was von außen kam, störte Estelle sich an allem, was von innen kam.

»Heilfasten ist nichts für mich«, beschloss sie. »Den ganzen Tag soll ich in mich reinspüren. Ich hör nur meinen Magen. Und der ist schwer beleidigt.«

»Du willst aufgeben?«, fragte Caroline.

Die Frage schwebte unbeantwortet in der Luft, als die Tür zur Küche aufsprang. Mittagszeit. Suppenzeit. Bea, die die Gruppe normalerweise begleitete, war nirgendwo zu sehen.

»Aufgeben, ich?« Estelle schüttelte energisch den Kopf: »Im Gegenteil: Ich trete in Hungerstreik«, sagte sie. »Ich protestiere gegen die Humorlosigkeit, das Schweigegebot und die autoritäre Führung. Ich akzeptiere nur noch die minimale Grundversorgung.«

Der halbe Liter Achenkirchner gehörte offensichtlich dazu. Estelle nahm einen Löffel Brühe und verstummte. Eva verstand, warum. Mit dem ersten Schluck breitete sich ein wohliges Glücksgefühl aus.

»Die haben das Rezept geändert«, mutmaßte Estelle.

Mit verzückten Mienen löffelten die Freundinnen ihre Suppe. So langsam und schweigend, wie Bea es von Anfang an eingefordert hatte. Kein Wort war im Speisesaal zu hören. Hagen Seifritz lächelte berauscht, der Chauffeur, normalerweise grau wie Stein, zeigte Farbe, die schlecht gelaunte Walküre ein vorsichtiges Lächeln, und Simone vergaß sogar ihre renitenten Haarsträhnen zu bändigen, so konzentriert nahm sie Löffel für Löffel zu sich.

»Seht ihr jetzt, wie recht Bea hatte«, sagte Judith. Sie fühlte sich aufgerufen, ihre Fastentrainerin zu verteidigen.

Eva fühlte sich leicht im Kopf. Was interessierte sie ein bisschen Krach bei der Gymnastik? Was kümmerte sie, dass sie nachts alle drei Stunden auf die Toilette musste von all dem Wasser und Tee? Was machte es aus, dass sie morgens weder die Augen auf noch die Füße aus dem Bett bekam?

230

Selbst die Vergangenheit war ihr einen Moment lang egal. Die Belohnung war jede Qual wert.

»Das ist die beste Suppe, die ich je gegessen habe«, flüsterte sie so leise wie möglich, als gefährde eine laute Stimme die Erhabenheit des Moments.

»Ich kann dir das Rezept geben«, raunte Judith.

Etwas Entscheidendes war passiert. Sie begriffen nur zu gut, dass sich nicht die Fastenmahlzeit, sondern ihre Wahrnehmung verändert hatte.

»Ich glaube, wir sind über den Berg«, sagte Caroline und musste auf einmal lachen. Und die Freundinnen mit ihr. Die Spannung des Morgens wich. Eine gelöste Atmosphäre breitete sich aus.

»Die Brühe ist dünn, aber sie macht satt«, begeisterte sich Eva. »Ich verstehe nicht, wie Leute eine Vorsuppe essen können und danach ein Hauptgericht.«

Es hätte alles so schön sein können. Wenn die Realität sie nicht mit einem Schlag eingeholt hätte. Kiki tauchte auf und zwängte sich neben Eva. Sie hatte schlechte Nachrichten.

»Du sollst deine Mutter zurückrufen«, sagte sie. »Sie hat es schon ein paar Mal probiert.«

Evas Lügengebäude brach zusammen. Sie aß stur weiter.

»Es ist kein Zufall, dass wir ausgerechnet in Achenkirch gelandet sind, nicht wahr?«, fragte Kiki weiter. »Sie kennen sich? Oder? Falk und Regine?«

Eva fühlte, wie das Blut aus ihrem Kopf wich. Sie spürte die Blicke ihrer Freundinnen. Sie hielt sich an der Routine fest. Am Löffeln. Am Geschmack. An den Ritualen. Eben war sie glücklich gewesen. Jetzt war alles vorbei. Jetzt war alles vorbei. Die Lawine, die sie losgetreten hatte, überrollte sie mit aller Macht.

»Meine Mutter hat hier auf der Burg gearbeitet. Neun

Monate vor meiner Geburt«, sagte sie, ohne von ihrer Suppe aufzuschauen.

So ähnlich hatte sie sich gefühlt, als sie in der dritten Klasse einen Aufsatz schreiben sollte zum Thema »Der Beruf meines Vaters«. Eva hatte sich in Grund und Boden geschämt, als sie vor der ganzen Klasse nachfragen musste, ob auch der Beruf des Großvaters gelte. Es war das erste Mal gewesen, dass sie öffentlich zugegeben hatte, keinen Vater zu haben, über den sich Nennenswertes berichten ließ. Sie war wie Falk, der keine Socken trug, weil er die Traumata seiner Kindheit mit sich herumschleppte. War sie wie Falk?

Caroline sprang ihrer Freundin bei: »Eva hat einen Brief bei Regine gefunden. Von Leo Falk.«

Eva nickte: »Die beiden kannten sich. Die Frage ist, wie gut.«

»Deswegen zieht ihr durchs Dorf, stellt merkwürdige Fragen und legt alte Gräber frei«, begriff Estelle. Die Überraschung ihrer Freundinnen gefiel ihr. Ihr Trick noch mehr: »Eine Hydro-Colon-Therapie hat den angenehmen Nebeneffekt, dass man den Dorfklatsch gratis dazubekommt.«

»Ihr wusstet das?«, fragte Judith entsetzt.

Kiki tröstete die Freundin: »Ich war bis eben genauso ahnungslos wie du.«

Eva war klar, dass es kein Zurück mehr gab: »Erst esse ich auf. Ganz langsam. Sonst bekomme ich Bauchschmerzen. Und dann rede ich mit Leo Falk.«

49

Das Wetter hatte jäh umgeschlagen. Regen rann über die Stufen der Burg, er tropfte von den Dächern, sammelte sich in vergessenen Wassergläsern und klatschte gegen die Fenster. Das Gelb der Pflanzlampen im Gewächshaus leuchtete blass aus der milchigen Suppe heraus. Die düsteren Burggemäuer verschwammen vor dem grauen Himmel. Selbst Helmut und Hannelore konnten dem Wetter nichts abgewinnen, verbarrikadierten sich im Schuppen und schwiegen zu den neusten Entwicklungen.

Judith zog durch die Landschaft. Der Regen verwandelte den Weg in eine Schlitterbahn. Ein paar wild gewordene Mountainbiker überholten sie. Wasser spritzte an ihren Beinen hoch. Judith konnte das nichts anhaben. Energisch rammte sie ihre Gehstöcke in den rutschigen Boden. Im straffen Tempo stapfte sie über den steilen Pfad, der in früheren Jahrhunderten als Eselsweg für die Wasserversorgung gedient hatte. Der Regen tat ihr gut.

Man brauchte sechshundert Muskeln, um im forschen Schritt zu marschieren und gleichzeitig Nordic-Walking-Stöcke zu bewegen. Judith hoffte, dass unter diesen sechshundert auch die Muskeln waren, die ihr Wutzentrum antrieben. Und die Verspannungen lösten. Judith war verletzt, dass niemand sie eingeweiht hatte. Sie war verletzt, dass niemand ihr die Gelegenheit gegeben hatte, sich als gute Freundin zu beweisen.

»Ich wollte das erst einmal mit mir selbst ausmachen«, hatte Eva erklärt. Caroline war im Gegensatz zu ihr klug genug gewesen, trotzdem zu merken, was los war.

Judith war nicht die Einzige, die die Einsamkeit suchte. Aus einem Unterstand am Waldrand stieg eine dünne Rauchsäule auf. Ein Paar Beine in Turnschuhen lugten aus dem Bretterverschlag heraus. Als sie näher kam, entdeckte sie, dass es nicht die kleine Simone war, die hier Verstecken spielte. Es war Bea Sänger.

»Nach meiner ersten Heilfastenwoche in Achenkirch habe ich aufgehört. Acht Jahre ist das her. Jetzt habe ich einen unserer Köche angeschnorrt.«

Judith setzte sich zu Bea. »Estelle meint das nicht so. Sie müssen das nicht persönlich nehmen.«

»Der Leo kann das. Mit den Gästen umgehen«, bezichtigte sich Bea. »Der ist schlagfertig, erfindet Sagen und macht eigenhändig Frühstück, wenn Gäste nicht durchhalten. Und für jeden hat er einen ganz persönlichen Ratschlag auf Lager. Leo schafft es, jedem das Gefühl zu vermitteln, er wäre der wichtigste und der einzige Gast. Und am Ende sind alle ein bisschen verliebt in ihn.«

Judith fühlte sich ungemütlich. War sie nicht selbst ein klein wenig verliebt in Leo Falk?

»Ich finde, Sie machen das toll«, meinte Judith ehrlich.

Bea schüttelte den Kopf: »Ich könnte die Eisermanns erwürgen. Und selbst das hilft nicht. Leute wie die Eisermanns sind geklont. In jeder Gruppe gibt es ein Paar, das alles besser weiß. Und eine Estelle, die alles infrage stellt.«

»Meine Freundinnen können anstrengend sein.«

»Mir hat Leo dasselbe gesagt wie Kiki Eggers. Ich habe einen neuen Lebenslauf voller Höhepunkt geschrieben. Sechs Monate später habe ich meine Stelle aufgegeben und bin hierher gezogen. Hals über Kopf. Heute frage ich mich, was ich hier suche.«

»Sie haben einen Mann an Ihrer Seite«, meinte Judith.

»Leo und ich ergänzen uns perfekt«, gab Bea zu. »Er liefert die Theorie, ich setze sie um. Er macht das Frühstück, ich das Abendessen. Ich koche. Er isst. Er läuft am Wochenende durch die Natur. Ich will ins Theater. Ich liebe das Meer, er die Berge. Ich wünsche mir ein Kind. Er hat das bereits hinter sich. Ich will heiraten. Er ist schon verheiratet. Mit der Burg.«

»Klingt schwierig«, nickte Judith.

»Wir ergänzen uns perfekt«, erklärte Bea. »Leider passen wir nicht zusammen.«

Sie zündete sich die nächste Zigarette an.

»Ich habe keine Lust, neu anzufangen. Nicht noch einmal. Das schaffe ich nicht.«

Judith hatte das Gefühl, sich selber zu begegnen. Sie dachte immer, das Unglück hätte sie fest im Griff. Als sie mit Bea sprach, begriff sie, dass sie einen Schritt weiter war. Sie lebte alleine, und sie hielt es aus.

»Vor Leo war ich vier Jahre Single«, gestand Bea. »Das ist nicht meins. Ich empfinde das als Verschwendung, alleine zu leben.«

»Sogar ich habe das hinbekommen«, lachte Judith. »Und das will was heißen.«

»Ich weiß schon lange nicht mehr, was mich hier hält«, gab Bea zu, ohne die Augen von Judith zu wenden. Ihr Blick traf Judith wie ein Blitz.

50

»Herr Falk ist noch in einer Besprechung.«

Eva schlenderte durch den modernen Teil der Burg, der Besuchern zumeist verborgen blieb. Das Stockwerk über dem Rittersaal beherbergte den funktionalen Bürotrakt. Vergangenheit war hier nur noch Staffage. In beleuchteten Glaskästen lagen Fundstücke aus der Jurazeit: Urvögel, Libellen, urzeitliche Ammoniten, Abbildungen von Pflanzen, die vor Millionen von Jahren die Landschaft im Altmühltal prägten. Die Burg Achenkirch war nicht nur Relikt aus dem Mittelalter, sondern zugleich ein moderner Hotel- und Freizeitbetrieb. Hinter mattierten Glaswänden verhandelte Falk mit Vertretern des Landkreises, des Fremdenverkehrsamtes und verschiedener Zweckverbände über die Jahresplanung.

»Früher kamen Stammgäste für zwei bis drei Wochen zum Wandern ins Altmühltal«, erklärte die dynamische junge Frau im Vorzimmer. Sie hatte in Eichstätt am Lehrstuhl für »Tourismus und Entrepreneurship« studiert und nutzte die Gelegenheit, Eva zu beweisen, wie tüchtig sie war. »Heute reichen eine Burg und ein bisschen Landschaft nicht mehr«, führte sie aus. »Wir machen jetzt auf Event: Gruseldiner, Wildschweingelage, Burgfestspiele …«

»Heilfasten«, ergänzte Eva.

»Nächstes Jahr bauen wir voll auf Öko und Co_2-neutral

um«, erläuterte die Vorzimmerdame. »Wenn wir Subventionen bekommen.«

Gerahmte Fotos an den Wänden dokumentierten die Renovierungsarbeiten der letzten Jahrzehnte. Eva betrachtete sie eingehend.

»Unglaublich, wie das hier ausgesehen hat«, kommentierte die junge Frau, die alles im Blick hatte. »Herr Dr. Falk hat alles hingeschmissen, um die Burg wiederaufzubauen. Das ist wie eine alte Liebe, von der er nicht lassen kann.«

»Wenn ich nicht aufpasse, erzählt sie Besuchern meine ganze Lebensgeschichte. Ich kann es mir nicht leisten, unpünktlich zu sein.« Falk war plötzlich aus seinem Büro aufgetaucht.

Die Mitarbeiterin beeilte sich, Falks Geschäftspartner zur Tür zu geleiten.

Eva blieb allein mit Falk, der sie neugierig musterte: »Ich habe die ganzen Tage überlegt, an wen Sie mich erinnern.«

»Es sind die Augen, sagt man«, entgegnete Eva.

Sie war merkwürdig ruhig. Der Hunger war verschwunden. Stattdessen fühlte sie sich stark, euphorisch fast. Sie zweifelte, ob sie es jemals aus eigener Kraft geschafft hätte, sich Falk zu offenbaren. In ihrem Kopf schwirrten tausend Fragen gleichzeitig. Wo sollte sie anfangen?

»Ich wusste nicht einmal, dass Regine schwanger war«, kam Falk ihr zuvor. »Es hat Monate gedauert, bis ich erfahren habe, warum sie ohne ein Wort von der Burg verschwunden ist.«

»Sie waren mit Regine befreundet«, sagte Eva.

Falk nickte.

»Wie befreundet?«

»Wir sind heimlich nach Eichstätt ins Kino getrampt. Ich kann mich an keinen einzigen Film erinnern, den wir gesehen haben. Nur an ihr Knie neben meinem und an den Duft von Haarspray.«

»Und außer Kino?«

Die Mitarbeiterin erschien in der Tür. Mit dem Telefon. Sie blickte zu Eva: »Ich habe ihre Mutter dran. Es scheint wichtig.«

Bei Regine ging es immer um Leben und Tod. Eva hatte begriffen, dass die Vatersuche die ultimative Konfrontation mit ihrer Mutter bedeutete. Seit dem Beginn der Fastenkur überwand sie sich jeden Tag hundert Mal. Eva streckte die Hand nach dem Hörer aus. Es war an der Zeit, in ihrem Leben aufzuräumen. Jetzt.

»Was soll das, Eva?«, polterte Regine, kaum dass Eva Hallo gesagt hatte. »Was willst du bloß in Achenkirch? Wenn du mich gefragt hättest …«

Weiter kam Regine nicht.

»Ich habe dich gefragt. Immer wieder«, unterbrach Eva sie rüde.

Falk machte Anstalten, sich zurückzuziehen. Eva bedeutete ihm zu bleiben. Was sie mit Regine zu besprechen hatte, war kein Geheimnis mehr.

Im Hintergrund hörte Eva eine Kinderstimme. »Ist die Mama böse auf mich, weil ich mich verplappert habe?«

»Ist das Lene?«, fragte Eva nach.

»Wir liegen auf einem Zimmer«, sagte Regine. »Anders hätte ich nie erfahren, dass du mir hinterherspionierst.«

»Ich habe den Brief von Leo Falk gefunden«, sagte Eva. »Er hat dich auf die Burg eingeladen.«

»Und ich habe nie geantwortet. Du kannst dir nicht vorstellen, wie furchtbar die Zeit in Achenkirch war. Der ewige Wind, das Eingesperrtsein, die Regeln. Ich habe nicht das geringste Bedürfnis, mich an Fräulein Dorsch zu erinnern.«

Eva spürte zwischen den Worten die Angst ihrer Mutter heraus. Jahrzehnte hatte sie dieses Gespräch mit Regine ebenso herbeigesehnt wie gefürchtet. Eva befand sich im Auge des Orkans. Die Frage lag offen auf dem Tisch. Es gab kein Zurück mehr. Und keine Ausflucht. Auf jede Frage folgte eine Antwort. Und die würde sie wieder dem Sturm aussetzen. Eva war nicht mehr von ihrem Weg abzubringen. Sie übertönte ihre Mutter: »Trotz allem, was passiert ist, hat Falk geschrieben. Das hat mich interessiert. Das, was passiert ist.«

»Es hat keinen Sinn, über Fehler der Vergangenheit zu reden. Ich habe der Dorsch längst verziehen.«

Regine wich aus. Wie immer.

»Es geht mir nicht um Frieda Dorsch. Es geht um meinen Vater«, sagte Eva.

Ein paar Sekunden war es still in der Leitung. Dann Lachen. Ein nervöses Lachen. »Eva, du glaubst doch nicht im Ernst, du glaubst, Leo …«

Eva betätigte die Lautschaltertaste, sodass Falk mithören konnte. Regines Stimme hallte im Raum. Sie klang zu hoch. Zu schnell. Zu hektisch.

»Ich war unglücklich, und Leo war da. Das war alles. War nicht mein Typ. Diese strubbeligen Haare, die dreckigen Füße. Seine Mutter mästete ihn, weil sie ständig Angst hatte, ihr armer Leo könnte verhungern. Mit so einem Mann kann man kein Leben verbringen.«

Eva musterte den attraktiven und erfolgreichen Mann vor ihr.

Leo grinste schief: »Der Frieder, der früher alle Mädchen hatte, wiegt heute hundertsechzig Kilo, hat eine Glatze und fährt den Discobus.«

»Wer ist bei dir?«, fragte Regine entsetzt.

»Herr Falk steht neben mir. Am besten klären wir das jetzt gleich. Zusammen.«

»So ein Unsinn, Eva. Du kommst sofort zurück, und dann reden wir über alles.«

»Erzähle es mir jetzt. Ich habe Zeit.«

»Du hast keine Ahnung, was du anrichtest. Du stürzt uns alle ins Unglück.«

»Wer ist wir? Du? Ich?«

Regine antwortete nicht mehr. Es war still in der Leitung. »Was ist los?«

»Wir bekommen gerade Besuch«, wich ihre Mutter aus. Regines treue Nachbarn aus dem Bussardweg betraten das Krankenzimmer. Die Schmitzens hatten zwei Rollstühle organisiert.

»Es ist so schönes Wetter«, erklärte Regine. »Wir wollen draußen auf der Wiese picknicken.«

»Oma telefoniert mit Mama«, informierte Lene die Nachbarn. »Die beiden haben Krach.«

»Ich will es wissen, Mama. Jetzt«, insistierte Eva.

»Wir reden später weiter«, beendete Regine das Gespräch. »Wenn du dich beruhigt hast.«

Eva konnte es nicht fassen. Sie war auf der Suche nach der eigenen Vergangenheit und ihre Mutter schob die Diskussion wegen eines Picknicks auf dem Krankenhausrasen auf.

»Nichts hat sich verändert seit den Sechzigern. Wenn bloß die Nachbarn nichts mitbekommen.«

»Ihre Mutter hat in zwei Dingen recht. Ich sah aus wie ein böhmischer Knödel. Und Ihr Vater kann ich nicht sein. So leid mir das tut.«

Da war wieder der Wind. Eva rutschte aus dem Auge des Sturms. Das Blut sauste in ihren Ohren.

»Ich war nur Ersatzmann für Regine«, gab Falk zu. »Nicht mal zweite Wahl. Sie war verlassen worden, und ich durfte sie trösten. Aber nur ein bisschen.«

»Von wem verlassen?«

»Sie hat den Mann auf dem Maifest getroffen. Unten im Dorf. Ich habe einen halben Heuschober aus ihrem Haar geholt, bevor die Dorsch sie erwischen konnte.«

»Und dann?«

»Tauchte sie nachts in meinem Zimmer auf. Mit einer gepackten Tasche.«

»Sie wollte durchbrennen? Mit dem Mann vom Fest?«

Falk nickte: »Sie wollte über den geheimen Weg runter ins Dorf. Er wartete in der Wilden Ente.«

»Abhauen wohin?«

»Nach Schottland. Gretna Green. Wo man ohne Zustimmung der Eltern heiraten konnte.«

Eva konnte es kaum fassen: »Nach einem gemeinsamen Nachmittag?«

Ihr selbst lägen solche schnellen Entscheidungen fern. Aber Regine, die impulsiv reagieren konnte, war so etwas zuzutrauen.

»Als Regine ins Dorf runterkam, brannte die Wilde Ente. Und der Mann war weg.«

»Weg?«, echote Eva.

»Die Roberta hat immer die Geschichte vom großen Unbekannten erzählt, der das Feuer gelegt haben soll. Niemand hat ihr geglaubt.«

Eva versuchte, das alles in eine logische Ordnung zu bekommen. Regine trifft auf dem Maifest einen Mann, verliebt sich Hals über Kopf und verzieht sich zum Schäferstündchen ins Heu. Am selben Abend will sie mit dem großen Unbekannten flüchten. Und dann war alles schiefgegangen. Hat sie ihn mit einem anderen Mädchen erwischt? Hatte er etwas mit dem Brand zu tun? Oder beides? Immer wieder wies alles auf diesen einen verhängnisvollen Tag hin und den mysteriösen Brand, der Anlass für so viele Gerüchte gab.

Falk war ratlos: »Alles, was ich weiß, ist, dass der Mann kurz danach eine andere geheiratet hat.«

»Erst will er nach Gretna Green, und dann heiratet er eine andere?«

Nicht nur ihre Mutter schien zu hastigen Entscheidungen zu neigen, ihr Vater war ähnlich sprunghaft. Eva sank in sich zusammen: »Das heißt, ich suche jetzt nach dem großen Unbekannten?«

»Gerüchte gab es viele. Das halbe Dorf hat sich damit gebrüstet, mit Regine geschlafen zu haben«, meinte Falk. »Ich glaube, sie war eher prüde. Mehr als küssen war nicht drin. Nicht für mich«, gab Falk zu. »Ihre Mutter war meine erste große Liebe. Aber unerreichbar.«

Eva hatte genug gehört. Sie war fast schon aus der Tür, als Falk sie aufhielt. »Da ist etwas für Ihre Freundin gekommen.«

Er drückte ihr einen großen Briefumschlag in die Hand. Auf dem Absender stand der Name von Carolines Kanzlei.

»Es tut mir leid«, sagte Falk. »Es hätte mir gefallen, ein Kind zu bekommen, mit dem man von vorne anfangen kann. Wenn Sie meine eigenen Kinder fragen, haben Sie nicht viel verpasst, dass Sie mich nicht als Vater haben.«

51

Das Heu kam von den Wacholderheiden des Altmühltals, der Trost von Judith und Estelle, die wichtigsten Informationen von Caroline. Der mysteriöse Umschlag enthielt einen Stapel von kopierten Zeitungsartikeln, die der Mitarbeiter der Kanzlei über den Brand und die Wilde Ente zusammengetragen hatte. Caroline kümmerte sich um die Aufarbeitung der Vergangenheit, während die Freundinnen sich im neuen Wellnesstrakt der Burg der Entspannung hingaben. Die ehemalige Waffen- und Gerätekammer grenzte direkt ans Hauptgebäude und beherbergte Dampfbad, Sauna und Räumlichkeiten für Spezialanwendungen.

Eva lag auf einer Holzstellage, eingewickelt in ein weißes Leintuch. Eine Schicht warmen, feuchten Heus bedeckte ihren ganzen Körper. Das Heubad war die letzte Anwendung des Tages, sollte die Entgiftung und Entschlackung vorantreiben und den Fastenden die nötige Bettschwere verleihen. Caroline glaubte nicht mehr an Naturwundermittel. Sie verzichtete auf das Bett im nassen Kornfeld, machte es sich in einem gemütlichen Korbsessel neben den eingepackten Freundinnen bequem und blätterte konzentriert durch die Materialien aus der Kanzlei.

»Glaubst du Falk?«, fragte Judith, die neben Eva im Heu lag.

»Jemand, der zugibt, dass er seine Jugend als Knödel durchgebracht hat, ist ehrlich«, folgerte Estelle.

Eva war nicht überzeugt: »Ich weiß gar nicht mehr, was und wem ich glauben soll.«

Anstatt sich an dem Duft von frisch gemähten Wiesen und duftenden Kräutern zu erfreuen, malte sie sich aus, wie eine Liebe ausgesehen haben muss in einer Zeit, in der Safer Sex hieß, dass die Eltern nicht zu Hause waren. In jeder zweiten Ehe begrüßte man sieben Monate nach der Hochzeit den ersten Nachwuchs. Eine ganze Nation wurde hinter beschlagenen VW-Käferscheiben, am Baggersee oder in Heuschuppen gezeugt. Eigene Erfahrungen auf diesem Gebiet hatte Eva nicht. Da Frido für derlei Outdoor-Aktivitäten nicht zu haben war, beschränkten sich ihre Erkenntnisse auf ein nachmittägliches Stelldichein auf einer Waldwiese, das von einer Kolonie roter Waldameisen jäh gestört wurde.

»Besonders romantisch finde ich es nicht, dass ich möglicherweise zwischen Kühen gezeugt worden bin.«

Die Halme, die durch das dünne Leintuch hindurchpieksten, gaben ihr eine Idee, wie sich das angefühlt haben musste. Wenn sie die Fotos richtig interpretierte, war der 1. Mai 1965 ein heißer Tag gewesen. Regine hatte nicht darauf hoffen können, dass ihr Galan eine Jacke dabei hatte, auf die er sie ritterlich im Heu hätte betten können. Eva wurde rot. Halb, weil sie sich die eigene Mutter nur ungern beim Sex vorstellte, halb, weil die Temperatur im Heubett die Vierzig-Grad-Marke erreichte. Sie wandte sich an Caroline: »Sag endlich, was drinsteht.«

»Vieles wissen wir schon«, antwortete Caroline und las die Überschriften vor: »Brand in der Mainacht legt Wilde Ente in Schutt und Asche. Feuer fordert einen Toten und einen Schwerverletzten. Drama in Achenkirchner Wirtsfamilie. Wirt stirbt im Flammenmeer, Bruder erleidet schwere Verletzungen bei Rettungsversuch. Willi und Emmerich K.: Wie grausam das Schicksal zuschlug. Gerüchteküche brodelt in Achenkirch: Kriminalpolizei Eichstätt übernimmt die Ermittlungen. Brand ging vom Heuschuppen aus. Liebespaar unter Verdacht. Suche nach dem großen Unbekannten eingestellt.«

Eva glaubte, die Hitze des Feuers am eigenen Leib zu spüren. So musste sich eine Weihnachtsgans fühlen, die nach Niedrigtemperaturmethode gegart wurde. Statt in Schmalz brutzelte sie in den ätherischen Ölen, die das Heu freigab. Ihre Beine standen in Brand, die Eingeweide gärten, das Gehirn kochte langsam weich.

»Vielleicht war das Regine? Das Liebespaar?«, meinte Eva.

»Wenn es Beweise gegeben hätte, wäre sie verhaftet worden«, antwortete Caroline.

Estelle seufzte wohlig. Bis zum Hals in wärmendem Heu zu liegen und dabei wilde Theorien zu entwickeln, gefiel ihr. Das entsprach ihrer Vorstellung von Erholung weit mehr, als mit Skippy-Bällen schweißtreibende Gymnastik zu betreiben.

Judith neben ihr nieste. »Ein Bett im Kornfeld hat mich noch nie gereizt.«

»Man kann für 29,90 im Internet ein ›Sex-im-Heu-Paket‹ kaufen«, erzählte Caroline. »Ein Klient von mir vertreibt die.«

»Ist das illegal?«, erkundigte sich Judith.

»Das mit dem Heu nicht. Schief ging es erst mit den Dildos.«

»Was soll an einem Dildo kriminell sein?«, erkundigte sich Estelle.

»Verkehrt ist, wenn man Vorauskasse fordert, nicht liefern kann und dann den Kunden einen Scheck schickt, auf dem als Verwendungszweck eingetragen ist: Rückvergütung Riesenpenis.«

»Ist das alles?«, fragte Eva ungeduldig, bevor die Freundinnen sich in Anekdoten von Carolines bunter Klientel verloren.

Caroline wandte sich wieder dem Stapel Papier zu.

»Hier wird Frieda Dorsch zitiert«, sagte sie und drückte Eva eine Kopie in die Hand.

Eva überflog die ersten Absätze: »Die Leiterin des Kindererholungsheims Frieda Dorsch wehrt sich energisch gegen Schuldzuweisungen in Richtung ihrer Lehrmädchen«, las Eva. »Die Schwester des Industriellen Anton Dorsch versichert an Eides statt, dass sie die jungen Frauen zu Zucht, Ordnung und moralischer Sittlichkeit anhalte und jeden Verstoß sofort ahnde.«

»Warum haben Regines Eltern sie eigentlich so weit weg von zu Hause in die Lehre geschickt? Hatte deine Mutter etwas ausgefressen?«, fragte Judith.

»Vielleicht war sie ihren Eltern einfach nur zu anstrengend«, mutmaßte Estelle. »Man könnte es ihnen nicht verdenken«, fügte sie grinsend hinzu.

Eva zuckte mit den Achseln: »Regine hatte einen ausgeprägten Freiheitsdrang, vielleicht dachte mein Großvater, die Dorsch könne sie zügeln.«

»Achenkirch, September 1965«, las Caroline. »Bürgermeister Adolf Fasching wird erster Vorsitzender der Freiwilligen

Feuerwehr Achenkirch. Der tragische Tod des beliebten Wirts Willi Körner zeige, wie wichtig eine eigene Schutztruppe für Achenkirch sei, die sofort eine wirkungsvolle erste Brandbekämpfung leisten könne. Die Löschwasserentnahmestelle …«

»Der nächste Artikel«, unterbrach Estelle. »Ich kann nichts mehr über Wasser hören.«

»Freiwillige Feuerwehr Achenkirch feiert die kirchliche Segnung des Tanklöschfahrzeugs TLF25/16«, las Caroline. »Der Vorsitzende Adolf Fasching bla bla bla …«

»Das war alles? Mehr ist dabei nicht rausgekommen?«, fragte Eva entsetzt.

Caroline schüttelte den Kopf: »Der nächste Artikel stammt aus dem Sommer 1967. Feierliche Hoteleröffnung im Gasthaus zur Wilden Ente.«

»Die hatten richtig Glück, dass der Löschwagen aus dem Nachbarort so lange gebraucht hat«, erkannte Estelle. »Ohne das Versicherungsgeld hätte Roberta Körner nie umbauen können. Viel Geld hatte sie bestimmt nicht auf der hohen Kante als junge Witwe mit abgebranntem Arbeitsplatz.«

»Cui bono heißt das«, ergänzte Caroline. »Wem nutzt ein Verbrechen?«

»Die Eigentümer der Wilden Ente waren die Einzigen, die von dem Brand profitiert haben. Roberta also und Emmerich«, schloss Eva.

»Und die Familie Fasching«, erklärte Estelle. »Wenn man in einem Dorf die Bäckerei, das Bürgermeisteramt und die Freiwillige Feuerwehr unter sich hat, kommt das einer Diktatur gleich.«

»Und? Haben Sie sich erholt?«, tönte die fröhliche Stimme ihrer Heubademeisterin. »Sie werden sehen, Sie schlafen heute wie die Engel.«

Statt einer Antwort hörte sie kollektives Stöhnen. Nichts von dem, was in den Artikeln stand, war dazu geeignet, Evas Nachtruhe zu befördern. Eva wusste nur eins: Wenn sie ihren Vater finden wollte, musste sie von der Burg in die Niederungen des Tals. Zu Roberta. Wer sollte sich lebhaft an die Mainacht vor sechsundvierzig Jahren erinnern können, wenn nicht sie?

52

Kiki riss mit einer schnellen Bewegung das Tuch weg, das sie über den Spiegel gehängt hatte. Während die Freundinnen im Heubad lagen, war sie mit Greta auf ihr Zimmer gegangen. Falk hatte recht. Es war an der Zeit, die Begegnung mit sich selbst zu wagen. In Unterwäsche und hochhackigen Schuhen drehte sie sich vor dem Spiegel. Kritisch drückte sie ihre Oberarme, hob ihren Busen, strich über den Bauch, begutachtete die Rückansicht ihrer Oberschenkel, den Po. Bei Victoria's Secret würde sie vermutlich nicht unterkommen, aber für den Hausgebrauch war das gar nicht so schlecht. Die Waage im Ärztezimmer hatte vermeldet, dass sie vier Kilo verloren hatte. Es mussten diese vier Kilo gewesen sein, die den Blick darauf verstellt hatten, dass sie immer noch eine attraktive Frau war.

»Es ist ein Wunder, dass du nicht nach vorne kippst«, hatte Max während der Schwangerschaft gestaunt. Sechseinhalb Monate nach der Geburt erinnerte nichts mehr an den befremdlich dicken Bauch. Und daran, wie glücklich sie gewesen waren. Der Gedanke an Max schmerzte. Warum nur dauerten Vaterschaftstests so lange?

Vorsichtig schlüpfte Kiki neben Greta ins Bett. Im Schlaf saugte die Kleine an einem imaginären Schnuller, beide

Hände lagen weit über dem Kopf, ihr Bauch war freigelegt. Kiki deckte sie vorsichtig zu und holte den Block heraus, den Falk ihr gegeben hatte. Unter das *Ich kann zeichnen* setzte sie ein stolzes *Ich kann meinen Bikini auspacken.*

Das war vielleicht nicht gerade das, was Falk mit Lebensleistungen meinte. Kiki fand es trotzdem wichtig. Daneben schrieb sie: *Greta.* Und weil man es nicht deutlich genug betonen konnte, schrieb sie gleich noch einmal. *Greta. Greta.* Ganz groß und mit verschnörkelten Buchstaben. *Greta.*

Wenn sie etwas im Leben richtig gemacht hatte, dann, sich für das Baby zu entscheiden. Sie hatte keine Sekunde gezögert. Max ebenso wenig. Wie sollte das nur weitergehen? In einer Woche war das Ergebnis da. Bis dahin nahm sie eine Auszeit von ihren Problemen. Sie hatte Sex mit zwei Männern gehabt. Neun Monate später wurde Greta geboren. Tolle Lebensleistung.

»Fangen Sie bei Ihrer Geburt an. Wie bei einem Lebenslauf«, hatte Falk empfohlen. Doch das interessierte Kiki nicht. Was für einen Sinn hatte es, sich etwas einfallen zu lassen, das die Ehrenrunde in der elften Klasse zu einem Siegeszug umdeutete? Wozu wie ein Trüffelschwein in der Vergangenheit graben? Viel interessanter war die Gegenwart. Und das, was man morgen erreichen konnte.

Fast schon automatisch fing Kiki an, den freien Raum rund um die Worte vollzukritzeln. Aus den Linien setzten sich Formen zusammen und aus den Formen neue Teile, die ihr Pappgeschirr ergänzten. Vielleicht waren ihre Entwürfe, die sie Moll präsentiert hatte, zu beschränkt gewesen. Manche Tafelservices boten über sechzig verschiedene Unterteile. Vielleicht musste sie Müsliteller dazu entwerfen, Eierbecher, Gebäckdosen, Platzteller. Aus dem Nichts wuchsen Rohentwürfe. Es dauerte fast eine Stunde, bis sie merkte, dass ihre Gedanken schon wieder abgeschweift waren.

Ich gebe nie auf, notierte sie. Kiki liebte ihre Arbeit, auch wenn sie in einer Phase ihrer Karriere gelandet war, in der der Beruf drohte, zum Hobby zu werden. *Ich bin eine gute Kollegin,* setzte sie darunter und stockte schon wieder. Worte waren noch nie ihre Domäne gewesen. Eher die Taten. Positives Denken war harte Arbeit. Wie rechtfertigte sie zum Beispiel ihren fatalen Hang zum falschen Mann? Wie drückte man das positiv aus? *Ich finde mit fast jedem Mann eine gemeinsame Ebene.* Dass die gerne mal horizontal war, verschwieg sie. In ihrer momentanen Situation konnte sie keinen Grund finden, was daran positiv sein sollte.

53

Tag fünf dämmerte herauf. Einzig Judith war wach genug, den neuen Tag zu begrüßen. Noch lagen die Bewohner der mittelalterlichen Festung im Dornröschenschlaf. Judith genoss die verzauberte Stimmung des frühen Morgens im Burghof, der verlassen dalag. Die Luft war feucht, ein graublauer Schimmer überzog das Pflaster der Burg und die umliegenden Wiesen, als habe jemand über Nacht die Welt mit einem magischen Lackfilm herausgeputzt. Heftiger Wind wehte Herbstblätter in die Pfützen. Judith war grundlos glücklich. Schade, dass man keine Eindrücke in Flaschen bewahren konnte, um sie in schlechten Tagen wie einen guten Wein hervorzuholen und zu genießen. Im Vergleich zum Chaos ihrer Freundinnen war ihr Leben übersichtlich und einfach.

Zu Hause musste sie sich überwinden, ihr tägliches Fitnessprogramm zu absolvieren. Vor der mittelalterlichen Kulisse vollführte ihr Körper die Yogaübungen, die seit einiger Zeit ihre Morgenroutine darstellten, von alleine. Trotz der frühen Stunde. Nahrungsentzug war wie Doping von innen: Die Bewegungen flossen geschmeidig aus ihr heraus. Trotz des Fastens fühlte sich ihr Körper stark an. Oder gerade deswegen?

Es störte sie nicht einmal, als sie merkte, dass sie beobachtet wurde. Bea Sänger hatte auf ihrer morgendlichen Runde innegehalten und folgte ihren Bewegungen.

»Bei Ihnen sieht das so einfach aus«, sagte Bea. »Wenn ich es probiere, weiß man nicht, ob das Yoga ist oder ein epileptischer Anfall.«

»Das Geheimnis ist, die Bewegungen so langsam zu vollführen, dass der Körper die Balance finden kann. Soll ich Ihnen zeigen, wie es geht?«, fragte Judith.

Bea nickte. Seit der Geschichte mit Philipp hatte Judith sich als Versagerin gefühlt. Sie würde niemals einen Traumberuf haben wie Caroline, keine perfekte Familie wie Eva, keine Traumfigur wie Estelle, und um ihre kreativen Fähigkeiten war es viel schlechter bestellt als bei Kiki. Es tat ihr gut, dass jemand etwas von ihr lernen konnte und wollte. Judith umfasste Beas schmale Schultern, um die Position zu korrigieren. Ihre Hände glitten auf die Hüfte, auf ein Stück nackter Haut. Weich und warm fühlte sie sich an. Judith verstand nicht mehr, was vor sich ging: Wieso hatte sie so weiche Knie? Wieso war sie so verlegen? Was war los mit ihr? Und warum sah Bea sie so merkwürdig an?

»Ich bin Bea«, sagte ihre Fastentrainerin unvermittelt. »Sollen wir uns duzen?«

Judith nickte. Ihre Stimme krächzte, als sie ihren Namen nannte. Eben war sie noch ganz klar im Kopf gewesen. Jetzt fragte sie sich, ob man sich küsste, wenn man zum Duzen überging. Die Burg erschien Judith vom ersten Rundgang an gespenstisch vertraut, die eigenen Gefühle wurden ihr mit jedem Tag fremder. Die Luft flirrte, ihre Köpfe kamen einander näher, als ein markerschütternder Schrei sie aus der Innigkeit des Moments katapultierte.

»Elliot. Komm sofort her. Elliot.«

253

Seit Tagen hatte der dicke Dackel die indischen Laufenten im Visier. Beim morgendlichen Gassigehen hatte er sich losgerissen. Jetzt war seine Stunde gekommen. Hinter dem liebestollen Dackel hastete die Walküre. Fluchend. Und auf bloßen Füßen. Mit einer Hand zog sie unablässig die Hose des burgunderfarbenen Joggingungetüms nach oben, die bei jedem Schritt über ihre nicht mehr ganz so fülligen Hüften sackte und ihre Vorliebe für romantische Spitzenunterwäsche offenkundig machte. Der Dackel war schnell, Judith schneller. Mit einem beherzten Tritt auf die Leine, die Elliot hinter sich herzog, bremste sie seine Jagdlust aus. Und sich selbst. Als die Walküre laut mit dem Dackel schimpfend verschwand, war der Zauber verflogen. Was blieb, war ein merkwürdiges Gefühl. Hätte sie eben beinahe Bea geküsst? War das die Botschaft, die das Schicksal ihr an Silvester in die Hand gespielt hatte? Ein überschaubares einfaches Leben: Vielleicht war das eine Illusion.

54

»Was ist denn mit Judith los?«, fragte Eva.

Judith kicherte, sie lachte, sie kokettierte mit Hagen Scifritz. Bei der Morgengymnastik schwebte sie geradezu über die Wiese. Trotz der frühen Stunde.

Bea Sänger sah von weiteren Experimenten mit Skippy-Bällen und Yoga ab und demonstrierte auf der Burgwiese Partnerübungen mit Walking-Stöcken. Es ging darum, Körperspannung aufzubauen. Der rasche Wechsel von Armbeugen, Stockstemmen, Bauchmuskeltraining, Kniebeugen und Ausfallschritten stellte sich als schweißtreibende Angelegenheit heraus. Kiki verzichtete auf ein Turngerät. Stattdessen schwenkte sie Greta herum, die sich köstlich darüber amüsierte, mal in die Luft gehoben zu werden, mal rasend schnell auf den Boden zu fliegen.

Caroline fühlte sich wie zerschlagen. Die Zeit lief ihr davon. Sie hatte nur noch zwei Tage Zeit. Noch achtundvierzig Stunden. Das Programm war abwechslungsreicher als in den Tagen zuvor: 8.00 Uhr Frühgymnastik, 9.00 Uhr Frühstückstee, 9.30 Uhr Bootstour auf der Altmühl. Sie hoffte, dass ihr der gemeinschaftliche Ausflug Gelegenheit gab, noch einmal mit Judith zu sprechen. Selbst bei Partnerübungen war Judith nicht greifbar. Sie erledigte die

Aufgabe gemeinsam mit Bea. Caroline wählte Eva für die Zweierübungen, Kiki turnte mit Greta, und Estelle war gar nicht erst erschienen. Ihre Eingeweide hatten sich solidarisch erklärt und waren in Streik getreten. Bei Estelle war wieder Tag der offenen Tür. Leider.

Caroline übte sich im Armdrücken mit Eva.

»Ich freue mich, von der Burg wegzukommen. Mal einen halben Tag was anderes sehen«, sagte Eva.

»Du nimmst an der Bootstour teil?«

»Soll ich nach Hause fahren, ohne etwas vom Altmühltal gesehen zu haben?«, meinte Eva. Sie strahlte. Eine merkwürdige Euphorie hatte sie ergriffen. Das lag vielleicht auch daran, dass ihre Jogginghose beim Ankleiden sehr viel lockerer saß.

»Und Roberta?«

»Kann warten.«

Caroline staunte: »Ist das die neue Fastengelassenheit?«

»Feigheit«, gestand Eva. »Ich habe Angst vor Roberta.«

Caroline nickte. Sie verstand das. Feige war sie auch.

Während des gemeinschaftlichen Luftsägens und -ruderns hörte Caroline ein Auto, das den Berg hochfuhr. Beiläufig registrierte sie das Schlagen einer Wagentür und das begeisterte Geschnatter der Enten, die sich in Richtung Parkplatz verabschiedet hatten, um dem Neuankömmling einen gebührenden Empfang zu bereiten. Normalerweise hatte Caroline einen siebten Sinn für Unheil. Doch ihr Gehirn war so entschleunigt, dass es den Ereignissen hinterherhinkte. Max ist zurückgekommen, schoss es ihr durch den Kopf, während sie mit Eva und den Stöcken hantierte. Die Zeit wurde knapp. Wie knapp, wurde Caroline erst klar, als sie auf dem Weg zurück in die Burg war. Im Foyer wartete eine bekannte Gestalt. Zwei Tage zu früh. Aus dem Nichts. Stand er da. Philipp. Caroline war einem Herzinfarkt nahe. Hektisch sah sie sich um. So hatte sie sich das nicht vorgestellt. Noch standen die Freundinnen am Brunnen an, um nach dem Training ihre Wasserflaschen aufzufüllen. Judith war nirgendwo zu sehen.

»Du solltest am Freitag kommen«, begrüßte Caroline ihren Noch-Ehemann vorwurfsvoll.

»Ich habe es zu Hause nicht mehr ausgehalten«, gestand Philipp. »Ich kann nicht mehr richtig schlafen, seit du ausgezogen bist.«

Caroline war nicht vorbereitet. Ihre Haare klebten am Schädel, das T-Shirt am Bauch. Jeden Tag hatte Bea Sänger das Pensum nach oben geschraubt. Nachdem sie sich einmal ans Fasten gewöhnt hatte, liebte Caroline es, die eigenen Grenzen auszutesten. Wenn andere das taten, war sie weit weniger erfreut.

»Besonders entspannt siehst du nicht aus«, monierte Philipp. »Sieben Tage ohne scheinen dir nicht zu bekommen.«

»Es ist ein einziges großes Durcheinander«, gab Caroline zu.

»Ich wusste, sie reagieren schlecht«, sagte Philipp.

Caroline war irritiert, dass Philipp annahm, es ginge die ganze Zeit nur um ihn. »Ich bin noch nicht dazu gekommen, ihnen von uns zu erzählen«, sagte sie. Hektisch suchte ihr Blick den Gang ab.

»Und wenn schon«, meinte Philipp.

Caroline sah das anders. Vom Hof hörte sie Stimmen näher kommen. Caroline hatte gezögert, jetzt bekam sie die Quittung. Sie hasste Überraschungen. Sie hasste es, wenn sie im Gericht feststellen musste, dass ein Klient sie angelogen hatte. Sie liebte klare Verhältnisse.

»Du musst verschwinden. Sofort. Ich will Judith nicht damit überfallen.«

»Ich muss mit dir reden«, drängte Philipp.

»Später«, sagte Caroline. Die Stimmen kamen näher. Noch war genug Zeit, einen Fluchtweg zu suchen.

Philipp insistierte: »Es ist wichtig.«

Die Tür ging auf. Sie hörte die Stimmen von Estelle und Kiki. »Ich bin so froh rauszukommen. Ein bisschen Abwechslung tut uns gut.«

Philipp fällte blitzschnell eine Entscheidung. Wahllos öffnete er eine Tür und zog Caroline mit sich. Sie waren im Dunkel gefangen, zwischen Staubsauger, Handtüchern und Putzmitteln. In ihrem Rücken spürte Caroline einen Besenstil.

»Ich will nicht mehr ohne dich sein«, gestand Philipp.

Caroline nahm es nur am Rande wahr. Bei dem Versuch, eine bessere Position einzunehmen, verheddert sich ihr Fuß in der Schnur des Staubsaugers. Es war zu lächerlich. Bis vor zwei Jahren war sie eine seriöse Strafanwältin mit geordnetem Leben. Jetzt traf sie sich heimlich in Hotels und muffigen Kabuffs. Philipp umfasste ihre Hüfte. Er hielt sie einfach fest.

»Ich habe mir schon immer eine Affäre mit einer animalisch riechenden Frau gewünscht«, flüsterte er und küsste sie.

Caroline ließ es geschehen. Nie hätte sie gedacht, dass ihr eigener Ehemann sich in einen verrückten Liebhaber verwandeln würde. Das Liebesabenteuer mit Philipp war überraschend und aufregend. Und eine Katastrophe.

55

»Ich muss jetzt gehen«, sagte Judith und blieb unschlüssig bei Bea stehen. Was war nur los mit ihr?

»Danke fürs Mitturnen«, sagte Bea.

Sie wollten sich verabschieden, mit einem Kuss. Auf die Wange. Unbeholfen drehten beide den Kopf in dieselbe Richtung. Alles verrutschte. Statt der Wange waren da Lippen. Weiche, warme Lippen. Die aufeinandertrafen.

Judith rannte nach drinnen. In die Burg. Zu ihrem Zimmer. Weg. Alles zu viel. Zu schnell. Und jetzt? Judith hatte ein Vorgefühl gehabt, dass Achenkirch ihr Leben verändern würde. Sie hatte nicht damit gerechnet, dass ein Erdbeben über sie hereinbrechen könnte. Ziellos rannte sie durch die Flure. Wo ging es noch mal lang? Die Gedanken ratterten in atemberaubender Geschwindigkeit durch ihren Kopf. Millionen Frauen küssten aus einer Champagnerlaune heraus die beste Freundin. Das Problem war nur: Bea war nicht ihre beste Freundin. Und der Schluck Wasser, den sie nach dem Training zu sich genommen hatte, taugte wenig zur Verteidigung. Selbst nach vier Flaschen Wein im Le Jardin war sie noch nie auf die Idee gekommen, Caroline zu küssen. Und Estelle noch viel weniger. Atemlos hielt sie inne. Judith lehnte sich an die kühle Wand, schloss die Augen. Es war ein Kuss. Ein einziger

Kuss. Eine harmlose, kleine, nichtssagende, verunglückte Tändelei. Was hatte das schon zu bedeuten? Nichts. Rein gar nichts. Genauso wenig wie ein Stück Blei. Wer glaubte schon an so etwas? Estelle hatte recht. Es war Schrott. Nur Schrott.

Das Licht ging aus. Es war das Gesetz der Burg. Wer sich nicht bewegte, stand früher oder später im Dunkel. Wie üblich reichte ihr Winken nicht aus, um wahrgenommen zu werden. Judith stand mit den Sensoren auf Kriegsfuß. Es war ihr unheimlich. Irgendwo in der Nähe dumpfes Gerumpel. Geräusche. Ein unterdrücktes »Sssscht …«.

»Ist da jemand?«, rief Judith in den finsteren Gang hinein, starr vor Entsetzen.

Keine Antwort. Sie hätte es wissen müssen, dass es in der Burg spukte. Das nächtliche Ächzen in den Leitungen, das Getrappel im Zwischenboden, sie glaubte, selbst Atem zu hören. Da war jemand. Ganz nah neben ihr. Judiths Hand tastete vorsichtig die Wand ab. Sie suchte einen Ausweg und fand eine Klinke. War das das Treppenhaus? Sie riss die Tür auf. Die hastige Bewegung ließ das Licht aufflammen. Für den Bruchteil einer Sekunde erkannte sie, dass es nur die Besenkammer war. Und mittendrin im Rumpelkammerchaos eine Gestalt, ein weißes Gesicht. Judith knallte die Tür wieder zu. Und drehte den Schlüssel um.

Sie schrie einfach nur noch. Geister, das hatte sie gelesen, sind die Ausgeburten der eigenen Ängste. Dieser Geist hatte deutlich die Gesichtszüge von Philipp. Sie schrie und schrie, bis sich ein gutes Dutzend Menschen vor dem Besenschrank versammelt hatte.

»Da ist jemand drin, ganz sicher«, sagte sie.

»Ach was«, winkte Estelle ab. Den Heldenmut, die Tür zu öffnen, brachte sie aber doch nicht auf.

»Da war ein Gespenst. Ehrlich«, beharrte Judith. »Und das Gespenst sah aus wie Philipp.«

Von drinnen wurde geklopft.

»Judith, mach endlich auf«, rief die Stimme ungehalten.

Estelle raunte Eva zu: »Das Burggespenst klingt auch wie Philipp.«

»Das kann nicht sein. Oder?«, flüsterte Eva, die ahnte, dass es für den Spuk eine vernünftige Erklärung geben musste.

»War Caroline nicht schon ein paar Tage furchtbar nervös?«, fragte Estelle.

Hagen Seifritz zeigte Wagemut. »Ich habe vor Toten keine Angst. Nicht mal, wenn sie untot sind.« Er hob seinen Nordic-Walking-Stock, als warte hinter der Tür ein Vampir, dem man das Herz durchbohren musste, um ihn unschädlich zu machen. Estelle drehte den Schlüssel um. Die Tür flog auf.

Vor ihnen stand Philipp. Mit falsch geknöpftem Oberhemd. Daneben Caroline. Derangiert. Mit wirren Haaren und hochrotem Kopf. Verlegen grüßte sie in die fassungslose Runde.

»Was machst du denn da?«, fragte Estelle entgeistert.

»Das frage ich mich auch«, sagte Caroline. Es war die volle Wahrheit.

»Vermutlich lachen wir in sieben Jahren darüber«, raunte Philipp Caroline zu.

»Alles ist lustig, solange es anderen passiert«, ergänzte Caroline.

Bis die sieben Jahre vergangen waren, war es einfach nur

peinlich. Caroline probierte ein vorsichtiges Grinsen in die Runde.

»In meiner ewigen Hitliste der Momente im Leben, auf die ich gern verzichtet hätte, wird dieser weit oben enden«, sagte Philipp.

»Es tut mir leid, Judith«, entschuldigte sich Caroline.

»Das war's, was du mir erklären wolltest«, unterbrach Judith. »Was würdest du sagen, wenn ich wieder mit Philipp zusammenkäme?‹ Das war nicht hypothetisch.«

Philipp und Caroline sahen einander an. Ein Lächeln flog über ihre Lippen.

»Das ist eine lange Geschichte«, begann Philipp.

»Es hat begonnen mit Frank. Von den Fetten und Ölen«, fuhr Caroline fort.

»Und ich hatte einen Notfall. Ohne den Notfall wäre das nie passiert …«, haspelte Philipp.

»Aber das wusste ich noch nicht …«

Sie sprudelten die Details im ehelichen Chor hervor. So wie früher.

»Ihr seid wieder zusammen?«, fragte Eva.

»So kann man das nicht nennen«, begann Caroline.

»Nicht direkt«, meinte Philipp.

»Eine Besenkammeraffäre«, fasste Estelle zusammen.

Caroline und Philipp sahen sich an und mussten herzhaft lachen. Judith drehte sich um und verschwand. Ohne ein weiteres Wort.

56

Judith fehlte beim Frühstückstee, Judith fehlte bei der mittäglichen Fastenmahlzeit, bei der Bootstour auf der malerischen Altmühl, sie fehlte bei der abendlichen Runde. Wie ein Geist schlich sie durch die Burg. Tauchte mal hier und mal da und niemals in der Nähe von Caroline auf. Ihren halben Liter Achenkirchner und den abendlichen Saft nahm sie auf dem Zimmer ein.

»Gib ihr Zeit«, meinte Eva.

Caroline schickte Philipp weg. Er musste sich bis zum Abschiedsessen gedulden. Erst dann waren Gäste erlaubt. Wenn Judith wenigstens gebrüllt hätte, gestritten, geheult. Judith litt still. Und alleine. Sie fehlte den ganzen Mittwoch. Sie fehlte am Donnerstagmorgen. Nachdem sie schon beim Ausflug auf der Altmühl zu viert gewesen waren, stieg Caroline nur widerstrebend in den Bus, der die Gruppe heute zu den Fossiliensteinbrüchen bringen sollte. An Tag sechs war den Teilnehmern der Verzicht auf feste Nahrung in Fleisch und Blut übergegangen. Niemand musste mehr befürchten, dass sie bei einer Konfrontation mit der Außenwelt den erstbesten kulinarischen Verlockungen erlagen.

Das Ziel der Burggäste war eine riesige, gräuliche Steinmulde. Das Meer, das vor 150 Millionen Jahren das Altmühltal überdeckt hatte, war vor Urzeiten ausgetrocknet.

Aus Korallenriffen hatten sich Felsen und Kalkstein gebildet. Jetzt konnten Touristen einen Blick in die Erdgeschichte werfen und in den aus dem Steinbruch eigenhändig herausgeschlagenen Platten nach Fossilien fahnden.

»Jetzt sagt doch was«, forderte Caroline die Freundinnen auf. Die Szene mit Philipp war einen Tag her, und noch keine der Freundinnen hatte Stellung genommen. Voller Inbrunst bearbeiteten sie ihre jeweiligen Steinplatten, in der Hoffnung, ein besonderes Fundstück mit nach Hause nehmen zu können. In der Antike war die Arbeit im Steinbruch Sklavenarbeit. Nach den monotonen Tagen auf der Burg bot Steineklopfen eine willkommene Abwechslung. Und eine gute Methode, inneren Druck abzubauen. Ausgestattet mit Schutzhandschuhen und -brille, Hammer, Steinmeißel und Eimer, suchten die Dienstagsfrauen mit großem Eifer Spuren von Lebewesen, die vor Millionen von Jahren luftdicht im Kalkschlamm eingeschlossen worden waren und überdauert hatten. Caroline war irritiert. Sie hatte geahnt, dass es für Judith schwer werden würde. Die Reaktion der Freundinnen überraschte sie.

»Jetzt sagt endlich was«, wiederholte Caroline ungehalten.

Eva ließ von ihrer schweißtreibenden Arbeit ab. »Was denn?«

»Wie kannst du Philipp nur vertrauen?«, schlug Caroline vor.

Weil die Freundinnen nicht darauf eingingen, redete Caroline weiter: »Hast du vergessen, was er dir angetan hat? Wie dumm muss man sein, ein zweites Mal auf einen chronischen Fremdgänger reinzufallen? Wer sagt dir, dass es beim zweiten Mal besser läuft? Wie lange wird es dauern, bis er dich wieder betrügt? Wir hätten dich für klüger gehalten.«

Grölendes Gelächter wehte über den Steinbruch. Hagen Seifritz hielt seinen Hammer über dem Kopf und demonstrierte, wie er mit gezücktem Stock vor der Tür zur Besenkammer stand. Die Gruppe lachte. Nur die Eisermanns schüttelten den Kopf. Der Humor einer Szene, in der ein erwachsenes Ehepaar sich wie pubertierende Fünfzehnjährige verhielt, entging ihnen.

»Hast du Antworten auf all die Fragen?«, erkundigte sich Eva.

Estelle legte Caroline gönnerhaft die Hand auf die Schulter: »Wir bauen alle mal Mist. Aber wofür sind Freundinnen da? Wir verzeihen jede Dummheit. Der nächste Schritt ist Friede auf Erden«, sagte sie.

Caroline trat unschlüssig von einem Fuß auf den anderen. Unzählige Male war sie in den vergangenen Tagen durchgegangen, wie das Gespräch laufen würde. Mit allem hatte sie gerechnet. Nur nicht damit, dass die Freundinnen sprachlos waren.

»Was hast du erwartet? Dass wir mit dir brechen?«, fragte Eva. »Wir haben Hochzeiten durchstanden, Seitensprünge, Lebenskrisen, gescheiterte Ehen, Todesfälle. Wir haben fünfundreißig Affären von Kiki überlebt. Da werden wir schon verkraften, dass du wieder mit Philipp zusammen sein willst«, meinte Eva und wandte sich ihrer Arbeit zu.

Ein warmes Gefühl durchströmte Caroline. Ihre Freundinnen waren großartig. Keine von ihnen konnte wirklich nachvollziehen, warum sie sich wieder mit Philipp eingelassen hatte. Sie standen zu ihr. Wortlos und selbstverständlich. Vielleicht hatten sie recht. Es gab nichts zu reden: Das Schürfen nach Fossilien war das Wichtigste, was man in so einer Situation tun konnte.

Caroline kniete sich hin. Erst die Kalkplatte vorsichtig anheben, dann die aufeinanderliegenden Schichten mit Hammer und Meißel vorsichtig spalten und auf Einschlüsse kontrollieren. Caroline hatte zu viel Energie und schlug so fest auf die Platte, dass Steinteile wegspritzten.

»Abstand halten«, rief Falk, der die Gruppe höchstpersönlich in den Steinbruch begleitete. »Sie müssen den Sicherheitsabstand einhalten.«

Es war nicht das erste Mal in den letzten Monaten, dass Caroline über das Ziel hinausschoss. Es machte Spaß.

»Ich habe etwas gefunden«, brüllte Estelle begeistert.

Die anderen kamen näher. Jeder Stein erzählte seine eigene Geschichte von früher. Dieser hier erinnerte nur wenig an die Haarsterne, Ammoniten und Schalenreste, die in den Schaukästen zu bewundern waren.

»Es sieht aus wie mein Dreierring von Cartier«, begeisterte sich Estelle über die ineinandergeschwungene Form, die im Stein die Jahrhunderte überdauert hatte.

Falk kam, um das winzige Fundstück zu begutachten.

»Das ist ein Koprolith«, erklärte er.

Estelle war stolz, etwas Bedeutendes mit so erhabenem Namen gefunden zu haben.

»Koprolithen«, fuhr Falk fort, »sind Exkremente von Urtieren, versteinerter Kot.«

Estelles Kinnlade fiel herunter. »Wer sich aufs Heilfasten einlässt, muss bereit sein, sich mit den eigenen Körperfunktionen auseinanderzusetzen«, hatte ihre Spezial-Freundin, die quadratische Dame, ihr zu verstehen gegeben. Aber man konnte wahrlich übertreiben mit der Thematisierung.

»Das bekommt bei mir einen Ehrenplatz«, versprach Estelle. »Auf der Gästetoilette.«

Das Graben, Schaufeln und Spalten der Platten war kräfte-
zehrend. Caroline war froh über die Pause und den halben
Liter Achenkirchner, der draußen besonders gut schmeckte. Gerade hatten sie sich an den Verzicht gewöhnt, da war
es fast schon wieder vorbei. Ein Stück Wehmut kam auf,
das idyllische Tal schon bald hinter sich lassen zu müssen.
Von hier oben hatte man einen großartigen Blick auf die
barocke Bischofsstadt Eichstätt und die Altmühl, die sich
um die strahlend weiße Willibaldsburg schlang. Die Kirch-
türme, die überall emporragten, verrieten, wie tief die Gegend im Katholizismus verankert war. Irgendwo da unten
zwischen den barocken Bürgerhäusern lief Philipp herum.
Da Achenkirch ihm zu wenig Abwechslung bot, hatte er
in Eichstätt ein Hotelzimmer genommen. Caroline würde
ihn am Abschiedsabend wiedersehen. Bis dahin wollte sie
keinen Kontakt. Ein Schritt nach dem anderen.

»Zieht ihr wieder zusammen?«, erkundigte sich Kiki, als
ob sie Carolines Gedanken lesen konnte.

»Ich lasse es ruhig angehen«, meinte Caroline. »Nichts
überstürzen. Es ist alles noch so frisch.«

Am Horizont tauchte der Alltag auf. Und die Probleme,
denen sie in Achenkirch konsequent ausgewichen war. Caroline würde sich der Frage, wie sie die Zukunft mit Philipp
sah, stellen müssen.

»Ich habe auch keine Ahnung, wie es mit Max weiter-
geht«, gab Kiki zu, als Caroline keine Antwort gab. Nicht
nur Caroline wurde es beim Gedanken, nach Köln zurück-
zukehren, schummerig.

»Vielleicht können wir verlängern?«, schlug Eva vor.
»Vierzehn Tage ohne sind noch besser als sieben Tage ohne.
Vor allem, wenn es vierzehn Tage ohne meine Mutter sind.«

»Haare, Wimpern, Nägel, ihr könnt alles an mir verlängern«, wehrte Estelle entsetzt ab. »Für Fastenverlängerungen stehe ich nicht zur Verfügung.«

»Zwei Tage Zeit und ein halbes Dorf als potenzieller Vater«, stöhnte Eva.

»Wozu hast du Freundinnen?«, meinte Caroline. »Vier Augen sehen mehr als zwei.«

»Und acht erst«, bestätigte Kiki und hob ihren und Gretas Arm in die Höhe.

»Wir werden das Dorf systematisch auseinandernehmen«, versprach Caroline.

57

Vierzig Kilo Äpfel warteten darauf, geschält und verarbeitet zu werden. Der süße Duft von Apfelkompott und Zimt zog durch die Küche. Judith, die sich nutzlos und überflüssig fühlte, hatte freiwillig ihre Hilfe angeboten. In der Küche zu arbeiten, war Fasten für Fortgeschrittene. Judith und Bea schälten einträchtig nebeneinander. Ihre Knie berührten sich.

»Glaubst du an Vorsehung?«, fragte Bea.

»Lieber nicht«, meinte Judith. Sie wusste längst nicht mehr, warum sie in der Burg geblieben war. War sie wirklich so wütend auf Caroline? Oder wollte sie mit Bea zusammen sein?

»Ich habe ein einziges Mal in meinem Leben das Apfelorakel bemüht«, erzählte Bea. »Ich wollte wissen, mit welchem Mann ich zum Abschlussball der Tanzschule gehen soll.«

»Apfelorakel?«, fragte Judith nach.

Bea demonstrierte, was zu tun war: »Du musst den Apfel in einem Stück schälen. Die Schale wirfst du über die linke Schulter. Auf dem Boden bildet sich ein Buchstabe. Der steht für deine große Liebe.«

»Hat es funktioniert?«, fragte Judith.

»Ich habe sieben Mal geworfen, bevor mir ein Buchstabe

gefiel. Schiefgegangen ist es trotzdem. Beim ersten Kuss. So viel Spucke.«

Sie sah Judith aufmerksam an.

»Ich habe meinen ersten Kuss von Udo Krummbiegel bekommen«, erzählte Judith.

Sie war nervös. Sehr nervös. Mit Bea übers Küssen zu reden, brachte sie aus dem Konzept. »Ich hatte eine Zahnspange«, stammelte Judith. Sie sah nur Beas Augen. Grau waren sie. Grau, wie die Augen einer Katze. »Eine feste Spange, mit Gummis. Ich habe ganz fest die Lippen aufeinandergepresst. Udo Krummbiegel hatte keine Chance.«

»Soll ich es noch mal probieren?«, meinte Bea.

Judith starrte Bea nur an.

»Mit den Apfelschalen«, ergänzte Bea. »Wer weiß, vielleicht werfe ich ein J.«

Ihre Köpfe kamen einander näher, als Tobias plötzlich neben ihnen stand. Sofort wich Bea von Judith zurück und konzentrierte sich auf die Apfelschnitze. Sie tat so, als wäre Judith Luft.

In diesem Augenblick sah Judith die Zukunft klar vor sich. Ohne Bleigießen, ohne Apfelschalen, ohne Orakel. Erst kamen die Heimlichkeiten, dann die abgeschmackten Sätze. »Es ist nur eine Frage der Zeit, bis wir auseinandergehen … Wir müssen noch das Geschäftliche klären … Es ist noch nicht der richtige Moment, die Wahrheit zu sagen.« Die Floskeln hatte sie alle schon einmal gehört. Von Philipp. Am Ende fanden Caroline und Philipp wieder zusammen, und sie blieb alleine. Judith begriff, warum das Schicksal sie nach Achenkirch geführt hatte. Man bekam so lange dieselbe Lebensaufgabe gestellt, bis man sie gelöst hatte. Judith wollte nie wieder heimliche Küsse austauschen mit jemandem, der nicht zu ihr stand. Sie hatte nicht die geringste Lust, zum Prüfstein von Beas schal gewordener Beziehung zu werden. Man liebte sich, man betrog sich, man trennte sich, fand wieder zusammen. Und sie war die Marginalie im Lebenslauf.

Judith stand abrupt auf.

»Wo willst du hin?«, fragte Bea.

Judith antwortete nicht. Sie hatte beschlossen, dem Schicksal nicht weiter zur Verfügung zu stehen. Sie taugte nicht als Geliebte. Als Side-Kick. Nicht noch einmal. Sie würde das tun, was ihre Freundinnen taten. Sie würde ins Dorf gehen und sich beim Dorffest umhören. Wenn sie sich selbst nicht helfen konnte, dann vielleicht Eva.

58

Ein getragener Trauermarsch hallte durchs Dorf. Dunkelheit senkte sich über das Tal. In Ermangelung eines passenderen Ortes hatte die Blaskapelle der Freiwilligen Feuerwehr am Standbild für die sudetendeutschen Kriegsflüchtlinge Aufstellung genommen. Der Bürgermeister, ein Spross der Fasching-Dynastie, trug Amtskette und wichtige Miene, die Feuerwehr stand mit Fackeln und in vollem Ornat Spalier. Die Dienstagsfrauen hatten sich unter die Schaulustigen gemischt. An den vielen Blondschöpfen im Publikum konnte man ablesen, wie viele Überstunden der Salon »Kamm und Schere« gemacht haben musste, um die Damen des Dorfes für das große Ereignis herauszuputzen.

Evas Blick schweifte über die Senioren der Freiwilligen Feuerwehr, als wären es Verdächtige, die zur Gegenüberstellung angetreten waren. Die Schatten der Fackeln tanzten dämonisch über die Gesichter. Eva suchte nach vertrauten Zügen: eine Nase, eine Augenpartie, eine Gesichtsform.

Eine getragene Lautsprecherstimme erinnerte an die Verluste. Für jeden Toten wurde ein Kranz niedergelegt. Für den Schorsch aus dem Nachbardorf, der bei einem Kirchturmbrand sein Leben gelassen hatte, für die Brüder von der Schreinerei, die vor zehn Jahren auf dem Weg zum Einsatzort verunglückt waren, für den jüngst verstorbenen

Kameraden, dem es nicht vergönnt war, seine Tochter groß werden zu sehen. Ein ernstes kleines Mädchen legte an der Hand ihrer tieftraurigen Mutter eine rote Rose am Denkmal ab.

»Ich bin der ideale Gast für Beerdigungen. Ich beweine jeden Toten«, schniefte Kiki. »Dabei kenne ich die Leute nicht mal.«

Eva ahnte, dass es eher die Vorstellung war, dass Greta vielleicht ohne Vater aufwachsen musste, die Kiki belastete. Nächsten Mittwoch sollte das Ergebnis kommen. Bis dahin war alles offen.

»Es ist richtig, dass du das klärst«, machte Eva ihr Mut. »Du ersparst Greta solche Veranstaltungen.«

Die Lautsprecherstimme erinnerte an Willi Körner, dessen tragischer Tod vor sechsundvierzig Jahren Anlass zur Gründung der Freiwilligen Feuerwehr Achenkirch gewesen war. Ein Raunen ging durchs Publikum.

»Was haben die eigentlich gegen Willi Körner?«, fragte Eva. Statt Caroline antwortete eine der Neublondinen: »Der Willi und die Roberta haben warmsanieren wollen. Hütte anzünden, Geld kassieren. Dumm nur, dass er nicht mehr rechtzeitig rausgekommen ist.«

»So ein Unsinn«, mischte sich eine andere Stimme ein. »Das war ein Kurzschluss.«

»Die Roberta hat den Stall angezündet, weil sie was mit dem Fasching hatte.«

»Ich glaub der Roberta. Das war niemand von hier. Der Willi war ein ganz feiner …«

Von überall wurden ungefragt Meinungen geäußert. Die kriminelle Energie in der fränkischen Gemeinde war gering. Deswegen erhitzten der Brand und der Tod von Willi Körner, genau wie der Pfarrer es angedeutet hatte, jedes

Jahr aufs Neue die Gemüter. Man hatte sonst nichts Aufregendes zu besprechen.

»Hören Sie nicht darauf«, mischte sich Falk ein, der die Dienstagsfrauen begleitet hatte. »Achenkirch ist friedlich. Das letzte Mal hatten wir Polizei hier, als zwei Väter beim Fußball der F-Jugend mit Fäusten aufeinander losgegangen sind. Das war im letzten Jahrhundert.«

»Hier im Jura geht nichts verloren«, sagte die Blondine. »Alles kommt zutage.«

»Und wenn es hundertfünfzig Millionen Jahre dauert«, witzelte Estelle.

Der Brand gehörte so gesehen in die jüngere Vergangenheit und spaltete das Dorf bis heute. Konflikte wurden hier über Generationen vererbt und mit Vehemenz ausgetragen. Falk erklärte, was die Leute so aufregte: »Nach dem Brand hat Roberta mit dem Versicherungsgeld aus der kleinen Wirtschaft ein richtiges Hotel gemacht. An den Bautrupps vom Rhein-Main-Donau-Kanal hat sie sich später eine goldene Nase verdient. Und der Emmerich musste sich eine andere Betätigung suchen.«

»Eines ist klar«, raunte Caroline Eva zu. »Auf Brandstiftung mit Todesfolge steht in Achenkirch lebenslang.«

Roberta stolzierte mit ihrer Tochter über den Dorfplatz. Ihr durchgedrückter Rücken behauptete, dass ihr das Gerede nichts anhaben konnte. Ihr Blick in Richtung Eva und Caroline war eine Kampfansage. Es würde nicht leicht sein, aus ihr etwas herauszubekommen. Ein Blitzlicht flammte auf. Emmerich war wie üblich Chronist der Veranstaltung.

Im Vorübergehen raunte er Eva etwas zu.

»Ich habe die Fotos«, flüsterte er. »Die Fotos, über die wir geredet haben.«

Eva sah Caroline fragend an. Was war das schon wieder? Ein paar Mal hatte sie sich schon an Emmerich die Zähne ausgebissen.

»Es ist einen letzten Versuch wert«, meinte Caroline. »Ich kümmere mich um Roberta.«

59

Wo waren die Freundinnen nur? Judith drängte sich durch die Festgemeinde.

»Nur zu gut, dass der heilige Florian nicht nur der Schutzpatron der Feuerwehrleute ist, sondern auch der Bierbrauer«, tönte die Stimme des Bürgermeisters über den Festplatz. »Wir wollen nicht nur der Toten gedenken, sondern die Lebenden feiern.«

Aufs Stichwort flammten die bunten Lichter an den Buden auf. Innerhalb weniger Minuten entwickelte sich ein fröhliches Fest. Kinder fuhren für einen Euro mit dem Feuerwehrkorb des neuen Spritzenwagens in die Höhe. Am Schießstand übte sich die erwachsene Bevölkerung darin, Tonfigürchen zu erlegen, der Rotkreuz-Stand lockte mit Losen und Gewinnen. Endlich entdeckte Judith Kiki. Die lauschte andächtig einem jungen Brandmeister, der mit dem Feuerlöscher vor ihrer Nase herumwedelte und eine kleine Einführung gab: »Wenn Sie der Meinung sind, das ist ein nettes kleines Feuer, das lösch ich selbst …«

Kikis Dekolleté brachte ihn aus dem Konzept.

»Es genügt nicht, einen Feuerlöscher zu haben«, fuhr er fort, »man muss ihn auch benutzen, am besten richtig. Nehmen wir einen Freiwilligen«, sagte er und wies auf Judith. Kiki war hocherfreut, die Freundin zu sehen.

Judiths Blick ging zwischen Kiki und dem jungen Mann hin und her.

»Seit ich Mutter bin, ist mein Sicherheitsbedürfnis enorm gewachsen«, versuchte Kiki jeden aufkeimenden Verdacht zu ersticken.

»Wir können allen fleischlichen Gelüsten widerstehen«, bestätigte Estelle. Sie deutete auf den Grill, der von den Kellnerinnen der Wilden Ente bedient wurde. Der Geruch von Würsten, von karamellisierten Spareribs mit Currysauce, Bier und Zuckerwatte hing über dem Festplatz.

»Schön, dass du da bist«, sagte Estelle zu Judith. »Auch wenn Greta dich als fünfte Dienstagsfrau würdig vertreten hat.«

Judith strahlte. Vielleicht war es nicht entscheidend, immer über alles informiert zu werden, was in den Leben ihrer Freundinnen vor sich ging. Es war wichtig, da zu sein, wenn man gebraucht wurde.

»Was kann ich tun?«, fragte sie.

»Abwarten«, meinte Estelle und wies auf Caroline, die im Clinch mit Roberta lag.

60

Robertas Antwort war Nein. Nein, sie konnte sich nicht erinnern. Nein, sie hatte keine Ahnung. Nein, mit Regine hatte sie kaum etwas zu tun gehabt.

»Aber wenn Sie ein Los kaufen wollen, herzlich gerne.«

Roberta hielt Caroline den Eimer mit den Losen für das Rote Kreuz hin.

Die Fragen perlten an ihr ab. »Warum redet Ihre Freundin nicht mit Regine. Die muss es doch wissen.«

»Nicht alle sprechen gern über die Vergangenheit.«

»Sehr verständlich«, sagte Roberta und wandte sich ab, um weiter Lose zu verkaufen.

Caroline sah sich zur Wilden Ente um. Das Licht im Speicher flammte auf. Das müssten Emmerich und Eva sein. Wie lange würde es dauern, bis Roberta merkte, was in der Wilden Ente vor sich ging?

»Warum hat die Polizei den angeblichen Brandstifter nie finden können? Was ist mit Emmerich? Der muss den Täter gesehen haben.«

Roberta wurde nervös.

Caroline ließ nicht locker: »Ich kann den Brand neu aufrollen. In den vergangenen Jahrzehnten haben sich die Ermittlungsmethoden sehr verändert.«

»Wen soll das interessieren?«

»Das ganze Dorf«, sagte Caroline kühl. Es war eine Drohung.

Roberta lenkte ein: »Regine feierte gerne. Wie alle Mädchen von oben. Ich habe sie durch die Hintertür in die Wilde Ente gelassen. Sie hat gerne gesungen. Wenn die Mädchen kamen, waren auch die Jungs da.«

»Und welcher Junge kam wegen Regine?«

»Woher soll ich das wissen?«, wehrte Roberta ab.

»Der große Unbekannte! Ist das derselbe, den Sie auch für den Brand verantwortlich gemacht haben?«

»Wenn ich Zeit zum Plaudern habe, melde ich mich«, würgte Roberta Caroline ab und wandte sich um. Ihr Blick schweifte suchend über die Festgemeinde.

»Hast du Emmerich gesehen?«, rief sie ihrer Tochter zu, die ein Stück entfernt mit dem Bürgermeister redete.

Die Tochter schüttelte den Kopf. Roberta war unruhig.

»Ich schau, ob er zu Hause ist«, meinte sie.

Noch bevor sie sich umgewandt hatte, stellte sich Judith in ihren Weg.

»Ich möchte ein Los kaufen«, verkündete sie mit breitem Lächeln.

Caroline freute sich, dass Judith wieder da war. Noch mehr freute sie sich, als Judith umständlich ihr Geld herauskramte und Cent für Cent den Lospreis entrichtete. Im hell erleuchteten Speicherfenster waren die Silhouetten von Emmerich und Eva zu erkennen. Wenn Emmerich so langsam war wie immer, würde es nicht gutgehen. Estelle baute sich vor Roberta auf. Judith hatte sie auf eine Idee gebracht.

»Wie viele Lose haben Sie insgesamt?«

»Tausend.«

»Ich nehme sie. Alle.«

Roberta stutzte. »Alle?«

»Alle tausend«, beschloss Estelle. »Abzüglich derer, die schon verkauft sind.«

Caroline drückte Judiths Hand.

Judith nickte einfach nur. »Das kriegen wir schon hin«, meinte sie hoffnungsvoll. »Irgendwie.«

61

Emmerich hatte alle Zeit der Welt. Und ein Archiv, das jede Dimension sprengte. Bis unter die Decke stapelten sich auf dem Dachboden der Wilden Ente Schuhkartons. Die Muster und Zeichnungen an der Außenseite der Kartons erzählten vom Geschmack mehrerer Generationen, die Absender von Robertas Leidenschaft für Versandhäuser.

»Ich bringe alles durcheinander«, erklärte Emmerich. »Deswegen mache ich Fotos. Ganz viele Fotos. Ich kann beweisen, dass ich mich erinnere.«

Eva betrachtete verzweifelt die Pappberge. Um die Kartons in eine richtige Chronologie zu bekommen, brauchte man einen Schuhexperten. Die Keilabsätze gehörten in die Siebziger. Das war einfach. Aber was war davor? Wie war die Schuhmode 1965? Musste sie bei den Ballerinas suchen, den Pumps mit dünnen Pfennigabsätzen oder den schmalen Blockabsätzen? Oder verbargen sich die Fotos vom Maifest in den vergilbten Kartons der Gesundheitsschuhe, die seit Jahrzehnten in unverändertem Design im Gastgewerbe getragen wurden. Die Kartons mit Herrenschuhen waren noch problematischer.

»Alles inhaltlich sortiert«, machte Emmerich jede Hoffnung zunichte, hier auf eigene Faust fündig zu werden.

Von außen flogen Steine an das Fenster. Eva sah hinaus.

Unten stand Judith und rief: »Roberta hat schon bemerkt, dass Emmerich verschwunden ist. Beeil dich.«

»Ich weiß, was Sie suchen«, sagte Emmerich und zog mit einem gezielten Handgriff einen der blauen *Quelle*-Kartons heraus.

Unten schlug die Tür. Emmerich blieb die Ruhe selbst. Stolz präsentierte er das Foto. Es zeigte zwei Politiker, Theo Waigel und Max Streibl, die an einer Schiffsreling einen wahrhaft königlich grüßenden Mann flankierten: »Richard von Weizsäcker«, raunte Emmerich stolz. »Das war bei der Eröffnung des Rhein-Main-Donau-Kanals.«

Eva brach beinahe zusammen. Bundespräsidenten. Emmerichs Lieblingsthema.

Robertas Stimme klang von unten: »Emmerich? Bist du oben? Was treibst du da?«

Schritte erklangen. Wie lange würde es dauern, bis sie auf dem Dachboden war?

»Ich suche Fotos vom Maifest. Von Regine. Und all den anderen, die auf dem Fest waren«, flüsterte Eva Emmerich zu.

»Die Roberta hat mir die Fotos weggenommen. Aber die Negative habe ich versteckt.«

Emmerich suchte und kramte und suchte. Die Zeit wurde knapp. Endlich hatte Emmerich gefunden, was er suchte. Glücklich beugte sich Eva über den reich gefüllten Karton.

Die Tür sprang auf. Roberta erschien im Türrahmen. Sie sah, wie Eva etwas in ihrer Handtasche verschwinden ließ. Die beiden Frauen starrten sich stumm an. Eva versuchte, an ihr vorbeizukommen. Doch Roberta hielt sie auf.

»Sie geben wohl nie Ruhe?«, fragte sie und griff nach Evas Handtasche.

Eva zog sie weg. Doch Roberta war schneller. Sie packte die Tasche, kontrollierte den Inhalt, grinste. Mit triumphierendem Lächeln holte sie Evas Beutestück hervor. Es war die Speisekarte.

»Es ging mir um die Fotos«, gab Eva zu. »Um nichts anderes.«

Roberta nahm die Karte an sich. »Wir können Ihnen nicht helfen«, sagte sie. Emmerich blickte kleinlaut zu Boden.

»Lassen Sie sich nie wieder hier blicken«, warnte Roberta.

Eva nickte. Eine Frage bewegte sie noch: »Wie hat Fräulein Dorsch eigentlich reagiert, als sie Ihre Liaison mit Willi entdeckt hat?«

Roberta lachte bitter auf. »Sie hat nie wieder ein Wort mit mir geredet. In den Jahren genügte schon ein heimlicher Kuss, um als gefallenes Mädchen zu gelten.«

Emmerich schloss das Fenster. Draußen stand Judith. Im Arm hielt sie einen Karton von Salamander-Kinderschuhen, Größe 26. Eva kam hinzu. Sie grinste breit. Schon als Kind war Salamander ihre Lieblingsmarke gewesen. Nicht wegen der Schuhe, sondern wegen der Lurchihefte, die dazugeliefert wurden. Wie hieß das, wenn die Eidechse mal wieder dank der Schuhe einen schwierigen Fall gelöst hatte: »Lange schallt's im Walde noch: Salamander lebe hoch!« Eva hoffte, dass der Salamander bis heute nichts von seinen Ermittlerqualitäten eingebüßt hatte.

Judith eilte mit ihrer Beute zum Parkplatz, wo sich eine Traube um den Wagen der Freundinnen gebildet hatte. Die einen schüttelten den Kopf, die anderen schleppten Säcke heran. Estelle grinste verlegen in die Runde.

»Roberta hatte es auf einmal sehr eilig«, sagte sie.

Bei ihrem großzügigen Angebot, alle Lose aufzukaufen, hatte Estelle die Konsequenz nicht bedacht. Sie hatte nicht nur die dreißig Hauptpreise, sondern auch sämtliche Nieten gewonnen. Päckchen um Päckchen wanderte in den Kofferraum.

»Wer weiß, wofür es gut ist«, meinte Estelle.

62

Der letzte Tag brach an, die letzte Chance, noch in Achenkirch zu klären, was damals wirklich passiert war. Die Negative aus Emmerichs Schuhkarton bewegten die Gemüter der Dienstagsfrauen, die Aussicht auf einen simplen Apfel gab Anlass zu purer Euphorie. Der Programmzettel für Freitag vermeldete für elf Uhr den magischen Punkt »Fastenbrechen«. Es klang martialisch und versprach höchste Sinnenfreuden. Zum ersten Mal seit sechs Tagen durften sie wieder feste Nahrung zu sich nehmen. Aufgeregtes Gemurmel erfüllte den Speisesaal.

»Am liebsten würde ich mit dem Besteck auf den Tisch trommeln, damit es schneller geht«, stöhnte Estelle. Dabei war es ein einziges Stück Obst, das auf dem Speiseplan stand: keine Butter zum Schmoren, keine Marzipanfüllung, keine Rosinen, keine Gewürze, keine Kugel Eis als Beilage.

»Die Äpfel sind bei großer Hitze fünfundzwanzig Minuten im Ofen gegart«, erklärte Bea. »Es sind Gravensteiner aus eigenem Anbau.«

Niemand hörte zu. Der Geräuschpegel erinnerte an eine Kindergartentruppe vier Minuten vor dem Besuch des Nikolaus. Mit dem Öffnen der Küchentür quoll der aromatische Geruch warmen Bratapfels in den Speisesaal.

In Carolines Ohren klang gedämpfter Apfel nach Baby-
brei, Krankenhausnachtisch oder Schonkost für Gebiss-
träger. Doch die leicht verschrumpelte Frucht auf dem Teller
verhieß das Paradies auf Erden. Was interessierte sie die ge-
ballte Ladung an Vitalstoffen, von der Bea sprach, die leicht
verdaulichen Kohlehydrate, der Ballaststoff Pektin? Wen
kümmerte der Gehalt an Vitamin C, an Kalium oder positive
Effekte auf Cholesterinspiegel und Darmflora? Der schwül-
warme Duft verströmte pure Sinnlichkeit. Caroline begriff,
warum die Mythologie dem Apfel überirdische Kräfte zu-
schrieb: Die Frucht wurde als Quelle des Wissens gefeiert,
sie verhieß ewige Jugend, löste Kriege aus und läutete die
Vertreibung aus dem Paradies ein. Wie viel Versprechen lag
in diesem einen Apfel: Liebe, Fruchtbarkeit, Schönheit und
nie gekannte Sinnenfreuden. Das Tollste daran: Sie durfte
dieses natürliche Wunder verspeisen. Mit Stiel und Kern.
Ganz und gar. Das Stück Obst war das Verlockendste, was
Caroline seit Langem auf dem Teller gehabt hatte.

»Riechen Sie daran, befühlen Sie ihn, nehmen Sie den
Apfel bewusst wahr, bevor Sie den ersten Bissen wagen«,
forderte Bea sie auf. Amüsiert betrachtete sie die glänzenden Gesichter. Judith wich ihrem fragenden Blick konsequent aus.

Nichts war für Caroline mehr wichtig. Die pure Vorstellung, die warme und duftende Frucht essen zu dürfen,
versetzte sie in einen höheren Zustand der Glückseligkeit.
Sie betrachtete den Apfel eingehend, als ginge es darum,
den Wert eines kunstvoll geschliffenen Diamanten zu schätzen. Die Haut war verschrumpelt und an mehreren Stellen
aufgeplatzt. Weißer Schaum trat aus den Rissen. Trotz der
Prozedur im Backofen war die ursprüngliche Farbe noch
gut zu erkennen. Auf der einen Hälfte zeigte die Haut ein

kräftiges Gelb, die andere Hälfte war durch den Einfluss der Sonne karmesinrot eingefärbt. Wie unachtsam man mit Nahrung umging. Caroline war noch nie aufgefallen, was für ein komplexes Kunstwerk so ein Stück Obst in Wirklichkeit darstellte.

Mit dem Zeigefinger nahm sie ein wenig von dem Schaum auf, der überraschend fest war. Der säuerliche Geschmack explodierte in ihrem Mund. Es schmeckte nach mehr. Die Schale gab nach, als der Löffel eindrang. Rötlicher Saft rann an der Außenseite herunter und sammelte sich in einer kleinen Pfütze am Boden des Tellers. Der erste Löffel goldglänzenden Fruchtfleischs schmeckte göttlich. Der Saft des Apfels blubberte und bildete winzige Blasen. Langsam schmolz das winzige Apfelstück zwischen Gaumen und Zunge und enthüllte seine Würze. Süßer Saft füllte die Mundhöhle. Caroline entdeckte, dass die Schale anders schmeckte als das Innere. Je weiter sie zum Kernhaus vordrang, umso knackiger und kühler war das Fleisch. Jeder neue Bissen barg nie gekannte Geschmackssensationen. Das war pures Glück.

»Erstaunlich fest im Biss. Im Abgang etwas säuerlich. Edle Frucht«, schwärmte Estelle, die von den ausufernden Schilderungen vieler Weinproben profitierte.

Judith seufzte wohlig. Eva schloss die Augen. Selbst Hagen Seifritz, der zeit seines Lebens mehr auf Masse gesetzt hatte und Schnitzel erst dann wahrnahm, wenn sie über den Tellerrand hingen, nahm winzige Happen zu sich. Nur Greta quietschte ungehalten. Ihr dauerte das alles viel zu lange. Was sollte die ganze Erhabenheit? Das langsame Getue? Sie wollte Apfel. Jetzt. Aber sofort.

Das Babygeschrei erreichte Caroline nur am Rande. Sie

erinnerte sich nicht daran, jemals im Leben einen so aromatischen Apfel genossen zu haben. Das beste Obst seit den halbgefrorenen Mandarinen, die ihre Mutter ihr beim winterlichen Schlittenfahren kredenzte. So schmeckte das Paradies. Löffel für Löffel schwelgte sie im Geschmackseldorado und wusste zugleich, dass jeder Bissen sie ihrem normalen Leben näher brachte. Auf den Genuss der verbotenen Frucht folgte unweigerlich die Vertreibung. Morgen würden sie die mittelalterliche Burg verlassen und nach Hause zurückkehren. Zurück in ihr Leben. Aber was würde die Normalität sein? Für Kiki? Für sie? Für Philipp, der sie heute Abend zum Abendessen auf der Burg begleiten würde? Für Eva und ihre Mutter? So viele unbeantwortete Fragen.

»Ich bin satt«, ächzte Eva. Sie hatte gerade einmal den halben Apfel geschafft. Caroline konnte es nachfühlen. Nach sechs Tagen war es schwer, eine größere Menge zu sich zu nehmen. Sicher, wenn es einen Schuhkarton gab, der darauf wartete, untersucht zu werden.

Eva war die Erste, die aufstand. Judith folgte ihr eilig. Caroline wunderte sich: Tagelang waren Bea und Judith ein Herz und eine Seele gewesen. Jetzt ging Judith ohne Gruß an Bea vorbei.

63

»Gut möglich, dass der Vater von Eva auf einem der Fotos drauf ist«, sagte Kiki.

Aber wie wurde man dem Chaos Herr? Der Karton enthielt Dutzende Negativstreifen. Emmerich hatte rollenweise Filme verschossen. Caroline kam mit einer kleinen schwarzen Box, einem Negativ-Scangerät: »Habe ich von Falk ausgeliehen.«

Es konnte losgehen. Die Freundinnen hatten sich in der Bibliothek versammelt. Um wenigstens ein Stück von dem sonnigen Herbsttag zu ergattern, hatten sie die Fenster sperrangelweit aufgerissen.

Kiki tanzte mit Greta herum. Sie sorgte für die richtige Stimmung, indem sie via YouTube die Hits des Jahres 1965 abspielte. Shirley Bassey erzählte über einen Herren namens Goldfinger, die Beatles besangen die Bedürfnisse, die sie acht Tage die Woche hatten, und Gitte und Rex Gildo verkündeten gemeinschaftlich »Dein Glück ist mein Glück«.

Die ersten gescannten Bilder erschienen auf dem Computer. In verschwommenen Gelbtönen erstanden die Sechzigerjahre auf: bürgerlich gekleidete Familien mit ordentlich gescheitelten Kindern, viel Tracht, wenig Anhaltspunkte. Und Peter Alexander trällerte dazu. »Schenk mir ein Bild von dir. Als Souvenir.«

»Das war in der Hitparade. Mai 1965. Im Ernst«, erklärte Kiki.

»Wie sollen wir rausbekommen, wer von diesen Leuten etwas mit Regine zu tun hatte?«

Es schien ein aussichtsloses Unterfangen. Von draußen fiel eine Männerstimme in den Gesang von Peter Alexander ein: »Schenk' mir ein Bild von dir. Als Souvenir. Wenn ich nicht schlafen kann. Dann schau' ich's an. Das macht die Sehnsucht schön. Bis zum Wiederseh'n.«

Eva und Caroline lehnten sich zum Fenster hinaus. An der Außenwand turnte Emmerich auf einer Leiter herum, um den Rosen den herbstlichen Schnitt zu verpassen. Er zwinkerte Eva verschwörerisch zu.

»Ich hab dich gesehen. Mit dem anderen. Dabei hätten wir so schön in den Mai tanzen können.«

»Musik kann verschüttete Erinnerungen nach oben holen«, meinte Caroline.

Eva nickte. Sie wusste aus dem Studium, dass das wortbezogene Gedächtnis bei Gehirnverletzungen als Erstes gestört war. Das bedeutete nicht, dass sämtliche Erinnerungen für immer verschollen sein mussten.

»Wenn man Emmerich in die Stimmung der Sechziger bringen könnte …«, überlegte sie.

»Es ist einen Versuch wert«, meinte Caroline.

»Perhaps, perhaps, perhaps«, klang die Stimme von Doris Day durch die Bibliothek. Emmerich zögerte. Was hatte das zu bedeuten? Eva hatte ihn einfach nach drinnen gezogen.

»Mit wem hat Regine getanzt?«, fragte sie mit sanfter Stimme.

Emmerich zweifelte. Ratlos sah er Eva an. Sie schien ihn an Regine zu erinnern.

»Viel zu lange Haare«, murmelte er.

Die Bilder auf dem Computer, die Musik, Eva im Halbdunkel: Emmerich wirkte irritiert und desorientiert. In der Hand hatte er immer noch die Blumenschere. Sein Geist schwebte heimatlos zwischen Gestern und Heute.

»Lange Haare, geblümtes Hemd, eine schmale Hose, viel zu lange Haare«, wiederholte Emmerich. »Und die Augen. Er hatte nah zusammenstehende Augen.«

Kiki drückte Judith Greta in die Hand und griff nach ihrem Zeichenblock. Sie probierte, die vagen Informationen, die Emmerich preisgab, zu einem Bild zusammenzuschmelzen. Kiki versuchte sich als Phantombildzeichnerin. Es war viel schwieriger, als sie sich das vorgestellt hatte. Emmerich tigerte im Raum auf und ab, machte Tanzschritte und kehrte zurück zu dem Bild, das Kiki gemalt hatte.

»Kennen Sie den?«, fragte Kiki.

Emmerich reagierte nicht. Estelle wusste längst, wer das war: »Jetzt noch ein Schnauzer, und er sieht aus wie Wolfgang Petry.«

»Hölle, Hölle, Hölle«, seufzte Kiki, riss das Blatt aus und begann von vorne. Eine Stunde später hatten sie auf diese Weise Peter Alexander, den Pfarrer und Richard von Weizsäcker als Tatverdächtige ausgeschlossen. Kiki blieb tapfer dabei und versuchte sich in Variationen: Die Augenbrauen nicht so buschig. Und die Haare etwas kürzer. Emmerich nickte aufgeregt. Ganz offensichtlich stammte seine Vorstellung, ab wann Haare als lang zu gelten hatten, aus den Sechzigern.

Eva und Estelle scannten unterdessen die Negative aus dem Schuhkarton. Caroline, die den schärfsten Blick fürs Detail hatte, kam die Aufgabe zu, die Bilder am Computer in eine Reihenfolge zu bringen. Judith trug Greta spazieren. Kannen von Tee hatten sie bereits runtergespült. Trinken, trinken, trinken ging inzwischen von alleine.

645 Porträts hatte Emmerich am 1. Mai geschossen. Mithilfe der Nummerierungen und Schattenverläufe gelang es Caroline, die ursprüngliche Ordnung zu rekonstruieren. Wie ein Film liefen die Ereignisse des Tages vor ihnen ab. Der Bildausschnitt blieb immer gleich. Im Hintergrund liefen Passanten, parkte ein Opel Kapitän aus und ein VW Käfer ein. Im Vordergrund zogen viele bekannte Gesichter vorbei: Roberta mit Willi und ihrer kleinen Tochter in dem Foto, das sie bereits aus der Speisekarte kannte, das Friseurehepaar, Regine mit ihrer Kindergruppe von der Burg. Selbst Frieda Dorsch nutzte die Gelegenheit, sich fotografieren zu lassen. Ein Mann in einem geblümten Hemd tauchte nicht auf.

»645 Fotos und kein richtiger Hinweis.«

»Es ist sinnlos«, meinte Eva. »Über vierzig Jahre später kannst du weder einen Brandstifter noch einen Vater finden.«

»Das ist er. Genau das ist er«, rief Emmerich aufgeregt und wies auf das Bild, das Kiki ihm hinhielt. Caroline und Eva starrten die Zeichnung an. Ein junger Mann mit nach hinten gegelten Haaren und kecker Tolle.

»Elvis Presley. Ich glaube, der war's auch nicht«, meinte Estelle ernüchtert.

»Der war im Altmühltal. Als Panzerspäher«, wusste Emmerich. »An der Brücke in Dietfurt. Ich hab ihn im Archiv.«

Eva betrachtete die Zeichnung, die Kiki gemacht hatte.

»Ein bisschen längere Haare«, lachte sie, »ein bisschen

älter, und er sieht aus wie der Nachbar von Regine.« Und dann hörte sie auf zu lachen.

Caroline zog die Chronik der Dorsch-Werke heraus und blätterte zu dem Gruppenfoto mit dem Großvater von Eva. Dort stand der junge Mann mit Elvistolle. Es war Henry Schmitz.

»In den Jahren reichte ein heimlicher Kuss, um als gefallenes Mädchen zu gelten«, wiederholte Eva Robertas Worte. War Schmitz der Grund, warum die Großeltern Regine ins Altmühltal geschickt hatten?

»Der Schmitz hat Regine in Achenkirch besucht?«, fragte Judith, die mit dem Denken nicht hinterherkam. Das lag nicht nur an ihrem mangelnden Verständnis für Logik. Das lag vor allem daran, dass sie aus dem Fenster schaute und Falk und Bea Sänger beobachtete. Bea redete heftig auf Falk ein, der im Burghof Holzscheite hackte. Die beiden hatten ein Problem. Ein massives Problem.

In Evas Kopf schwirrte es nur noch. Schmitz? Henry Schmitz? Der Schmitz, der eine Tochter hatte, die vier Monate älter war als sie? Der Schmitz, der immer so nett zu ihr war? Der Schmitz, der zeitlebens an der Seite ihrer Mutter gewesen war? Der Schmitz, der sie im Opel Kapitän zur Schule gefahren hatte?

»Spiel den Film noch mal ab«, rief sie aufgeregt.

Die Menschen im Vordergrund waren ihr beim zweiten Durchgang egal. Nach dreihundert Bildern war es so weit. Im Hintergrund verließ ein Opel Kapitän die Parklücke vor der Wilden Ente. Der VW Käfer parkte ein. Aus dem Wagen stieg Roberta.

293

»Schmitz kann nicht der große Unbekannte sein. Der war schon nachmittags weg«, sagte Eva. »Lange vor dem Brand.«

»Lange bevor Regine mit ihren Sachen von der Burg kam, um nach Gretna Green zu flüchten.«

»Vielleicht hat er das Auto umgeparkt«, mischte Estelle sich ein. Es klang nicht besonders überzeugend.

»Er hat nicht auf Regine gewartet«, konstatierte Eva. »Sie kam in der Nacht nach unten, und er war weg.«

»Und Roberta hat das gewusst.«

Eva stürmte hinaus. Das war alles zu viel. Vom Fenster aus konnten die Dienstagsfrauen beobachten, wie sie auf Falk zuging. Eva lief auf und ab und redete und redete und redete. Die verzweifelten Gesten von Eva konnten die Freundinnen deuten, auch ohne die einzelnen Worte zu verstehen. Eva hatte so sehr gehofft, dass sich die Knoten lösen würden, wenn sie ihren Erzeuger fand. Jetzt drohte der potenzielle Vater ihre Zukunft zu zerstören. Denn Schmitz war immer noch Teil von Regines Leben. Ein Netz von lebenslangen Lügen umgab sie.

Falk drückte Eva die Axt in die Hand. Offensichtlich ermunterte er sie, ihre Wut an etwas Konkretem auszulassen. Regine konnte froh sein, weit weg von der Tochter zu sein. Eva drosch mit der Axt auf die Stämme ein. Die Holzsplitter flogen ihr um die Ohren. Bis sie zusammenbrach. Und bitterlich weinte.

Caroline drehte sich zu Kiki um: »So was darfst du Greta nicht antun. Niemals.«

64

Es war so weit. Der letzte Abend senkte sich über die Burg. Der Moment der Wiedervereinigung zwischen Estelle und ihrem Chanel-Kostüm war gekommen. Estelle hatte sechs Kilo verloren. An allem, was oben lag. Oberarme, Oberweite, Oberschenkel, Oberstübchen. Nur ihr Po war noch da. Rund war er und saß immer noch an der Stelle, über die der Reißverschluss elegant hinübergleiten sollte. Theoretisch. Der Rock schnürte ihr den Atem ab. Immer noch.

Aus dem Hof klangen aufgekratzte Stimmen in ihr Erkerzimmer. Die Walküre sang, der Dackel knurrte, Simone lachte mit Hagen Seifritz und dem Chauffeur. Aus den gekippten Küchenfenstern strömte Dampf in den Hof. Den ganzen Nachmittag war es in der Küche wie im Taubenschlag zugegangen. Sie hatten beim Kochkurs ihr eigenes Abschiedsessen vorbereitet und dabei eine ganze Palette an leichten, vegetarischen Rezepten kennengelernt.

»Das Wichtigste ist, einfach zu kochen«, hatte Bea gepredigt. »Besinnen Sie sich auf die regionale Küche. Lernen Sie kennen, was der heimische Boden hergibt: Mangold, Pastinaken, Rüben, Haferwurz, Holunder, Wolfsmilch, Sporblumen. Auf jedem Fensterbrett ist Platz für einen Küchen- und Kräutergarten.«

Bea war seltsam gerührt über den bevorstehenden Abschied.

»Sie sind meine letzte Gruppe«, hatte sie zugegeben. »Ich werde mich im nächsten Jahr neu orientieren.«

Die Eisermanns hatten einen vielsagenden Blick ausgetauscht. Es hätte nicht viel gefehlt und sie hätten applaudiert. Judith hatte Bea stumm angesehen.

Estelle wunderte sich. Was war zwischen Judith und Bea? Und wie würde Philipp sich an dem Abend schlagen? Nach dem Desaster mit dem Kostüm wäre Estelle am liebsten abgefahren. Doch noch schlimmer als ein definitiv zu klein gekaufter Rock war, etwas zu verpassen.

65

Der Burghof wirkte verwunschen. Lampions wehten im lauen Lüftchen, bunte Windlichter flackerten. Festlich waren die Mienen, die Kleider, die Stimmung.

Caroline zupfte an Philipps Fliege herum. Direkt unter Estelles Fenster.

»Bist du nervös?«, fragte Caroline.

»Warum sollte ich nervös sein?«, gab Philipp zurück.

»Ich weiß nicht«, wich Caroline aus.

»Ich fühle mich, als müsste ich bei deinen Freundinnen um deine Hand anhalten«, meinte Philipp. »Sonst ist alles in Ordnung.«

»Wird schon nicht so schlimm werden«, tönte Estelle.

Philipp und Caroline blickten nach oben.

»Du bist eine Chance, Toleranz zu üben«, gab Estelle unverblümt zu. Das war zwar uncharmant, aber die Wahrheit.

Caroline zog Philipp einfach weiter.

Der Rittersaal war nicht wiederzuerkennen. Die Kronleuchter glänzten. Der Duft von warmem Bienenwachs durchzog den Raum. In der Mitte des Saals war eine lange Tafel aufgebaut. Blütenweiße Hussen überdeckten die einfachen Holzstühle. Auf schweren Tischdecken buhlten Blumensträuße, Vasen mit Beerenzweigen, Weingläser, altes Porzellan und kunstvoll gefaltete Servietten um Auf-

merksamkeit. Nach sieben Tagen in Jogginganzug und
Frotteemantel hatten sich die Herren und Damen in Schale
geworfen.

»Fasten und feiern gehören zusammen«, begrüßte Falk
Caroline und Philipp.

Judith war bereits eingetroffen. Blass und nervös wartete
sie auf die Begegnung mit ihrem ehemaligen Geliebten.

»Ich habe mich nie wirklich bei dir entschuldigt«, unter-
nahm Philipp einen vorsichtigen Anlauf.

»Dann lass es auch jetzt bleiben«, meinte Judith.

Philipp hielt sie auf: »Wenn es dich stört, gehe ich«, schlug
er vor. »Es ist dein Fest.«

»Ich komme schon klar«, antwortete Judith. »Ich versuche, meine negativen Gedanken in eine tote Katze um-
zuwandeln und an mir vorbeischwimmen zu lassen«, erklärte sie trotzig.

»Und das funktioniert?«

»Nein.«

Philipp machte einen Schritt auf sie zu. Judith wich aus.
Das war mehr, als sie ertragen konnte. »Ich setze mich ganz
weit weg von euch«, entschuldigte sie sich bei Caroline.
»Ich kann das nicht so wie du. Nicht so schnell.«

Bea winkte Judith zu sich.

»Du magst sie? Oder?«, fragte Caroline unverblümt.

»Bea ist mir ähnlich«, gab Judith zu. »Ich weiß nur noch
nicht, ob ich zwei von meiner Sorte in meinem Leben aus-
halte.«

Caroline drückte Judiths Hand. Es war in Ordnung.

Platten mit Gemüse wurden hereingebracht, Wasser in die
Weingläser geschenkt. Alkohol war tabu. Der guten Laune
tat dies keinen Abbruch.

»Nicht draufstürzen. Sonst ist Ihr Magen überfordert«, warnte Bea. »Den Einstieg in eine gesündere Lebensweise haben Sie geschafft. Jetzt gilt es umzusetzen, was Sie gelernt haben.«

Falk ergänzte: »Essen Sie nicht im Stehen, im Laufen, beim Fernsehen, zwischen zwei Telefonaten, am Computer. Nehmen Sie sich die Zeit, achtsam mit sich umzugehen.«

Caroline sah sich um. Judith war im lebhaften Gespräch mit Bea, Eva schwatzte mit Falk über die Vergangenheit. Verwundert stellte Caroline fest, dass sich in der Gruppe neue Konstellationen aufgetan hatten. Sie war in den letzten Tagen so mit sich und den Problemen der Dienstagsfrauen beschäftigt gewesen, dass ihr manches, was auf der Burg passiert war, entgangen sein musste. Die schweigsame Dame mit dem Ballettdutt, die keine ehemalige Primaballerina, sondern Angestellte einer Krankenkasse war, saß neben der kleinen Simone, die dieselbe strenge Frisur trug. Simone hatte nicht nur ihre Haarpracht und die vorwitzigen Strähnen gebändigt, sie wirkte insgesamt entspannter. Caroline fand die beiden ein ideales Paar: Die Ballerina schwieg regungslos, wie immer. Und Simone redete. Auch wie immer. Sie hatte endlich jemanden gefunden, der nicht vor ihr weglief oder allzu viele Kommentare abgab. Caroline sah sich suchend nach der Tochter der Nichtballerina um. Fast hätte sie sie nicht erkannt. Die graue Maus, die in der Gruppe kaum aufgefallen war, zeigte sich mit frischem Blondschopf und flirtete mit Hagen Seifritz.

Die Gesichter waren schmaler, rosiger, der Hosenbund saß bei allen Teilnehmern lockerer. Die Stimmung war überschäumend. Pünktlich zur Abreise feierte man Verbrüderung.

Nur Philipp, mittendrin im Geschehen, zweifelte noch: »Die positiven Wirkungen des Fastens sind wissenschaftlich nicht belegbar«, sagte er.

»Das heißt nicht, dass es sie nicht gibt«, gab Falk zu bedenken.

Unter dem Tisch jaulte der Dackel auf. Vielleicht lag es daran, dass sein Frauchen sich gerade nach den Vorteilen einer vegetarischen Hundeernährung erkundigte. Oder ahnte er, dass seine Liebe zu zwei vorlauten indischen Enten auf ewig unerfüllt bleiben sollte?

Am lautesten dröhnte der gar nicht mehr zurückhaltende Chauffeur, der an diesem Abend Qualitäten als Alleinunterhalter bewies. Mit großer Gebärde berichtete er, wie er seine Schwiegereltern, beide besserwisserische Hobbyornithologen, bei seinem Antrittsbesuch mit einem Stoffpapagei genarrt hatte.

»Ich war mal ein ganz Schlimmer«, erzählte er begeistert. »Und dann kam der Job, die Ehe, der Rotwein und die Trägheit.«

Die Walküre neben ihm nickte aufgeregt: »Ich will im nächsten Jahr zwanzig Kilo und die Schwermut loswerden«, hatte sie sich vorgenommen. »Das ist nur der Anfang.« Alle murmelten zustimmend.

Allein Greta fand die Veranstaltung einfach zum Heulen. Sie weinte, sie schrie, sie rieb sich die Augen und überstreckte ihren kleinen Körper. Es half kein Füttern, Wickeln, Trösten, kein Singen und kein Schaukeln. Nichts konnte Greta von ihrem Kummer ablenken. Sie brüllte.

»Manchmal muss man sich vor Augen halten, dass es um die Erhaltung unserer Art geht«, sagte Herr Eisermann laut.

»Immerhin trägt Kiki Ihre Rentenversicherung herum«, erklärte Caroline.

»Kein Wunder, dass das Kind brüllt«, wusste Frau Eisermann. »Ein Baby in dem Alter braucht eine stabile Bezugsperson. Logisch, dass die Kinder durchdrehen.«

Estelle sah die Eisermanns interessiert an. »Was ist das eigentlich bei Ihnen? Eine schlechte Kindheit? Oder bloß genetisch?«

Bea kicherte heimlich: »Ich hoffe, die beiden empfehlen uns nicht in ihrem Freundeskreis weiter.« Seit sie zugegeben hatte, dass sie unfähig war, mit Menschen wie den Eisermanns umzugehen, war der Druck von ihr abgefallen.

»Bekommen wir eigentlich keine Formulare, wo wir unsere Verbesserungsvorschläge notieren können?«, reagierte Herr Eisermann.

»Es wäre schön, wenn wir gemeinsam rekapitulieren könnten, wie es uns geht«, sprang ihm seine Frau bei.

»Gut geht's uns«, sagte Estelle. »Auch ohne Formular.« Sie legte ihre Serviette nieder. Sie hatte es immer gewusst: Gruppen waren ihre Sache nicht. Es war an der Zeit, aufzubrechen. Gemeinsam mit Kiki und Greta verließ sie die Veranstaltung. Caroline drückte ihr verschwörerisch den Autoschlüssel in die Hand: »Falls du Eile hast.«

Kiki nahm ohnehin die Bahn, und Judith und Eva konnten morgen problemlos mit ihr und Philipp zurückfahren.

Estelle nahm das Angebot, Carolines Auto zu nehmen, dankbar an: »Wenn ich mich je in eine Frau verliebe, dann nur in dich«, sagte sie und verschwand.

Caroline lehnte sich zurück. Wie ging es ihr? Gar keine einfache Frage, fand sie. Sie beobachtete, wie Philipp mit Falk fachsimpelte. Es war, als wäre er nie weg gewesen. Caroline kannte seine Gesten und Manieren nur zu gut. Sie verfolgte, wie er das Messer auf der Tischdecke ablegte,

301

den Teller zu voll nahm, achtlos Essen in sich reinschaufelte, Falk nicht zu Wort kommen ließ. Sie registrierte, wie er sich durch die Haare strich. Seit Jahrzehnten nestelte er so in seinen Haaren herum. Im Licht der Kronleuchter blitzte sein Ehering auf. Es war ein Schock.

Bis vor einer Viertelstunde hatte sie einen Neustart für möglich gehalten. Philipps simple Geste, seinen Ehering wieder anzulegen, zerstörte alles. Anstatt den Weg einer vorsichtigen Annäherung zu versuchen, erklärte Philipp den Weg, den sie gerade begonnen hatten, für beendet. War Philipp sich so sicher, dass alles so werden würde wie früher? Erwartete er allen Ernstes, dass sie zu Hause ihren Ehering anlegte, Umzugskisten packte, in das Haus zurückkehrte und stillschweigend die letzten Spuren von Sissi entsorgte? Und dann begann der Ehealltag von vorne? Sie genoss das Abenteuer, er wollte zurück in die Ehe.

Und während die Freundinnen redeten und schnatterten und erzählten und jeden einzelnen Bissen des frugalen Mahls als ungekannte Delikatesse feierten, spürte Caroline Panik aufsteigen. Die süße Spannung einer Affäre würde nicht ewig halten. Was kam danach? Wieder gemeinsam im Ehealltag versinken? Sich erneut mit Philipps Macken auseinandersetzen? Nebeneinanderher leben? Warten, bis die nächste Sissi auftauchte? Caroline war, ohne es zu merken, über Philipp hinausgewachsen. Von wegen fünfundzwanzig Monate Trauerzeit! Sie hatte die Abkürzung gefunden. Ganz ohne Navigationssystem.

66

Estelle ging so, wie sie gekommen war. Sie streckte dem steinernen Hintern an der Fassade, der, wie Caroline bei ihrer Ankunft erklärt hatte, böse Gewalten abhalten sollte, die Zunge heraus. Sie hatte keine Lust mehr, eine Gemüseplatte als Festmahl zu zelebrieren. Sie hatte keine Lust, auf den nächsten Morgen zu warten. Estelle wollte nach Hause. Jetzt. Sofort. Sie startete den Wagen, als auf einmal die Tür aufgerissen wurde. Caroline wuchtete ihren Koffer auf die Rückbank und ließ sich auf den Beifahrersitz fallen.

»Scheint in Mode zu kommen, einfach wegzurennen«, kommentierte Estelle nüchtern.

»Ich entschlacke«, sagte Caroline. »Ich werfe den Ballast der Vergangenheit ab.«

»Und was sagt Philipp dazu?«

»Er weiß es noch nicht.«

»Das sind keine Manieren, Caroline. Man verlässt keinen Mann, ohne ihm Bescheid zu geben. Nicht mal den eigenen.«

»Ich bin einfach nicht neugierig auf das Eheleben mit Philipp«, gestand Caroline. »Ich bin im richtigen Alter für Abenteuer. Ich brauche dringend Lampen im Wohnzimmer. Und der Frank von den Ölen und Fetten war eigentlich ganz nett.«

»Philipp hatte es sowieso nicht verdient«, beschloss Estelle.

»Und dann sitzt er da mit dem jungen Gemüse ohne jede Fleischbeilage«, lachte Caroline.

»Caroline, ich entdecke vollkommen neue Seiten an dir.«

»Ich lebe von den Fehlern der anderen. Jetzt mache ich meine eigenen. Fühlt sich nicht schlecht an.«

Estelle lenkte das Auto vom Parkplatz. Die Scheinwerfer erfassten die Silhouetten von Helmut und Hannelore, die sich zur Nachtruhe aneinanderkuschelten. Offensichtlich gelang es heutzutage nur noch indischen Laufenten, zusammenzubleiben, bis dass der Tod sie schied.

Auf dem Panoramaparkplatz machten Estelle und Caroline halt für ein letztes Foto und einen Abschiedsgruß. Die Burg Achenkirch lag majestätisch auf ihrem Felsen. Abweisend. Fern. Schon Vergangenheit. Sie gab nichts von dem preis, was sich hinter ihren Mauern abspielte.

»Ich frage mich, wie lange es dauert, bis Philipp begreift, dass du abgefahren bist.«

»Falk wird es ihm erklären«, meinte Caroline. »Das ist ganz normal hier. Manchmal verschwinden Mädchen bei Nacht und Nebel. Sie lösen sich in nichts auf.«

Ein Feuerwerkskörper stieg in den Himmel und zerfiel im sternenlosen Nachthimmel in tausend verglühende Lichtpunkte. Die Burg erstrahlte in Blau, Grün, Rot und Orange. Als traditioneller Abschluss der Festwoche schoss die Freiwillige Feuerwehr Achenkirch Raketen in den Himmel. Der Wind wehte die Ohs und Ahs der Menge auf dem Festplatz zu ihnen herüber.

»Das nehm ich persönlich«, sagte Estelle.

»Wir haben es geschafft«, nickte Caroline und genauso fühlte sich das an.

»Glückliches neues Jahr«, wünschte Estelle. Caroline nickte ernst. Sie stießen mit den unvermeidlichen Wasserflaschen an.

»Lass uns verschwinden«, sagte Caroline. »Ich kann keine Teebeutel mehr sehen.«

»Willst du fahren?«, fragte Estelle.

Caroline schüttelte den Kopf: »Du machst das schon.«

Als Estelle auf der Autobahn einfädelte, war Caroline eingeschlafen.

67

Die Morgensonne strahlte zum Abschied. Es war vorbei.
Die Gruppe, die sich am Vorabend verbrüdert hatte, stob
nach dem einfachen Frühstück auseinander. Hastigen
Umarmungen folgten flüchtige Versprechen: Man würde
in Kontakt bleiben, telefonieren und mailen und wer weiß:
»In einem Jahr wieder? Gemeinsam?«

Im Hintergrund bereitete sich das Personal schon auf die
Ankunft der Familie von Wegemann vor, die alljährlich ihr
Familientreffen auf der Burg abhielt. Sechzig Personen. Da
blieb keine Zeit für Sentimentalitäten.

Kiki übergab Falk den vollgekritzelten Block.

»Schreiben ist nichts für mich«, gestand sie. »Ich komme
jedes Mal ins Zeichnen.«

Falk blätterte belustigt durch die Entwürfe, die Kiki sogar
koloriert hatte.

»Sie haben Talent.«

»Für einen Job reicht es nicht«, meinte Kiki entmutigt.

Falk fasste sie an den Handgelenken und redete ihr ins
Gewissen: »Hören Sie auf, sich wie eine Bittstellerin zu
benehmen. Sie haben einem Arbeitgeber etwas zu bieten.
Arbeitgeber suchen Qualität.«

»Der letzte, bei dem ich mich beworben habe, suchte

überhaupt nicht«, empörte sich Kiki. »Der wollte nur beweisen, dass er der Beste von allen ist.«

»Wollten Sie mit dem Mann zusammenarbeiten?«

Kiki war verblüfft. Von dieser Seite hatte sie das noch nie betrachtet. Sie war so sehr damit beschäftigt gewesen, einen guten Eindruck zu hinterlassen, dass sie sich nie gefragt hatte, ob sie Lust hatte, ihre Lebens- und Arbeitszeit für Moll zu opfern.

»Mit dem aufgeblasenen Gartenzwerg? Nein«, sagte sie ehrlich. »Er hat mich zwei Stunden warten lassen.«

Falk wusste, was sie falsch gemacht hatte: »Den Job haben Sie verloren, bevor es überhaupt losging.«

»Hätte ich weggehen sollen?«, fragte Kiki.

»Zum Beispiel.«

»Dann hätte ich den Job nie bekommen.«

»Haben Sie ihn so bekommen?«

Kiki begriff: »Ich habe gezeigt, wie verzweifelt ich den Job brauche und wie viel ich mir gefallen lasse. Alles verkehrt gemacht.«

»Er kann eine Firma führen. Sie können entwerfen. Ohne Sie ist er nichts. Er braucht Sie. Nicht umgekehrt.«

Kiki zuckte die Schultern: »Das fühlt sich anders an.«

Falk las vor, was Kiki aufgeschrieben hatte: »›Meine Bedürfnisse sind so niedrig, dass ich mit meinem Teilzeitjob die Familie ernähren kann.‹ Das ist Ihre Stärke. Sie brauchen den Job gar nicht.«

Kiki zweifelte.

»Probieren Sie es aus«, ermunterte Falk Kiki. »Jeder bekommt so viele Chancen, wie er kreiert«, sagte er.

Sein Blick schweifte zu Bea, die sich wortreich von Judith verabschiedete.

Die beiden umarmten sich. Dann rollte Judith mit ihrem Koffer zu Kiki und Greta. Im Vorübergehen schmiss sie den bleiernen Talisman, den sie an Silvester gegossen hatte, in einen Mülleimer. Kiki sah sie ratlos an.

»Das Schicksal hat keine Ahnung, was gut für mich ist«, erklärte Judith.

Wenn sie ehrlich war, hatte es noch nie richtig geklappt mit den Prophezeiungen. Judith hatte auf Erlösung von oben gehofft, seit sie als Siebenjährige eine tote Spinne in einer Streichholzkiste aufbewahrt hatte.

»In sieben Jahren verwandelt sich die Spinne in pures Gold«, hatte ihre Großmutter versprochen. Gold, mit dem sie ein Leben als Prinzessin führen wollte. Leider hatte das Schicksal ihrem kleinen Bruder gleichzeitig eine fleischfressende Pflanze in die Hand gespielt, sodass es sein Versprechen nicht einzulösen brauchte.

»Das Schicksal kann mich mal«, beschloss Judith.

Sie war nämlich, wenn sie recht darüber nachdachte, nicht unzufrieden mit ihrem Leben. Sie hatte die Wohnung in der Blumenthalstraße zu ihrer eigenen gemacht, sie arbeitete gerne bei Luc, und sie wollte in der Nähe ihrer Freundinnen bleiben. Sie hatte keine Lust mehr, ihr Leben für jemand anderen aufzugeben.

»Bea will mich besuchen. Wenn sie alles geklärt hat.«

»Keine Zweifel?«

Judith schüttelte den Kopf. »Mein Horoskop sagt, ich soll mit großen Veränderungen vorsichtig sein.«

Kiki lachte. »Und daran glaubst du?«

»Man muss ja nicht gleich alle Hilfsmittel über Bord schmeißen. Astrologie ist quasi wissenschaftlich. Das ist etwas ganz anderes als Bleigießen.«

68

Der Bahnsteig war leer. Allein der Kölner Dom begrüßte Kiki, als ihr ICE am späten Samstagmittag in den Hauptbahnhof rollte. Ein Stück weiter auf der Hohenzollernbrücke, die Züge und Fußgänger über den Rhein brachte, hing zwischen Tausenden von Vorhängeschlössern das von Kiki und Max. An einem eiskalten Novembernachmittag hatten sie ihre Initialen in den Metallkörper gekratzt, das Schloss am Gitter befestigt und den Schlüssel als Zeichen ewiger Liebe in hohem Bogen in den Rhein geschleudert.

Der Bahnsteig war leer, die Wohnung ebenso. Greta, die eben noch fröhlich mit den Armen gerudert hatte, als erkenne sie ihr heimisches Viertel mit seinen Nutten, Brautmodengeschäften, Wettlokalen und Designbüros, verzog das Gesicht. Sie spürte, dass etwas nicht stimmte.

Ohne Max in der Wohnung fiel ihr verstärkt auf, wie viele Schönheitsreparaturen noch zu leisten waren. Kiki räumte ihre Entwürfe in einen Karton. Sie hatte sich vorgenommen, nicht mehr so viel gleichzeitig zu tun. Einfacher leben. Entschleunigen. Das war das Gebot der Stunde. In der folgenden Nacht schlief sie, anstatt an ihrer Zweitkarriere zu arbeiten. Am Montagmorgen brachte sie den Karton mit den Plastikporzellan-Entwürfen zu Estelle. Als Spende

für das Charity-Fest. Die Modelle waren, das hatten dreizehn vergebliche Bewerbungen gezeigt, nicht gut genug.
Sie würde sich erst einmal auf Greta und »Coffee to go«
konzentrieren. Kiki wollte einen Plan B haben, bevor das
Ergebnis kam. Plan B war, in Zukunft alleine für Greta und
sich zu sorgen.

Am Dienstag arbeitete Kiki wieder in ihrem Café am Barbarossaplatz, mixte Frappuccinos und malte Buchstaben in
Kaffeeschaum. Greta war mit Tante Judith unterwegs, die
noch eine Woche Urlaub hatte.

»Ich würde gerne einen Milchkaffee bestellen«, klang eine
Stimme in ihrem Rücken. Da stand Max. Mit Sechstagebart. Übernächtigt, aber mit frechem Grinsen auf den Lippen. Der Schalk blitzte aus seinen Augen.

»Dann machen Sie das doch«, antwortete Kiki. Frech
konnte sie auch.

»Einen Milchkaffee. Und dann hätte ich gerne Pralinen.«

»Ein Geschenk?«, fragte Kiki kokett.

»Für eine Frau«, erklärte Max. »Als Wiedergutmachung.«

Hinter Max bildete sich bereits eine Schlange. Kiki brachte das nicht aus der Ruhe. Sie brühte Kaffee, schäumte Milch
auf und handelte in aller Seelenruhe seine Bestellung ab.

»Die kleine Lass-uns-noch-mal-reden-Größe? Oder die
mittlere Schwamm-drüber-Schachtel?«

»Die Ich-habe-dich-schrecklich-vermisst-Version, bitte.«

Kiki packte ohne zu zögern zwei Pralinenschachteln.

»Ich glaube, damit lässt sich das nicht aus der Welt schaffen«, meinte Max. Kiki packte noch mehr Pralinen auf den
Stapel.

»Geht's vielleicht ein bisschen schneller«, forderte ein

310

Schnösel Marke Lichthupendrängler. Wäre das eine Supermarktkasse, er hätte Max längst den Einkaufswagen in die Fersen gerammt.

Max ließ sich nicht aus der Ruhe bringen: »Vielleicht können Sie die Pralinen ein bisschen einpacken?«

»Woran denken Sie bei ›ein bisschen‹? Die Vorder- oder die Rückseite?«, fragte Kiki provokant.

»Beide. Und dann noch etwas Süßes für meine Tochter.«

Ein Stöhnen ging durch die Reihe der Wartenden.

»Sie haben eine Tochter?«, interessierte sich Kiki und verabschiedete sich innerlich von den Kunden hinter Max. »Sind Sie sicher?«

»Ich kenne die Kleine, seit sie ein Strich auf dem Schwangerschaftstest war.«

»Das heißt gar nichts. Man hört so viel«, erwiderte Kiki. »Sicher kann ein Mann nie sein.«

»Ich war dabei, als wir zum ersten Mal das Herz haben klopfen sehen, ich war bei der Geburtsvorbereitung, ich habe Lieder für sie gesungen, als sie im Bauch saß, ich habe versucht, sie mit einer Taschenlampe in die richtige Geburtsposition zu locken, ich habe nach der Geburt die Finger gezählt. Die Kleine ist das größte Ereignis in meinem Leben, seit ich meine Jungfräulichkeit an Cora Müller verloren habe. Was soll ich anderes sein als ihr Vater?«

Kiki wischte mit der Schürze ein paar Tränen aus den Augen und legte die Bestellungen vor ihm ab.

»Es gibt nur eine einzige offene Frage. Eine wichtige. Lebensentscheidend geradezu.«

Ob sie jetzt kam, die große Frage? Kiki sah ihn neugierig an.

»Kann ich anschreiben?«, platzte Max heraus. »Ich bin nämlich pleite.«

Kiki schlug mit dem Geschirrtuch auf ihn ein. Max griff das Tuch, zog Kiki an sich und küsste sie.

»Wie lange soll das denn noch dauern?«, fragte der Schlangenmann.

»Ich will genau dasselbe wie er«, verkündete der Bauarbeiter hinter ihm.

Am selben Abend war Max wieder zu Hause. Kiki konnte nicht schlafen. Sie war beeindruckt von so viel Großmut. Sie war Max dankbar. Aber war das richtig? Immer wieder sah sie die weinende Eva vor sich.

»Greta wird die Wahrheit wissen wollen«, hatte Eva gesagt.

Schlaflos tigerte Kiki durch die Wohnung. Viermal war sie schon an der Anrichte vorbeigegangen, als ihr der merkwürdige Umschlag auffiel. Der Brief. Das Ergebnis vom Vaterschaftstest. Er war geöffnet. Max wusste längst Bescheid.

»Sie ist meine Tochter«, sagte eine Stimme im Rücken. Max hatte gemerkt, dass sie aufgestanden war.

»Seit wann weißt du das?«

»Seit ein paar Tagen. Ich hab' den Schnelltest gewählt. Wir werden ohne Auto auskommen müssen.«

»Du bist ein Schuft«, schimpfte Kiki.

Max grinste nur: »Gib es zu. So klang die Geschichte viel besser. Und falsch war sie auch nicht.«

Kiki seufzte. Max war unmöglich. Und unwiderstehlich.

69

Frido gab sich Mühe. Nach gefühlten 480 Pizzas »Casa di Mama« von Dr. Oetker, acht Stopps bei McDrive und einer leichten Fischvergiftung nach dem Besuch von Hugos Nordseegrill hatte er am Tag vor Evas Rückkehr ein Kochbuch gekauft. Seine Wahl war auf »Asiatische Küche für Anfänger« gefallen. Das war die einzige Region der Erde, die von Eva nicht schon kulinarisch erobert war. Reiner Selbstschutz. Einem weiteren Ausflug zu McDonald's wäre er psychisch nicht gewachsen. Frido war wild entschlossen, Eva an ihrem ersten Abend mit Sushi zu überraschen. Während Eva den Koffer auspackte, hatte er die Kinder zum Kochen zwangsverpflichtet. Er bereitete den Reis zu, Anna schnitt hingebungsvoll Gurke und Avocado, Frido jr. den Lachs, und David rollte mit Todesverachtung alles in angeröstete Nori-Blätter und träumte von einem Burger. Lene, die seit zwei Tagen aus dem Krankenhaus entlassen war, hatte die Oberaufsicht: »Ihr braucht Essigwasser. Ohne Essigwasser geht es nicht.«

»Du siehst toll aus«, sagte Anna, als ihre Mutter in der Küche erschien. Eva trug eine Jeans, die sie vor Jahren als Motivationshilfe absichtlich zu klein gekauft hatte. Jahrelang stürzte das teure Stück sie bei jedem Blick in den Kleiderschrank in tiefe Depressionen. Der Bund saß noch immer stramm, aber der Reißverschluss war zu. Sie konnten in Achenkirch noch hundert Mal betonen, es ginge nicht ums Abnehmen: Mit ein paar Kilo weniger fühlte Eva sich viel wohler in ihrer Haut. Sie hatte durchgehalten. Sie war stolz auf sich.

Eva hatte sich vorgenommen, die Erkenntnisse, die sie in Achenkirch gewonnen hatte, im Alltag umzusetzen. Erste Maßnahme war, regelmäßige Essenszeiten einzuhalten.

»Vor Achenkirch habe ich gelebt wie Winnie Puuh«, bekannte sie, »immer auf der Suche nach etwas Essbarem.«

Das sollte sich jetzt ändern. Als es klingelte, ahnte sie, dass es bereits am ersten Tag beim guten Vorsatz bleiben würde. Sie erkannte das Klingel-Stakkato, das noch fordernder klang als sonst. Ehe Eva sich überlegen konnte, wie sie Regine am besten abwimmelte, nutzte David die Gelegenheit zur Flucht vor den Algenblättern und rannte zur Haustür.

Ein Zivildienstleistender aus der Klinik schob Regine mit dem Rollstuhl in die Küche. Ihre Mutter sah strahlend und bunt aus wie immer.

»Was machst du nur für Sachen«, rief Regine und streckte die Arme aus, um sich von Eva umarmen zu lassen. Nicht aufregen, sagte Eva sich vor. Keine Schwäche zeigen. Keine Vorwürfe. Nicht provozieren lassen. Columbo mit seiner klettenhaften Anbiederung an den Täter war seit den Siebzigern out. Sie musste es machen wie die Ermittler aus Serien wie CSI: cool, überlegen, ohne Weltschmerz und emotionale Verwicklungen. Wenn der Täter nicht redete, sollten die Fakten sprechen.

»Was bist du für ein eigensinniges Kind«, begann Regine. Es klang, als wäre Eva zweieinhalb und trotz mütterlicher Ermahnung zur Vorsicht mit dem Dreirad auf die Straße gefahren.

»Vermutlich ein Erbteil meines Vaters«, konterte Eva.

Regine sollte wissen, dass sie mit lockerer Konversation nicht davonkäme.

»Was für einen Sinn hat das, in der Vergangenheit zu graben«, sagte Regine scharf. »Nichts kann man ändern, wenn man zurückblickt. Zu was soll das gut sein?«

»Man kann Menschen besser verstehen.«

»Und was hast du verstanden, was du vorher nicht wusstest?«

»Dass deine Eltern dich nach Achenkirch abgeschoben haben. Dass du in die weite Welt wolltest. Mit Schmitz.«

Anna, Lene und Frido jr. blickten verstohlen von Gemüse, Fisch und Algen auf. Frido senior tat so, als wäre er zu beschäftigt, die drohende familiäre Eskalation zu bemerken. Reis wässern, kochen und quellen erforderte den ganzen Mann. David war gar nicht erst an seinen Arbeitsplatz zurückgekehrt.

»Und jetzt erwartest du Erklärungen von mir?«, sagte Regine von oben herab.

Evas Antwort war einfach: »Nein.«

»Nein?« Regine verschlug es die Sprache.

Ein gutes Wort, dieses »Nein«. Das musste sie sich für den Umgang mit ihrer Mutter merken. Sie wiederholte es noch einmal: »Nein.«

»Estelle hat Schmitz und seine Band zu ihrem Charity-Abend eingeladen. Da ergibt sich sicher die Gelegenheit, mit Henry zu sprechen«, sagte sie so leichthin wie möglich. Ein guter Schachzug. Denn sie behauptete damit

gleichzeitig, dass das alles gar keine drängende Wichtigkeit
hatte.

»Isst du mit?«, setzte Eva einen obendrauf.

Regine wedelte mit den Armen. »Ich muss mit dir sprechen.
Alleine.«

Eva reagierte nicht.

»Jetzt. Sofort. Nebenan«, befahl ihre Mutter.

Eva schob den Rollstuhl ins Wohnzimmer. Länger als
fünf Minuten cool zu sein, musste sie wohl noch üben. Sie
hatte kaum die Tür hinter sich zugezogen, als es aus Regine
herausbrach.

»Ich war sechzehn. Henry einundzwanzig. Wir waren
furchtbar verliebt. Jede Nacht bin ich aus dem Haus ge-
stiegen, um ihn mit seiner Coverband spielen zu sehen. Bis
mein Vater mich eigenhändig aus dem Club zog.«

»Und dich nach Achenkirch abschob …«

»Henry hat geschworen, dass er mich abholt, sobald er
das Geld zusammenhat.«

»Um im Schottland zu heiraten?«

Regine nickte: »Wir haben es uns so romantisch vorgestellt.«

»Du warst sechzehn. Wovon wolltet ihr leben?«, fragte Eva.

»Wir waren verliebt«, sagte Regine voller Abscheu über
solch bürgerliche Einwände. »An Details denkt man dabei
nicht.«

»Und Olga?«

»Die hat er kennengelernt, als ich schon in Achenkirch
war. Ich hatte keine Ahnung.«

»Warum ist er überhaupt nach Achenkirch gekommen?«

»Henry ist kein Schürzenjäger. Nie gewesen. Er wollte mir die Wahrheit über Olga und ihre Schwangerschaft

sagen. Persönlich. Ich war so froh, dass er mich endlich abholt, da hat er sich nicht mehr getraut.«

»Stattdessen habt ihr miteinander geschlafen?«

»Ich glaube, es war der einzige Ausrutscher in seinem Leben. Henry war einfach überfordert.«

»Hattest du keine Angst, schwanger zu werden?«

»›Lila schützt vor Schwangerschaft‹, das war die Aufklärung, die deine Oma Lore mir hat angedeihen lassen.«

Aus der Sofaecke tauchte ein grinsender Jungenkopf auf: »Viel mehr habe ich auch nicht gehört.«

David hatte sich auf dem Weg zurück in die Küche »verirrt« und hing mit seinem Smartphone in den Sofakissen, um »mal eben mail zu checken« und sein soziales Netzwerk auf den neuesten Stand zu bringen. Eva schmiss ihn raus. Sie hatte kein Interesse, die eigene Lebensgeschichte eingedampft auf 140 Zeichen bei Twitter wiederzufinden.

»Du bist in die Burg, um zu packen, und Henry ist einfach abgehauen.«

»Ich dachte, es hat was mit dem Brand zu tun, dass er verschwunden ist. Als ich ihn wiedersah, war er verheiratet«, nickte Regine.

Eva konnte es nicht fassen: »Und was hat er dazu gesagt, dass du schwanger warst?«

»Aus dir ist auch ohne Vater was geworden. Wozu brauchen wir einen Schmitz?«

»Er weiß gar nicht, dass ich seine Tochter bin?«, fragte Eva entsetzt.

»Er konnte rechnen«, antwortete Regine lapidar.

Sie hatte die Frage, wer der Vater von Eva war, jahrzehntelang in der Schwebe gelassen. Das Vage, Undeutliche, das Regine so anzog, war noch nie Evas Sache gewesen.

»Ich hatte Angst, sie nehmen dich weg. Sie suchten damals nach dem Brand ein Liebespaar, das in der Scheune war.«

»Henry war längst weg, als die Scheune brannte.«

»Das habe ich erst viel später begriffen. Roberta hat das Gerücht in die Welt gesetzt, um davon abzulenken, dass sie selbst gezündelt haben.«

»Und Olga?«

»Sie war nett«, gab Regine zu. »Und hilfsbereit. Sie hat mir mit allem geholfen. Ich konnte verstehen, warum Henry sich in sie verliebt hatte.«

Eva stöhnte. Regine redete über alles und jedes. Nur über die wirklich wichtigen Dinge in ihrem Leben schwieg sie beharrlich. Regine war viel mehr Tochter ihrer Eltern, als sie je zugegeben hatte.

»Olga ist meine Freundin. Die beiden kümmern sich um mich. Du darfst sie nicht unglücklich machen«, mahnte Regine.

Eva stöhnte tief auf. Warum nur war sie je auf die Suche gegangen? Gab es einen Weg zurück?

70

Das große Fest hatte begonnen. Auf dem Parkplatz des Golfclubs wiesen Evas Kinder die Autos ein. Die Kölner High Society hatte sich zum wohltätigen Stelldichein eingefunden. Alle Dienstagsfrauen waren gekommen.

Brot für die Welt. Chanel für Estelle. Sie hatte es geschafft: Auf der Charity-Gala des Golfclubs glänzte sie in einem nagelneuen pinken Kostüm. Unter den Dreiviertelärmeln blitzten schwarze Handschuhe hervor, der Schnitt betonte ihre schmale Taille. Dort, wo der Reißverschluss hakte, überspielte die Jacke mit einer ausgestellten Hüfte den Po. Dazu trug sie schwarze Stiefel mit schwindelerregenden Absätzen.

»Du siehst toll aus«, raunte der Apothekenkönig ihr zu.

Recht hatte er. Estelle las es an den neidischen Blicken der weiblichen Gäste ab.

»Wir leben alle unnatürlich. Wir wissen nicht mehr, wie sich Hunger anfühlt«, verkündete sie ihren reichen Freundinnen. »Keiner erkennt mehr, wie gesegnet wir sind, hier, wo Essen und Trinken permanent verfügbar sind.«

Seit sie dem strengen Tagesplan, der autoritären Begleitung und dem permanenten »Wir« entronnen war, schwor Estelle aufs Heilfasten.

»Ich konnte keinen Unterschied mehr schmecken zwi-

319

schen gutem Essen und noch mehr gutem Essen. Jetzt kann ich wieder genießen. Und esse viel weniger als früher«, verkündete sie einer gebotoxten Dame, deren Klunker in etwa dem Gewicht entsprachen, das Estelle in Achenkirch verloren hatte.

Estelle ging von Grüppchen zu Grüppchen und verkaufte hingebungsvoll Scheine für das Bingo.

»Entsagung öffnet die Augen fürs Wesentliche«, säuselte sie ihren reichen Freunden zu, wenn diese ihre Brieftaschen öffneten.

Estelle schaffte es, ihre neuen Erkenntnisse in klingende Münze umzusetzen. »Sie glauben nicht, wie glücklich Verzicht macht«, flötete sie. Ihre neue Figur erregte mehr Aufmerksamkeit als die Bilder der hungernden Kinder im Foyer.

»Die Woche war die Hölle«, erklärte sie. »In der Abgeschiedenheit der Burg möchte man nicht tot über dem Zaun hängen. Aber wenn man der Hölle entronnen ist, weiß man, wie der Himmel aussieht.«

Estelle war es egal, ob sie aus den falschen Gründen Geld für den guten Zweck bekam. Sie nahm fünfmal so viel Geld ein wie in den Jahren zuvor.

Estelle war nicht nur dafür zuständig, die Bingoscheine zu verkaufen. Sie hatte sich ausbedungen, die Preise zu verteilen. Schließlich hatte sie den Großteil selbst gestiftet. Sie fühlte sich wie der Weihnachtsmann. Estelle scherte sich kein bisschen um die Nummern, die auf den Geschenken klebten. Estelle teilte zu. So gewann die Moderatorin, die dafür bekannt war, Trends zu setzen, eine Heilfastenwoche im Altmühltal, Thalberg ein Essen in einem Restaurant am Eigelstein, Frido und Eva einen Tangotanzkurs, Caroline, die tatsächlich an der Seite ihres Blind Dates Frank gekommen war, Hanföl aus dem Altmühltal.

»Ein Wundermittel«, erklärte Estelle. »Man kann es als Salatöl einsetzen, als Badezusatz, zum Cremen. Oder als Gesprächsthema.«

Die Naturerzeugnisse aus dem Altmühltal, einst von lokalen Betrieben für die Losbude des Roten Kreuzes Achenkirch gespendet, waren der Renner der Kölner Gala. Honig, Teigwaren, Wurstkörbe, Apfelwein, Kerzen aus Bienenwachs, Hopfentee, Schafmilchseife, geräuchertes Fleisch, Holunderprodukte, Kräutermischungen: Estelle vollführte ihre Aufgabe als Sonderbotschafterin des Altmühltals und Glücksbringerin mit großer Umsicht. Max schoss den Vogel ab: Er gewann ein Jahr gratis Kartoffeln. Estelle bestand darauf. Dabei hatte er noch nicht mal beim Bingo mitgespielt. Estelle hatte ihre eigene Meinung, was gut für jeden war.

Nur Kiki beschwerte sich: »Ich gewinne nicht mal was, wenn du die Preise manipulierst«, klagte sie, als das Bingospiel abgelaufen war und sie wie üblich mit leeren Händen dastand.

»Da ist jemand, der dich kennenlernen will«, sagte Estelle und zog Kiki quer durch den Raum in Richtung der Ehrentische, wo die besonders großzügigen Spender zusammensaßen. Kiki erschrak. Da stand Johannes Thalberg im Gespräch mit einem studentisch wirkenden jungen Mann, der in Jeans und ausgeleiertem T-Shirt und mit billiger Umhängetasche aus Plastik deplatziert wirkte. Er sah aus, als hätte er sich reingeschlichen, um in Kontakt mit wichtigen Entscheidern zu kommen.

»Wir stören besser nicht«, meinte Kiki. Trotz Test war

sie sich nicht sicher, ob Thalberg sie wirklich neu kennenlernen wollte.

»Ich habe sie gefunden«, brüllte Estelle gnadenlos.

Zu Kikis Überraschung war es nicht Thalberg, der auf sie zukam, sondern der junge Mann.

»Viktor Linke, ihr seid Kollegen«, erklärte Estelle und zog Thalberg mit sich. Ein Designer. Natürlich. Sie hatte es gerochen.

Linke war sofort auf Verbrüderungskurs: »Du kommst wie gerufen. Die Leute mit ihren endlosen Erfolgsgeschichten. *Boring*.«

Kiki wusste nicht recht, wie ihr geschah.

»Weißt du, was ich beim Bingo gewonnen habe?«, rief Linke. Er griff in seine Tasche und zog aus einem Karton den Becher hervor, der zu dem Plastikporzellan gehörte, das Kiki für die Tombola zur Verfügung gestellt hatte.

»Super«, rief er. »Weltklasse. Warum fällt mir so was nicht ein?«

»In welchem Studio arbeitest du?«, fragte Kiki.

»Mit Design habe ich nichts am Hut, nur mit Kaffee«, rief der junge Mann.

»Coffee to go«, begriff Kiki. Kein Wunder, dass er sie duzte. Partner bei »Coffee to go« waren grundsätzlich die allerbesten Freunde.

»Welche Filiale?«, erkundigte sich Kiki höflich.

»Ich mache Materialmanagement. Klorollen bestellen, Plastikbecher, Servietten. So was.«

»Klingt aufregend.«

Kiki sah sich um. Wo war Max? Sie würde viel lieber tanzen als über Arbeit reden.

»Wir wollen vom Plastik weg. Ehrlicher Kaffee, ehrlicher Umgang mit den Partnern, ehrliches Materialkonzept. Wir waren mit Thalberg im Gespräch. Aber ich glaube, der hat keine Ahnung davon, was unsere Barista brauchen.«

Kiki fühlte, wie ihre Beine wegsackten. Das war *der* Viktor Linke, einer der vier Sterne im Logo von »Coffee to go«. Jeder Stern stand für einen der Firmengründer, die als Studenten ins Kaffeegeschäft eingestiegen waren.

»Kannst du uns auf dieser Basis einen Entwurf machen?«, fragte Linke.

Jetzt kam es drauf an. Es war wie beim Fußball. Sie war der Stürmer. Noch zehn Meter zum Tor. Alle Verteidiger hatte sie hinter sich gelassen. Es gab nur noch sie und den Tormann. Alles, was sie tun musste, war schießen und den Ball versenken. Kiki wusste, was passieren würde. In der nächsten Sekunde würde Linke sie für morgen in sein Büro bitten. Und dann müsste sie zugeben, dass sie ohne Babysitter wenig flexibel war. Vielleicht war es ein Fehler gewesen, darauf zu bestehen, dass Max so bald wie möglich nach London fuhr, um sein Studium zu beenden. Morgen früh um halb sechs ging der billige Eurobus.

»Komm morgen in mein Büro, dann besprechen wir alles«, sagte Linke.

Am liebsten wäre sie dem Mann um den Hals gefallen. Sie dachte an Falk. An die Bittsteller. Und die Liste. Seelenruhig kramte sie eine Visitenkarte hervor.

»Ruf mein Studio an«, empfahl sie Linke. »Die geben dir einen Termin. Fürs neue Jahr habe ich noch ein paar Kapazitäten frei.«

Januar. So hatte Kiki ein paar Wochen Zeit, eine stabile Betreuung für Greta zu suchen.

»Das ist erst in drei Monaten«, beschwerte sich ihr potenzieller Auftraggeber.

Kiki wollte, dass Falk stolz auf sie sein konnte. Jetzt

323

keinen taktischen Fehler machen. Jetzt die Nerven behalten.

»Meld dich einfach. Ich bin sicher, wir finden einen Weg«, sagte Kiki. Und dann setzte sie alles auf eine Karte. Sie drehte sich um und ging. Ihre Knie waren weich. Ob es funktionierte? Wie eine Bittstellerin hatte sie nicht geklungen. So trat jemand auf, der etwas anzubieten hatte, was von Wert war. Mit jedem Schritt, den sie sich von Viktor Linke entfernte, wuchs der Zweifel, ob Auftrumpfen die richtige Methode gewesen war. Endlos schien es zu dauern, bis der junge Mann hinter ihr hereilte. Mit seinem iPhone in der Hand.

»Dienstag, 2. Januar. 10.00 Uhr«, rief er.

»Das können wir doch spontan machen«, setzte Kiki einen obendrauf.

»Und in der Zwischenzeit nimmst du einen anderen Auftrag an. Kommt nicht infrage.«

»2. Januar«, nickte Kiki. »14.00 Uhr. Morgens arbeite ich im Studio.«

Das stimmte nicht, es machte allein deutlich, wer hier den Ton angab. Linke nickte. Es gab Leute, die behaupten, gewinnen ist nicht alles. Diese Leute hatten vermutlich noch nie einen Hauptpreis gezogen. Kiki hatte bewiesen, dass sie der Chef im Ring war. Nicht Greta. Nicht Max. Nicht Thalberg. Sie war die Chefin ihres kleinen Unternehmens. Und sie war stolz darauf.

Kiki reckte den aufgerichteten Daumen in Richtung Estelle. Sie hatte einen Termin. Sie hatte Greta. Sie hatte Max. Und Kartoffeln für ein ganzes Jahr. Was sollte noch passieren?

71

»Und? Weißt du, was du tun wirst?«, fragte Judith. Sie stand mit der hypernervösen Eva auf der Toilette des Golfclubs. Eva hatte immer noch nicht entschieden, was ihr wichtiger war: der Seelenfrieden der Familie Schmitz oder die Fragen, die ihr auf der Seele brannten.

»Es ist immer besser, etwas zu tun, als etwas zu lassen«, meinte Caroline. »Weiß ich aus eigener Erfahrung.«

»Und was tust du gerade?«, erkundigte Judith sich.

»Ich arbeite mich in völlig neue Themen ein«, sagte sie, schwenkte ihre Ölflasche und verschwand. Sie wollte Frank nicht zu lange warten lassen.

Eva nahm sich ein Vorbild an Caroline. Seit sie einen Schlussstrich unter ihre Ehe gezogen hatte, ging es ihr besser.

»Affären mit verheirateten Männern sind nichts für mich«, hatte Caroline beschlossen.

»Was hast du gemacht? Du siehst zwanzig Jahre jünger aus«, begrüßte Schmitz Eva. Er war beim letzten Soundcheck im Garten. Da das Wetter sich unerwartet freundlich zeigte, war das Podium in Windeseile unter freiem Himmel aufgebaut worden. Ein befreundeter Unternehmer hatte hundert Sitzsäcke gespendet, die wie bunte Riesengolfbälle auf dem Rasen lagen. In zwanzig Minuten würde Schmitz mit seiner Rentnercombo zum Tanz aufspielen. Eva fühlte sich wie hundertachtzig. Bleiern lastete die Verantwortung auf ihr.

»Ich war sieben Tage heilfasten«, erzählte Eva. Ihre Stimme war belegt.

»So was wollte ich schon lange machen«, begeisterte sich Schmitz. »Letztes Jahr hat Olga mir den Anzug genäht, jetzt platze ich beinahe raus.«

Schmitz vollführte eine Pirouette, damit Eva überprüfen konnte, welche Auswirkungen Olgas Kochkünste auf die Passform des blau-schwarzen Paillettenanzugs hatten. Henry und Olga waren ein reizendes Paar. Sie hatten Kinder bekommen und gemeinsam großgezogen, ihr ganzes Leben miteinander verbracht, und nun genossen sie ihr Rentnerdasein. Was sollte sie tun? Es gab Situationen, in denen die reine Wahrheit niemandem nutzte.

»Wir waren im Altmühltal. Auf einer Burg. Achenkirch«, sagte Eva.

Schmitz ließ das Becken, das er auf dem Ständer befestigen wollte, fallen. Das enorme Geschepper erregte die Aufmerksamkeit von Olga, die im Hintergrund den Verkaufsstand aufbaute, an dem man die CDs von Schmitz & Friends erwerben konnte. Alles für den guten Zweck natürlich. Eva zweifelte: War das wirklich ein guter Moment? Existierte der überhaupt?

»Burg Achenkirch im Altmühltal«, wiederholte Schmitz. Er sah sie erschreckt an.

»Ich kann das nur empfehlen. Man kommt beim Heilfasten auf ganz neue Gedanken. Wo kommt man her? Wo will man hin?«

»Wie bist du denn da gelandet? Im Altmühltal?«, fragte

Henry. Vermutlich hoffte er noch, dass sich alles in Wohlgefallen auflösen würde.

»Meine Mutter hat dort gearbeitet. Lange her. 1965. Vor meiner Geburt.«

Henry Schmitz drehte sich zu Olga um. Es war diese kleine Geste, dieses Zögern, der winzige Augenblick, in dem Eva klar wurde, dass Schmitz Bescheid wusste. Es war alles kein Zufall gewesen: die Geschenke, die Ausflüge, die gemeinsamen Autofahrten, auf denen er ihr ein Loch in den Bauch fragte, die Aufmerksamkeit, die Schmitz ihr schenkte, wann immer sie zu Besuch kam.

»Ich glaube nicht, dass das etwas für Olga ist«, stammelte er. »Das Altmühltal.«

Eva schwieg und zwang ihn damit zum Weitersprechen.

»Olga verreist nicht gerne. In unserem Alter kann man mit Veränderungen nicht so gut umgehen. Olga ist glücklich, wenn sie ihre Familie um sich hat.«

Eva wurde schlecht. Jedes Wort kippte Salz in die alte Wunde. Welches Recht hatte sie, den Lebensabend von Olga und Schmitz zu zerstören? Was hoffte sie zu erreichen? Dass sie zukünftig bei den Schmitzens an Heiligabend eingeladen war, um beim Absingen der Weihnachtslieder zu beweisen, dass sie das musikalische Talent des Vaters geerbt hatte? Erwartete sie, dass Olga ihre berühmten Geburtstagskuchen für die vier neuen Enkel ihres Mannes backte? Wollte sie mit Schmitz' Kindern um das eventuelle Erbe streiten?

Als sie sich umdrehte, entdeckte sie, dass Olga nicht mehr alleine war. David hatte Regine auf die Terrasse gerollt. Was würde mit ihrer Mutter passieren, wenn alles herauskam?

Wenn die Nachbarn zu Feinden wurden? Eva kramte im Kopf nach den Worten, die sie sich in vielen Jahren zurechtgelegt hatte.

»Du wolltest mich was fragen?«, sagte Henry, der ihren inneren Kampf bemerkte. Er baute ihr eine Brücke, auszusprechen, was er längst wusste. Sie würde es nie mehr zurücknehmen können. Sie würde mit den Konsequenzen leben müssen. Was sollte sie tun?

72

Ein riesiger Tusch markierte den Anfang des Konzertes. Regines Kopf wippte im Takt der Musik. Olga tanzte fröhlich hinter ihrem Verkaufstisch, als Eva hinzukam. Regine wagte nicht zu fragen. Sie kramte aus der Handtasche ihre eigene Kräutermischung heraus und würzte das Essen nach, das David für sie an der Bar erstanden hatte.

»Seit Indien finde ich, dem europäischen Essen fehlt der Pfiff«, brüllte sie Eva ins Ohr.

Ihre Mutter blieb sich treu. Vermutlich glaubte sie selbst im Flugzeug, sie könne das Ding besser fliegen als der Pilot, wenn sie nur ein bisschen üben würde. Auf jeden Fall dachte sie, man könne zur Tagesordnung übergehen.

»Ich habe es nicht übers Herz gebracht«, gestand Eva.

»Danke«, sagte Regine. Zum ersten Mal seit Langem hatte sie keinen guten Tipp auf Lager.

Es war merkwürdig. Eva war nach Achenkirch gefahren, um ihren Vater zu suchen. Und hatte ihre Mutter gefunden. Sie verstand, warum sie so gehandelt hatte.

»Geheimnisse sind wie Kartoffeln«, erklärte Regine. »Wenn man sie lange genug köcheln lässt, lösen sie sich von selbst auf.«

»Ich werde es ihm sagen. Morgen«, widersprach Eva heftig. »Über so etwas muss man in Ruhe reden. Ohne Olga.«

»Wenn Olga nicht dabei ist, wenn sich die Gelegenheit ergibt, wenn die Kinder aus dem Gröbsten raus sind, so hat es bei mir auch angefangen. Darüber sind vierzig Jahre vergangen. Jetzt habe ich mehr zu verlieren als zu gewinnen.«

»Liebst du ihn?«, fragte Eva.

Regine hörte auf zu essen. Sie sah auf die Bühne, wo Schmitz wie ein kleiner Gummiball herumhüpfte und sang. Er verbreitete gute Laune und Lebensfreude. Unwillkürlich musste sie lächeln: »Manchmal.«

»Das ist doch keine Antwort«, beschwerte sich Eva.

Regine beharrte darauf: »Manchmal fand ich ihn schrecklich spießig. Und manchmal war ich wieder verliebt in ihn. Dann habe ich davon geträumt, wir wären eine ganz normale Familie.«

»Hattet ihr eine Affäre?«

Regine wehrte sich heftig: »Wo denkst du hin? Es war ein einziges Mal. Ein Ausrutscher.«

»Und das soll ich glauben?«

Regine nickte ernst: »Sex haben kann jeder. Aber vierzig Jahre lang keinen Sex mit einem Mann zu haben, dem man sich nahe fühlt, das ist die wirkliche Leistung.« Sie drehte sich zu Olga um. »Ich hätte das nie so hinbekommen wie Olga. Wenn wir geheiratet hätten, wir wären seit 38 Jahren geschieden und würden nie wieder ein Wort miteinander reden. So bleiben wir zusammen, bis dass der Tod uns scheidet.«

Applaus brandete auf. Schmitz trat ans Mikrofon, um die nächste Nummer anzukündigen.

»Es gibt Lieder, die am Anfang großer Liebesgeschichten stehen. Wann immer man sie hört, denkt man an die erste Liebe zurück. Und was daraus entstanden ist.«

Und dann sang er. Das alte Lied. Von Doris Day. Das Regine einst für ihn gesungen hatte.

You won't admit you love me.
And so how am I ever to know?
You always tell me
perhaps, perhaps, perhaps.

Eva schossen die Tränen in die Augen. Aus dem Nichts tauchte eine Hand mit Taschentüchern auf. Kiki war zur Stelle und schniefte aus purer Solidarität mit. Auch Caroline, Judith und selbst die viel beschäftigte Gastgeberin Estelle hatten sich zum Konzert eingefunden und nahmen Eva in ihre Mitte. Arm in Arm lauschten sie der Musik. Warum waren Lieben so kompliziert? Und die Freundschaft so einfach? Eva wusste, dass die Dienstagsfrauen für sie da waren. Auch wenn sie alles vermasselte. Sie würden essen, trinken, ratschen, klatschen, lachen, sich streiten und versöhnen. Und einmal im Jahr würden sie gemeinsam auf Tour gehen. Nächstes Jahr. Jedes Jahr. Bis ans Ende ihres Lebens. Falls nichts dazwischenkam. Und mit Henry Schmitz würde sie reden. Morgen. Ganz bestimmt.

Zum Schluss

Das Altmühltal gibt es natürlich. Das Dorf und die Burg Achenkirch leider nicht. Schade. Sonst würde ich sofort eine Woche hinfahren.

Zusammen mit meiner wunderbaren Lektorin und Freundin Kerstin Gleba, die einen mit ihren famos zurückhaltenden Einleitungen (»Es ist natürlich deine Entscheidung, aber ...«) in die richtige Richtung sehen lässt. Peter und Aimée nehmen wir mit. Wir haben sowieso noch eine Woche Urlaub nachzuholen, in der ich dann auch mal hinter dem Computer hervorkomme.

Nicht fehlen dürfen die treuen Wegbegleiter: Christian und Ruth, Andrea und Marc, Peter (der aus HH), Jane, Peter und Jolanda, Gesina und Florian, Pia und Paula und Michaela. Kinder, Hunde und Wüstenratten sind selbstverständlich willkommen.

Und damit es abends nicht zu schnell leer wird, sollte man die sympathische Mannschaft von Kiepenheuer & Witsch mitnehmen, mit denen nicht nur weiße Papierseiten, sondern auch gesellige Abende und leere Tanzflächen zu Leben kommen. Fehlen darf auch nicht Marc Conrad. Auch wenn man Gefahr läuft, am nächsten Morgen sieben neue Projekte auf dem Schreibtisch zu haben.

Einen Ehrenplatz auf der Burg bekommen meine Lieben, Peter Jan, Lotte und Sam, die mich mit viel Geduld jeden Tag in meinem Schreibexil haben verschwinden sehen.

Leider habe ich mir die Burg Achenkirch nur ausgedacht. So bleibt mir erst einmal, Euch allen zu danken. Fürs Zuhören, für die Inspiration, den Rückhalt, die anregenden Gespräche, das Mitlesen und Mutmachen, die Geduld und den Spaß.

»Jeder Nachteil hat seinen Vorteil«, sagte der große niederländische Philosoph Johan Cruyff. Der Vorteil ist: Wir können irgendwann einmal feiern. Mindestens sieben Stunden. Und dafür mit allem.

Große Romane im kleinen Format – die Geschenkbuchreihe

Jetta Carleton
Wenn die Mondblumen blühen

Katharina Hagena
Der Geschmack von Apfelkernen

Noëlle Châtelet
Die Klatschmohnfrau

Monika Peetz
Die Dienstagsfrauen

Anita Lenz
Wer liebt, hat recht
Die Geschichte eines Verrats

Herrad Schenk
In der Badewanne

Alle Titel in bedrucktem Leinen
mit Lesebändchen

www.kiwi-verlag.de

Monika Peetz. Die Dienstagsfrauen. Roman. KiWi 1182
Verfügbar auch als eBook

Seit 15 Jahren sind sie beste Freundinnen. Jeden ersten Dienstag im Monat treffen sich die fünf Frauen bei ihrem Lieblingsfranzosen, und einmal im Jahr vergnügen sie sich auf einem gemeinsamen Wochenendtrip. Doch in diesem Jahr ist alles anders: Judith, frisch verwitwet, will auf den Spuren ihres verstorbenen Mannes nach Lourdes pilgern. Besorgt um die trauernde Freundin, beschließen die Dienstagsfrauen, Judith zu begleiten.

Ein hinreißend komischer Roman über eine Reise, die alles verändert.

www.kiwi-verlag.de